新妹魔王の契約者《テスタメント》 VII

The Testament of Sister New Devil

東《とう》城《じょう》刃《バ》更《サラ》
澪と万理亜の〝兄〟。特異能力《無次元の執行》の使い手
成《なる》瀬《せ》万《ま》理《り》亜《あ》
刃更と澪を主従契約させた下の〝妹〟。ロリエロサキュバス
野《の》中《なか》柚《ゆ》希《き》
幼馴染の刃更が好きな、勇者一族の少女
野《の》中《なか》胡《くる》桃《み》
柚希の妹で、最近は刃更の家で生活している
ゼスト
刃更に救われた魔族の美女。刃更に忠誠を誓っている

東《とう》城《じょう》 迅《じん》
刃更の父で、元・最強の勇者
ラムサス
先代魔王亡き後に穏健派を束ねる魔族。澪の伯父にあたる
レオハルト
穏健派と対立関係にある現魔王
リアラ
レオハルトの姉で、魔族にして神族の容姿を持つ
成《なる》瀬《せ》 澪《みお》
先代魔王の娘で、刃更の〝妹〟になった少女

「ご、ゴメンね……
まだ慣れないから
上手くできなくて、
痛かった？」

「――荒れ狂え、ブリュンヒルド」
それは、間もなく誕生する
新たな魔界の訪れを祝福する鐘か。
ふたりが屋上の床を蹴ったのは同時。
そのまま前方の空間へと飛び、
互いに魔剣を振るって繰り出したのは全力の斬撃。
東城刃更と現魔王レオハルトが、
己の全てを懸けた一撃を激しくぶつけ合った。

「喰らい尽くせロキ」

新妹魔王の契約者《テスタメント》Ⅶ

上栖綴人

角川スニーカー文庫

18938

The Testament of Sister New Devil VII

ConTeNts

口絵・本文イラスト／大熊猫介（ニトロプラス）
口絵・本文デザイン／濱崎正隆（NARTI;S）

絶対に果たさなければならない目的がある。
たとえ——この手が穢《けが》れた血で汚《よご》れようとも。

プロローグ　それぞれの夜に

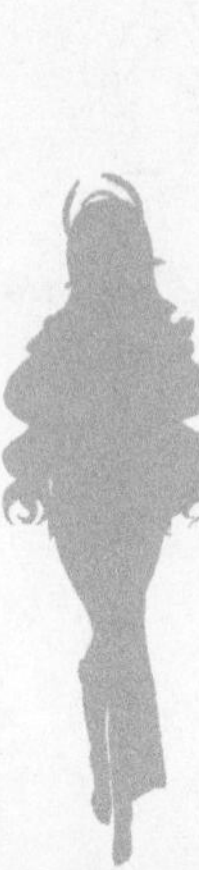

1

魔界《まかい》に現存している城の中で最大の規模を誇《ほこ》るものがある。
それは若き魔王《まおう》レオハルトが率いる現魔王派の総本山——レンドヴァル城だ。
この城は、軍事の最重要拠点《きょてん》であると同時に、政治における中枢《ちゅうすう》の役割も担《にな》っている。
だが——現魔王派における最高意思決定権は、レオハルトだけのものではない。
枢機院《すうきいん》。生ける魔界の歴史ともいうべき高位魔族《まぞく》達の存在があるからだ。
——空に浮《う》かぶ月と瞬《またた》く星々だけが静かに大地を照らす深夜。
静まり返ったレンドヴァル城内を、レオハルトはひとり歩いていた。
静寂《せいじゃく》が降りた廊下《ろうか》の床《ゆか》を踏《ふ》みしめる度《たび》、硬質《こうしつ》な足音が広い空間に反響《はんきょう》する。

レオハルトが向かっているのは、広大な敷地《しきち》を持つレンドヴァル城の外れにある場所。

レオハルトと、彼が認めた者しか足を踏み入れる事を許されていない西塔《にしとう》だ。

中央からの連絡《れんらく》通路に差し掛《か》かると、壁面《へきめん》そのものが巨大《きょだい》な一枚ガラスの窓になり、横から差し込む蒼白《あおじろ》い月明かりに、己《おのれ》の影《かげ》を長いものにしながらレオハルトは行く。


「…………」


西塔の入り口で右手をかざし、霊子《れいし》認証《にんしょう》を行なって重厚《じゅうこう》な扉《とびら》を開け放つと、レオハルトは塔の中へ。奥にある登録者の霊子と魔力《まりょく》パターンを組み合わせた二重鍵《かぎ》によってのみ動く自動昇降《しょうこう》装置を起動すると、自然と床に巨大な魔法陣《まほうじん》が展開される。

そして次の瞬間《しゅんかん》、魔法陣がレオハルトの足下《あしもと》を支える床となって上昇を始めた。

徐々《じょじょ》に速度が上がってゆくが、レオハルトの長髪《ちょうはつ》やマントが風圧で揺《ゆ》れる事はない。

自動昇降装置が起動すると同時に、風よけのフィールドが展開されているのだ。

だからレオハルトは眼《め》を閉じると、目的の場所へ着くまで黙考《もっこう》を開始した。

レオハルトは今日——枢機院の命により、先だって発掘《はっくつ》されたばかりの英霊《えいれい》を投入して、穏健《おんけん》派の本拠地《ほんきょち》であるかつての王都ウィルダートを攻《せ》めた。

先代魔王ウィルベルトの一人娘《むすめ》、成瀬澪《なるせみお》を捕獲《ほかく》するために。

指揮を執《と》ったのは、かつてレオハルトよりも魔王の座に近かったガルドだ。さらに枢機院からは、ネブラという見届け役の高位魔族まで派遣《はけん》されていた。

──だが、ウィルダートの侵攻《しんこう》は失敗に終わった。

その辺りの詳細《しょうさい》について、レオハルトは既《すで》に報告を受けている。

枢機院が見届け役を用意したように、レオハルトもまた万が一の事態に備えて信頼《しんらい》できる仲間に──ラースに戦況《せんきょう》を見守らせ、逐次《ちくじ》状況《じょうきょう》を把握《はあく》していたからだ。

そして戦闘《せんとう》後にガルドが敵の捕虜《ほりょ》となった事を知るや、ラースにガルドを助け出させると共に、穏健派に対して決戦の申し入れを伝えさせた。

このレンドヴァル城にて直接の対決を行ない、全《すべ》ての決着を付けようと。

その判断は間違《まちが》っていない、とレオハルトは思っている。

ウィルベルトから受け継《つ》いだ力を覚醒《かくせい》させた成瀬澪。

あのガルドと渡《わた》り合えるという、想像以上の戦闘力を持っていた東城刃更《とうじょうバサラ》。

ルカが調整した英霊達を撃退《げきたい》してみせた刃更の仲間達。

初めて戦場の表舞台に立ち、一撃《いちげき》で高位英霊を始末してみせたラムサス。

そして──先日レオハルト自身が剣《けん》を交えた東城迅《じん》までもが合流を果たしたと聞く。

数ではこちら側が圧倒的《あっとう》に上回ってはいるものの、連中を相手にすれば無駄《むだ》に兵を消耗《しょうもう》するだけだろう。無論、最終的にはこちらが押し切れるだけの数的優位はある。だが、レオハルトが魔界を統一するための障害となる勢力は、何も穏健派だけではない。レオハルトが率いる現魔王派と、穏健派の二つが今の魔界における二大勢力である事は間違いないが、魔界には他《ほか》にも大小様々な勢力が存在している。

……何よりも。

枢機院という、厄介《やっかい》この上ない獅子身中《しししんちゅう》の虫がいるのだ。あの老害達は、それこそ穏健派以上に排除《はいじょ》すべき障害である。余計な犠牲《ぎせい》や損耗《そんもう》は可能な限り避《さ》けるべきだろう。

──レオハルトが考えた、この少数代表者同士で行なう決戦のポイントは二つある。

一つは大規模戦闘と違《ちが》い、これなら枢機院の介入《かいにゅう》も最小限に抑《おさ》えられ、また今回のように謀略《ぼうりゃく》を巡《めぐ》らせて戦場の混乱のどさくさでおかしな真似《まね》をされる可能性も減らせる事。

そしてもう一つは、この決戦方法はレオハルト側よりも、むしろ穏健派の方にメリットがあるという事だ。完全な総力戦よりも、代表者同士の決闘《けっとう》による決着の方が、兵力で圧倒的に劣《おと》る穏健派にとっては都合が良い。

言うなれば、あえて穏健派の土俵へと降りていった形──だがこれ以上、枢機院の好きにさせないためには、背に腹は替えられない。戦いの決着を枢機院の手が出しにくい方法で行なうためには、恐《おそ》らくこうするのが一番良いのだ。

よって、レオハルトは代表者同士による決闘という決着方法を選び、ガルドを救出させる際にラースから穏健派に対して通告を行なった。そして、改めて映像水晶《すいしょう》に自身の姿と肉声による決戦の申し入れを収めると、その表面に魔力波動による正式な刻印を行ない、戦場における即時《そくじ》伝達手段として用いる飛竜《ひりゅう》種にウィルダート城へと届けさせた。

今頃《いまごろ》は穏健派の下へと届き、その内容について吟味《ぎんみ》が行なわれている筈《はず》だ。

自分達に有利な戦いへ持ち込める以上、恐らく穏健派は乗ってくる。

……これで、ようやく一歩前進といったところか。

そう思いながらレオハルトが眼を開けたのと、昇降装置が減速を始めたのは同時だった。

そして装置が完全に止まると、レオハルトの眼の前に再び重厚な扉が現れる。

しかし眼の前の扉には、レオハルトの視線の高さの辺りに、その荘厳《そうごん》な造りには不似合いな色彩《しきさい》があった。ハートマークの形をした、丸みを帯びた淡《あわ》いピンク色の木製プレートが掛けられているのだ。そのプレートの表面には、可愛《かわい》らしい字でこう書かれている。

『ノックしてくれないと泣いちゃうゾっ♥』

それを見て、レオハルトは口元に小さな笑《え》みを作ると、書かれている通りにノックした。

「…………？」

しかし、中から返ってくる筈の反応がない。

既に夜もかなり更《ふ》けている。もしかしたら眠《ねむ》ってしまっているのだろうか。

だからレオハルトは再び軽くノックをし、それでも返事がない事を確認すると、そっと扉を開けて部屋の中へと入っていった。

2

歴代最強と謳《うた》われた先代魔王ウィルベルト。

そんな偉大《いだい》な弟の後を継ぎ、穏健派のトップに立ったラムサスの執務《しつむ》室では、レオハルトより届けられた映像水晶の再生が終了《しゅうりょう》していた。

壁《かべ》に映し出されていたレオハルトの映像が収束したのを見て、

「──以上です」

淡々《たんたん》とした声で告げながら、ルキアは己の中で思考を開始する。

──昼間の巨大《きょだい》英霊を使った襲撃《しゅうげき》を受けて以降、穏健派と現魔王派を巡る状況《じょうきょう》は一気に動き出していた。レオハルトが提示してきた決戦方法は、小数の代表選抜《せんばつ》メンバー同士のチーム戦だ。向こうから提案された決着の付け方ではあるものの、……そう悪い話ではありませんね。

兵力では圧倒的に不利なこちらとしては、全軍同士が激突《げきとつ》する乱戦に持ち込まれると厳しいのが実情である。その上、昼間の巨大英霊を使った襲撃では、刃更達の力を借りてどうにか撃退する事はできたものの、兵士達にはかなりの犠牲者《ぎせいしゃ》が出てしまっている。

ルキアが思案を深めてゆく中、

「……で、どうするつもりだラムちゃん？」

敬愛するラムサスに対し、有り得ない呼び方で室内の沈黙《ちんもく》を破った男がいた。

普通《ふつう》なら、己の主《あるじ》に対するそのような不敬をルキアが許す事はない。

だがルキアは沈黙を保った。その男が、どのような存在であるかを知っていたからだ。

東城迅。先の大戦において戦神と呼ばれ、恐れられた存在。

記録にこそ残されていないが、彼は同じく最強と謳われていた先代魔王ウィルベルトと大戦中に秘密裏《ひみつり》に激突し、五分と五分の戦いを繰《く》り広げてみせた。

……そして。

敵同士ながらも互《たが》いを認め合っていた両者は、さらに様々な紆余《うよ》曲折《きょくせつ》を経て、他者が入り込めない絆《きずな》が生まれた事を、ルキアは母シェーラより聞かされていた。ウィルベルトが人間界から兵を引き、大戦を終結へと向かわせる決断を下したのも、迅との間に交《か》わされた密約があったからだという。

そしてそんな迅とウィルベルトとの関係は現在、ラムサスへと受け継がれている。

ここでルキアが迅を咎《とが》めれば、それは野暮《やぼ》にすぎるというものだ。

……それに。

ラムサスの正面のソファにどっかと座り、悠然《ゆうぜん》と足を組んで煙草《たばこ》を咥《くわ》えている迅には、ルキアがこれまでに会ってきたどの男性にもない、不思議な色気があった。ラムサスに忠誠を誓《ちか》っている自分が心を揺れ動かす事はないが、迅の世話を命じたメイド達の中には、実際に彼に心を奪《うば》われかけている者もいる。すると、

「――行くしかあるまい」

ラムサスの口から低く重い声が発せられた。

「わざわざ敵が、こちらの懐《ふところ》事情を汲《く》んだ決戦方法を提案してきたのだ。恐らく何かしらの裏があるのだろうが、そういった罠《わな》の可能性を考えても、この決戦方法はこちらにとって悪くない」

ラムサスの考えは、ルキアにとっても異存のないものだった。むしろ、レオハルトが考えを翻《ひるがえ》して、力押しの総力戦に持ち込むなどと言い出す前に、さっさと乗ってしまった方が良いとさえ思える。

「まあ、そうなるわな……」

と迅。

「そういやクラウスの爺《じい》さんは？　この件について何か言ってきていないのか？」

「切り札として現魔王《まおう》派へ潜《もぐ》り込ませていた配下の……ラースの裏切りが余程《よほど》応《こた》えたようです。敵捕虜《ほりょ》の解放など状況《じょうきょう》を悪化させた責任を取り、今回の決戦については我々に判断を委《ゆだ》ねたい、と」

「確か刃更のダチで、滝川《たきがわ》とか名乗っていた奴《やつ》だったか。かなり頭の切れる奴とは聞いていたが……このタイミングで裏を掻《か》かれるとは、賢老殿《けんろうどの》も焼きが回ったな」

やれやれと苦笑《くしょう》を一つ入れ、

「しかし、やっぱり物事ってのはそう思い通りには進まないな……ウィルベルトが死ぬのだって、当初の計画より二年も早いじゃないか。おまけに澪ちゃんまで魔界《まかい》へ呼んじまって。どういう判断でこうなったんだ？」

「ウィルベルトの死期が早まったのは、穏健派内に愚《おろ》かな夢を見てしまった者が想定よりも多数出てしまった事が原因だ」

迅の問い掛けに対し、ラムサスが即答《そくとう》する。

「そして……澪を魔界へ呼び寄せたのは、枢機《すうき》院が新たな魔王に据《す》えた青年が、こちらの想像以上のカリスマ性を備えていたためだ」

「成る程《ほど》……まあ、確かにあのレオハルトって坊主《ぼうず》は中々のモンだったな」

迅は納得《なっとく》の表情で、顎《あご》の無精《ぶしょう》髭《ひげ》を触《さわ》りながら、

「ここへ来る前に、あっちの城へ潜《もぐ》り込んでちょっくら顔を見てきたが、戦闘能力も相当だったし、佇《たたず》まいも魔王を名乗るには充分《じゅうぶん》すぎる貫禄《かんろく》があった」

「枢機院がウィルベルトの次の魔王にと推《お》したのだ。今度は自分達にとって御《ぎょ》しやすい、従順な者を選ぶかと思っていたのだがな」

「死んでもなお消える事のない、ウィルベルトの影響《えいきょう》力を恐れたんだろ、枢機院の連中は。野郎《やろう》に対抗《たいこう》できる器《うつわ》じゃないと、勢力そのものが弱体化しちまうってよ……皮肉だな」

「…………」

迅の言葉に、ラムサスが黙《だま》り込んでいると、

「まあ、そっちの方は多少の予定変更《へんこう》があったとはいえ、決着が付けられるんなら計画の大筋にはそこまで支障をきたす訳でもないだろ」

それよりも、と迅。

「いざという時に落ち合う場所へ行っても『彼女』の姿がなかったんだが……そっちにも何か予定変更があったのか？」

「……いいや、私の方でもアレの行方《ゆくえ》は摑《つか》めていない」

真剣《しんけん》みを増した声で尋《たず》ねた迅に、ラムサスが首を横に振《ふ》って、

「アイツが本気で身を隠《かく》せば、たとえ枢機院であろうと見つけられるものではないと思うが……この状況でここへ来ない理由までは解《わか》らん」

すると、

「ってゆうか……サフィアちゃんの霊子《れいし》の気配って、どうもこの魔界にはないような気がするのよねん」

迅とラムサスの会話に、甘い声が割って入った。見れば、ソファに腰《こし》掛《か》けている迅の隣《となり》に、ちょこんと幼いサキュバス——シェーラがいつの間にか座っている。

「お母様……ラムサス様のお部屋へ来る時は、ドアを使って下さいとあれ程」

シェーラもまた、迅と同じくウィルベルトとは対等の付き合いをしていたが、流石《さすが》に家族にまで甘い顔はできない。「まあまあ」と手でこちらを制してくるシェーラに、ルキアは咎める視線を送りながら、

……しかし、何故《なぜ》ここでサフィア様の名が？

シェーラの口から出た女性の事については、ルキアもよく知っていた。ルキアだけではない。穏健《おんけん》派に属している者なら、ほとんどの者が知っているだろう。

だが、なぜ迅とラムサスの会話の中でサフィアの話題が上ったのかは解らない。

恐らく——これは、ルキアでは真相を知る事を許されない類《たぐ》いの話なのだろう。

「——解るのかシェーラ？」

「絶対って訳じゃないけど……まあ良い女の勘《かん》って奴《やつ》かしら」

「当たるんだよなあ、お前の勘って……」

と、頭をがりがりと掻《か》いて迅。

「参ったな、こっちでも空振《からぶ》りか……まあ、取り敢《あ》えずは差し迫《せま》った問題の方を片付けない事にはマズイしな。で、この決戦話だが——お前の方はどういう判断なんだ？」

「とてもではないが、あの子供達には任せられん」

厳しい表情で言ったラムサスに、迅は嘆息《たんそく》して、

「おいおい、ラムちゃんよ……俺だって手を出したいのは山々なのに、それを我慢《がまん》してここまで来たんだぜ？　お前もちょっとは頑張《がんば》れよ」

まあ、

「あのレオハルトって奴は確かに想定外だが、それでもガキ共に頑張って貰《もら》うしかない。俺達がしゃしゃり出たら、状況は『計画』のスタート時よりも前に遡《さかのぼ》っちまった挙げ句、俺達が目指したゴールには届かなくなっちまうぞ。大体、今のお前じゃ色々キツいだろ？」

「構わん。もし子供らが負けでもしたら、それこそ全《すべ》ての意味が失われる」

堅《かた》く譲《ゆず》らぬ口調のラムサスに対し、

「解ってるさ。今のままじゃ確かに、刃更達があのレオハルトや奴の配下共に勝つのは難しい……だが、決戦まではまだ少しだが日があるだろう。連中の下へ出発するギリギリまで、俺の方でせいぜい教えてやるさ——アイツらにできる、勝つための方法って奴を。結論は、それを見てからでも良いだろ？」

そう言って迅はニヤリと笑うと、くあ……と欠伸《あくび》を一つして、

「つー訳で、とりあえず今日の所はそろそろ休むわ。長旅の疲《つか》れも、そこそこあるんでな。フィオはどうしてる？」

「迅殿《どの》が連れてきた子供でしたら、既《すで》に別室で休んでいる筈《はず》ですが」

と、ルキアが教えると、

「だったら俺もそこを使わせて貰うとするか。どうせベッドは余ってるんだろ？」

そう言って、迅がソファから立ち上がる。

「確かにベッドは余っておりますが……それならば刃更殿が使用している客室の方が良いのでは？　久しぶりの再会と聞いていますし、積もる話もあるでしょう」

ルキアが気を遣《つか》うが、勇者の一族の戦神——東城迅は、ふっと笑って言った。

「止《や》めとくよ……今日のところは刃更とは別の部屋の方が良いだろうからな」

3

迅の予想は当たっていた。

刃更が滞在《たいざい》中の客室——その寝室《しんしつ》では、刃更が澪を屈服《くつぷく》させている真っ只中《ただなか》だった。

向かい合うようにして、刃更の太股《ふともも》の上にショーツ一枚の姿で跨《また》がっている澪は、

「やっ、あぁっ……お兄ちゃん、お兄ちゃん……はぁ、ふぁあんっ♥」

刃更の頭の後ろへ両手を回して甘えるようにしがみつき、こちらが敏感《びんかん》になった彼女の胸を揉《も》んだり張り詰めた先を吸ってやる度《たび》に、可愛《かわい》らしい顔を快楽にとろけさせて刃更の事を「お兄ちゃんお兄ちゃん」と甘えた声で呼んでくる。

可愛らしい反応。既にこちらによって数え切れない程の絶頂を刻まれている澪は、刃更が胸を攻《せ》めてやる度に女の反応を見せ、無意識に腰《こし》を振っては淫《みだ》らな分泌《ぶんぴつ》液を溢《あふ》れさせたショーツを擦《こす》りつけ、同じく下着姿の刃更のボクサーパンツを濡《ぬ》らしてくる。

そして刃更が、そんな澪の張り詰めた左の乳首《ちくび》に、くっと歯を立ててやると、

「〜〜〜〜〜〜っ♥」

澪は両脚《りようあし》をこちらの腰に回してしがみ付くと、上半身を仰《の》け反らせながら達した。

その瞬間《しゅんかん》、刃更は噛《か》んでいた澪の乳首を強烈《きょうれつ》に吸ってやると、快楽の熱でとろけそうなほど柔《やわ》らかくなっていた胸をいやらしい形にしてしまった澪は絶頂を重ねてしまい、

「っ……ぁ……♥」

刃更の股間《こかん》の上で、ブルブルと腰をわななかせた。そして刃更が乳首からチュポっと口を離《はな》してやると、脱力《だつりょく》したようにそのまま後ろへと倒《たお》れ、ベッドの上で仰向《あおむ》けになり、

「はあっ……はぁ、んっ……」

焦点《しょうてん》の合っていない恍惚《こうこつ》の瞳《ひとみ》で、澪は熱く甘い吐息《といき》を漏《も》らしていた。しかし、

「――刃更さん、まだです」

そんな澪の様子を傍《そば》でジッと見ていた、幼いサキュバスが言った。その格好はボーダー柄《がら》のオーバーニーソックスだけ。万理亜《まりあ》がそんな姿をしているのは、刃更が澪を屈服させてやるのを彼女も手伝っているからだった。

――そもそも、この屈服は万理亜が言い出した事なのだ。

澪を狙《ねら》って襲撃《しゅうげき》をしかけてきた昼間の現魔王派との戦闘《せんとう》で、澪はウィルベルトの力を解放して上位英霊《えいれい》を倒したものの、強大な力を使用した反動で意識を失っていた。

その後、眼《め》を覚ました澪は刃更達が無事である事を知って喜んでいた。しかし、すぐに

自分の存在のせいで穏健派の兵士達や街に甚大《じんだい》な被害《ひがい》が出た事や、戦闘で柚希《ゆき》達が負傷してしまった事に責任を感じて激しく心を痛めていた。

最後まで立っていられたゼストや、治癒《ちゆ》力の高いサキュバスの万理亜は既に動き回れるまでに回復したが、魔界の魔素《まそ》の影響を受ける勇者の一族の柚希と胡桃《くるみ》は、魔法《まほう》や回復アイテムを使用した治療《ちりょう》や手当てを行なったものの、明日までの安静を強《し》いられている。

刃更もふたりほどではないが、かなりのダメージが残った状態だ。

だが……それでも、あの死闘《しとう》で誰《だれ》一人死ぬ事なく、その程度で済んだのは幸運だろう。

当然ながら、澪も魔界へ来る前にこういう事態が起こる可能性は理解し、ある程度は覚《かく》悟《ご》もしていたのだろうが……やはり実際に兵士達が命を散らす様を自分の眼で見た事で、強いショックを受けてしまったらしい。

だから——ゼストに柚希と胡桃の看病を任せた万理亜は、落ち込んでいる澪を刃更の部屋へと連れてくると、澪の苦しさを和《やわ》らげてあげて欲しいと頼《たの》んできたのである。

——刃更としては、普通《ふつう》に澪を慰《なぐさ》めてやるつもりだった。しかし、心が落ち込むと人は思い詰めるものだ。それすら刃更の迷惑《めいわく》になってしまうとでも思ったのか、刃更の部屋を訪《おとず》れた時には澪は既に主従契約《けいやく》の呪《のろ》いを発動させてしまっており、さらに改めて刃更も負傷していたのを見て後悔《こうかい》を強めたのか、澪は催淫《さいいん》状態をより強めてしまっていた。だから刃更は、万理亜と共に澪を己《おのれ》に屈服させて、強引《ごういん》に楽にしてやる事を選んだのである。

「…………」

万理亜がまだと言うのなら、きっとそうなのだろう。だから刃更は己の手で仰向けの澪を横向きにさせた。天井《てんじょう》を向いていた澪の豊かな乳房《ちぶさ》が、ぷるんと波打つように揺《ゆ》れながらそちらを向いて……そして、自分も同じように澪の背後へ横になると、後ろからすくい上げるようにして彼女の胸を揉み始めた。すると途端《とたん》に澪は反応し、

「ふぁあんっ♥　やっ……お兄ちゃ、ふぅ……んっ、あぁん♥」

刃更の腕《うで》の中で甘く身を悶《もだ》えさせ始める。だが──このままでは埒《らち》があかない。だから、

「万理亜──」「はい、お任せ下さい♪」

刃更の呼び掛《か》けに万理亜は嬉《うれ》しそうに頷《うなず》くと、自らも澪と向かい合うようにして横になり、刃更が揉んでいる澪の乳房──その先端へと吸い付いた。

「やっ……万理亜ぁ、あ、あぁ……ふあああぁぁあっ♥」

刃更と万理亜に前後を挟《はさ》まれると、澪は一気に淫《みだ》らに乱れていって……それから二人で何度かイカせてやると、ようやく澪の喉《のど》から主従契約の首輪の痣《あざ》が消えた。そして、

「…………」

刃更は現在、火照《ほて》った身体《からだ》を冷やさないようバスローブを肌《はだ》の上に羽織り、ベッドから

下りて部屋の窓から外を見詰《みつ》めていた。澪と万理亜は掻いた汗《あせ》などを流すため、備え付けの浴室へ入っており、扉《とびら》の向こうからはシャワーの音が聞こえてきている。そんな中、窓の外に広がる夜の景色を見ながら刃更《ふ》が振り返るのは、昼間の現魔王《まおう》派との戦闘だ。

巨大《きょだい》英霊の脅威《きょうい》と、ガルドという現魔王派の高位魔族の強さ。

そのガルドを牢《ろう》から連れて逃《に》げるなど、敵に回ってしまった可能性のある滝川。

……そして。

これから戦う事になる現魔王レオハルト。

さらには枢機《すうき》院までをも敵に回しているこの状況《じょうきょう》下で、澪を先代魔王の一人娘《むすめ》という宿命から解き放ち、普通の女の子として生きていけるようにするためには、幾《いく》つもの障害を乗り越《こ》えなければならない。状況は未《いま》だに厳しいままだ。

迅と久しぶりに合流できた事は心強いが、恐《おそ》らく迅が戦闘で前線に立つ事は難しい。

勇者の一族にとって英雄《えいゆう》であるという事は、魔族にとって迅は最大の敵だったという事だ。タカ派と保守派が合わさってできた現魔王派に乗り込めば、下手《へた》をすれば現魔王派の多数を巻き込んだ大規模な戦闘へと発展してしまいかねない。そうなれば、いよいよもって澪を取り巻く状況は混乱から混沌《こんとん》へと傾《かたむ》く。

……いや。

それでも、助言ならば色々と貰えるだろう。先の大戦を潜《くぐ》り抜《ぬ》け、戦神とまで呼ばれた迅の言葉は、刃更達の現状を打破する力となる筈だ。そう刃更が思っていると、

「刃更さーん、良かったら一緒《いっしょ》に入りませんかー？　お背中お流ししますよー？」

脱衣《だつい》所へと続く扉が開き、裸《はだか》の万理亜が笑顔《えがお》で刃更の事を誘《さそ》ってきた。

さらにバスタオルを躰《からだ》に巻いた澪も、恥《は》ずかしそうに顔を赤くしながらこちらを見て、

「お願い刃更……来て」

潤《うる》んだ瞳で懇願《こんがん》してくる。だから、

「ああ……解《わか》った」

東城刃更は頷きを返すと、ゆっくりと彼女達の下へと歩いていった。

明日から自分達はどう行動すべきかについて——冷静に思案を巡《めぐ》らせながら。

4

レオハルトは、レンドヴァル城で最も天空に近い部屋へと足を踏《ふ》み入れていた。

熟練の職人の手による高級な家具や調度品でまとめられた半球状の広い室内。

眼を引く天蓋《てんがい》付きの巨大なベッドと豪華《ごうか》な造りの化粧《けしょう》台を始めとする家具が並び、見

る者の眼を楽しませ、心を穏《おだ》やかにする観葉植物なども置かれている。

そこは生活に一切《いっさい》の不自由がないよう、寝室と私室とリビング——その全《すべ》ての要素を兼《か》ね備えた、細部にまで気を配られた空間だ。

外敵の侵入《しんにゅう》を防ぐための見張り塔《とう》よりも遥《はる》かに高い位置にあるため、夜空の月に照らされる事で遠くに浮《う》かび上がる地平線を望む事ができるものの、しかしこの場所を建物の外から見る事はできない。不可視の魔力《まりょく》結界によって覆《おお》い隠《かく》されているからだ。

そんな部屋を訪れたレオハルトは、部屋の中央に置かれた巨大なベッドへと歩を進める。

「…………？」

しかし、そこにある筈の姿がない事に、レオハルトは眉《まゆ》を顰《ひそ》めて辺りを見回した。

すると何かがぶつかった音と共に、入り口からベッドを挟んで反対側に設けられた扉が開くや、中から黒い影《かげ》が飛び出してくる。そして、レオハルトの下へと駆《か》けてきたのは一《いっ》匹《ぴき》のヘルハウンドだ。鼻を鳴らしながらレオハルトの足下《あしもと》にまとわりつくその様は、どこかこちらに対して必死に助けを求めているようにも見える。

「……どうしたんだ、そんなに濡れて」

ヘルハウンドの体はずぶ濡れ状態で、その体軀《たいく》は普段《ふだん》よりも一回りほど小さくなっていた。そこで、ふとヘルハウンドの体に泡《あわ》がついているのを認めたレオハルトが、おおよそ

の事態を察した時、

「こらぁ～っ、途中《とちゅう》で逃げるなペロっ！　言うこと聞かないなら去勢してやるーっ」

ヘルハウンドが飛び出してきた扉から、やや間延びした声と共に出てきた者がいた。

それは魔族にしては珍《めずら》しい、透《す》き通るような白い肌にウェーブの掛かった長い金髪《きんぱつ》をした美しい女性。恐らく、扉の向こうの浴室で入浴していたのだろう。一糸纏《まと》わぬ裸の彼女は、ヘルハウンドと同じく全身を濡らし、長い髪《かみ》を扇情《せんじよう》的に張り付かせたその躰には、まだ流しきれていない泡が残っている。そして、逃げたヘルハウンドを捜《さが》して、少し不機《ふき》嫌《げん》そうにキョロキョロと室内を見回していた彼女は、ふとこちらに気が付くや、

「あ～、レオ君だぁ……わーいレオ君～♥」

嬉しそうに両手を前に出し、ぺたぺたと濡れた素足《すあし》で床《ゆか》を踏みながらレオハルトの方へとやって来る。途端にヘルハウンドがギョッとなってこちらの背後へ隠れたため、レオハルトは自身のマントで見えないようにしてやりながら軽く両手を広げると、美しい女性はそのままこちらへと抱《だ》き付いてきた。服が濡れ、泡も付いたがレオハルトは構わない。

それよりも大事な事があったからだ。だから、

「ただいま戻《もど》りました、姉上……」

そっと彼女を抱き締《し》めながらその言葉を告げると、こちらの胸の辺りに可愛らしく額を

ぐりぐりと押し付けていたレオハルトの姉——リアラが顔を上げて、

「お帰りレオ君。今日も一日、お疲《つか》れさまぁ」

大きな垂れ眼の瞳を笑みにした優《やさ》しげな顔で、こちらに労《ねぎら》いの言葉を掛けてくれる。

だから、レオハルトの表情もまた自然と穏やかなものになった。

若き魔王としての顔から、眼の前の姉を想《おも》う——ひとりの青年の顔へと。

——魔王レオハルトには、彼の家族以外は誰も知らない大きな秘密がある。

それはリアラの家に引き取られるまで、施設《しせつ》で育てられた戦災孤児《こじ》だった過去だ。

リアラの家は、過去に魔王候補を輩出《はいしゅつ》した程《ほど》の名の公爵《こうしゃく》家である。そんな由緒《ゆいしょ》ある公爵家が、わざわざ孤児だったレオハルトを引き取ったのには当然ながら訳があった。

全ては——リアラの容姿が原因だ。白い肌に金色の髪……それは、かつて神界を追われた魔族にとって最も忌《い》むべき姿。魔族の公爵家に生まれながら、リアラの容姿は神族そのものだったのだ。とはいえ——リアラは最初からこのような姿だった訳ではない。生まれたばかりの頃《ころ》の彼女は、両親譲《ゆず》りの容姿をしていた。だが自我が形成されてゆくにつれ、彼女の外見は神族のものへと変化を始めてしまったのである。

それは残酷《ざんこく》すぎるほど呪《のろ》われた先祖返り。

よってリアラを守るため、両親は彼女を死んだ事にして世間はおろか親族からもその存在を隠した。リアラが禁忌《きんき》の象徴《しようちよう》ともいうべき外見になってしまった事が知られれば、彼女の命が危《あや》うい事が解っていたからだ。そして親族から公爵家として新たな跡継《あとつ》ぎを求められた両親は、何故《なぜ》か二度と子を宿す事ができず――苦肉の策として男子の孤児を引き取り、表向きは血の繋《つな》がった長男として育てる事にした。

そうしてリアラの家に引き取られたのがレオハルトだ。

レオハルトは、初めてリアラと会った時の事を今でも鮮明《せんめい》に覚えている。幼いレオハルトの前に現れた、美しい少女の姿を――突然《とつぜん》の事に不安と心細さを得て怯《おび》えていた自分を、ほとんど年の変わらないリアラが優しく抱き締めてくれた事を。

自身の存在を死んだものにされ、表に出る事を決して許されない――その一生は、ある意味では戦災孤児のレオハルトよりも悲惨《ひさん》だ。それでもリアラはどこまでも明るく、純粋《じゆんすい》で……そんな彼女にレオハルトが惹《ひ》かれるようになるまで、そう時間は掛からなかった。

「もぉ……レオ君てば、今何時だと思ってるの？　とっくに午前様だよ」

頰《ほお》を膨《ふく》らませて不満顔のリアラを、レオハルトは優しく抱き締めながら、

「すみません……突然入った執務《しつむ》が長引いてしまいまして」

「……レオ君、お姉ちゃんは言い訳は嫌《きら》いだな」

む〜となったリアラは、

「レオ君にほっぽらかされて、お姉ちゃんはすごく寂《さび》しかったんだよ？　どれだけ寂しかったかと言うと、レオ君を待たずにペロと一緒にお風呂《ふろ》に入っちゃうくらい」

そこで、リアラはハッとなり、

「そうっ、聞いてよレオ君、ペロってば酷《ひど》いんだからっ！　せっかくお姉ちゃんが綺麗《きれい》にしたげようとしたのに、アイツってばキャンキャン言って途中で尻尾《しっぽ》巻いて逃げたのっ。あのワン畜生《ちくしょう》めぇ……ちょっと金だわしが擦《す》り切れる位ゴシゴシ擦《こす》った程度で男らしくないったら。出てこいペロ～、去勢してやるぅ！」

ぷんぷん怒《おこ》るリアラに、レオハルトの背後のヘルハウンドがビクっと身を竦《すく》ませる。

「姉上……お気持ちは解りますが、ベアルを去勢するのはちょっと」

リアラが先程からペロと呼んでいるヘルハウンドの、本当の名を口にして言うと、

「レオ君……まさかお姉ちゃんより、ペロの肩《かた》を持つ気っ？」

「いいえ。ですがアイツは元からメスです。去勢は物理的に不可能かと」

「お姉ちゃんは裁縫《さいほう》が得意だから大丈夫《だいじょうぶ》なのっ。何か適当な棒っきれでも股間《こかん》にチクチク縫《ぬ》い付けて、『こんなに硬《かた》くして、このケダモノっ！』って蔑《さげす》みながら、ノコギリでギコギコすれば良いよね？」

リアラのアイディアに、ベアルが気の毒な程にガタガタと震《ふる》えだしたのを背中で感じ、

「……姉上、この部屋には棒もノコギリもありませんよ」

と、レオハルトは苦笑《くしょう》しながらリアラを諭《さと》した。

「それより、入浴の途中だったのでしょう……このままでは身体《からだ》を冷やしてしまいます。浴室へ戻りましょう」

「む～……じゃあレオ君、お風呂まで抱っこして」

頷《うなず》いたレオハルトが、リアラを優しく横抱きにした時だった。

リアラがこちらの首の後ろへ両手を回し、そのまま唇《くちびる》を重ねてきたのは。

「────」

しかし、魔王レオハルトは驚《おどろ》かない。

レオハルトはこれまでにも、血の繋がりのないこの姉と何度となくキスをしている。

それ以上の事もだ。そして、

「ん……ちゅっ、レオ君、レオ君からもキスして」

甘えた声と表情でせがまれたレオハルトは、自らの唇で美しい姉へと応《こた》えると、口づけをした状態のまま、リアラを抱きかかえて浴室へと向かった。

両親がレオハルトを引き取ったのには、他《ほか》にも思惑《おもわく》があった。

単に公爵家の跡継《あとつ》ぎとなるだけではない。レオハルトは、将来的にリアラが子供を作るための相手となり、公爵家の血を絶やさないようにする事も求められていたのだ。

しかもリアラの存在は表に出せない以上、表向きは別に正妻を迎《むか》えさせ、子供のみを入れ替《か》える事になる……それが両親の考えた苦肉の策だった。

レオハルトがその話を聞かされたのは、先の勇者の一族との大戦に終わりが見え始めた頃——一時的に帰還《きかん》を果たした時だ。

親としてリアラの命を何としてでも守りたい一方で、家の血を後の世に繋いでゆく事を止める訳にはいかない公爵家としての義務に苦しみ続けてきた父と母は、まるで懺悔《ざんげ》のようにレオハルトに彼を引き取った理由を打ち明けてきた。それも——レオハルトを引き取る事になった時点で、リアラは既にこの話を知っていた事と併せて。

残酷な真実。しかし、レオハルトが両親を恨《うら》む事はなかった。元は孤児の養子でしかない自分に対し、両親はまるで本当の子供のように愛情を注いで育ててくれたし——彼らがレオハルトと同じか、それ以上に娘《むすめ》のリアラの事を愛している事を知っていたからだ。

そんな両親の想いを叶《かな》えてやりたかったし、レオハルト自身も幼い頃からリアラに対して密《ひそ》かな恋心《こいごころ》を抱《いだ》き続けてきていた。何よりもリアラが、全てを受け入れていた事——

そしてレオハルトが投げ掛《か》けた、姉弟《きょうだい》として育ってきた自分が相手でも良いのかという問いに、まるで当然の事のようにリアラは頷いてくれた事で、レオハルトの覚悟《かくご》が決まった。当時の魔王《まおう》だったウィルベルトが、枢機《すうき》院を始めとする周囲の反対や反発を押し切って、人の血を色濃《いろこ》く継《つ》いでいる娘を后《きさき》とした前例が生まれていた事も大きい。

時代は変わり始めている……もしかしたら、リアラの存在が認められるようになり、無理に表向きの正妻を迎えなくても済むようになるかもしれない。だから同じ部隊に属し、かけがえのない戦友となっていたバルフレアとラースには、リアラの存在を教えて直接彼女とも会わせ、大戦後は彼女に自由を与《あた》えるための戦いに力を貸して欲しいと頼《たの》んだ。

そして戦争から戻ったら、改めて皆《みんな》にとって最良の形を考えようとリアラや両親とも約束し、レオハルトは再び戦場へと戻っていった——未来に確かな希望を抱いて。

だが——そんなレオハルトの希望は、最悪の形で打ち砕《くだ》かれる。

レオハルトが戦場から戻ると、既に両親はこの世を去っていた。

病死という話だった。そして、追い打ちを掛けるようにレオハルトにとって悪い事が重なる——ウィルベルトの妻アーシェが他界したのだ。これにより、リアラがその存在を公《おおやけ》に認められ、レオハルトと婚姻《こんいん》できる可能性はほぼ失われた。

——しかし、それでもレオハルトは諦《あきら》めなかった。結果はどうあれ、人の血を継いだ后を迎えたウィルベルトという前例はあるのだ。大戦時に挙げた数々の武勲《ぶくん》によって、レオハルトの名声は一気に上がっている。公爵家としての体面を気にする事だけが生きがいの親族達を黙《だま》らせ、リアラの外見を禁忌とする根強い偏見《へんけん》を打ち払《はら》う事ができるだけの材料を用意しようと、レオハルトは必死に足掻《あが》き続けて。

そして今から一年半ほど前、ウィルベルトの訃報《ふほう》が魔界《まかい》全土を揺《ゆ》るがしたタイミングで、とうとうレオハルトはそれを手にした。タカ派と保守派が合流した勢力——そのトップに君臨する枢機院から、次の魔王として擁立《ようりつ》する事を伝えられたのである。

リアラと一緒《いっしょ》にシャワーを浴びたレオハルトは、浴室を出るとベッドへと移動した。将来を誓《ちか》い合った男と女が裸《はだか》でベッドに上がれば、結ばれるのは必然だ。

二人だけの時間を慈《いつく》しむように、抱き合いながら舌を絡《から》めたキスから、レオハルトとリアラは徐々《じょじょ》に情熱的にお互《たが》いを求めて夢中になっていった。

手と口を使って互いの全身を余すところなく触《ふ》れ、体勢を入れ替えて最も敏感《びんかん》な場所をたっぷりと口で愛撫《あいぶ》し合った後、レオハルトとリアラは互いの性を交わらせた。

互いの弱い場所、敏感な場所を全《すべ》て知り尽《つ》くした者同士で行なう情熱的な性交は、最高の快楽をレオハルト達にもたらしてくれる。

だから限界まで絶頂を重ねてゆき、最後にふたり一緒にベッドの上で倒《たお》れて──呼吸と鼓動《こどう》が落ち着くまで、互いに繋がった状態でいた後。

やがてレオハルトはリアラの中から己《おのれ》を抜《ぬ》き放つと、左腕《ひだりうで》で彼女を横に抱《だ》いた。

そして彼女に話したのは、自分がここへ来るのが遅《おそ》くなってしまった理由だ。

枢機院に命じられた穏健《おんけん》派の本拠地《ほんきょち》ウィルダートへの侵攻《しんこう》が刃更達の抵抗《ていこう》に遭《あ》って失敗に終わった事や、またこの機に乗じて枢機院がガルドを始末しようとした事。そうして負傷したガルドをどうにかラースに奪回《だっかい》させた事や、同時に少数精鋭《せいえい》での決戦を申し入れた事を、レオハルトはゆっくりとリアラに話していった。

そうしてレオハルトが全てを話し終えると、

「そっか……じゃあ、もうすぐなんだね」

そう言って、こちらに身を寄せていたリアラが優しく微笑《ほほえ》んでくる。だから、

「ええ──もうすぐ全て終わります」

レオハルトは天井《てんじょう》を見上げながらゆっくりと頷いた。

新たな魔王として穏健派を大人しくさせ、自分達が魔界を統一すれば、大手を振《ふ》ってリアラと結ばれる事ができる──そう思っていたレオハルトは当初、枢機院に感謝していた。

——だが、高い地位まで辿《たど》り着けたからこそ得られる情報というものがある。

魔王に即位《そくい》する少し前、レオハルトは自分が新たな魔王に選ばれた理由には、大戦時の武勲以外にもあった事と併せて、両親の死の真相について知った。

父と母は病死ではなかった。レオハルトが戦地へ戻《もど》っている間に、リアラの存在を枢機院に知られ、その珍《めずら》しい外見から良い暇潰《ひまつぶ》しになると枢機院が戯《たわむ》れにリアラを連れ去ろうとしたのを、両親は必死に止めようとして——その結果、ふたりは枢機院によって殺されたのだ。リアラの存在が枢機院に知れたのは、穏健派のウィルベルトを疎《うと》ましく想《おも》っていた枢機院が、次の魔王候補として上がっていたレオハルトの身辺調査を行なった事がきっかけだった事も、レオハルトに耐《た》えがたい怒《いか》りをもたらした。だが、それ以上に許せなかったのは、枢機院の本当の目的が実はリアラではなく、最初から両親の命だった事だ。

父と母が死んだ事で、リアラとの婚姻と、彼女との子供を作る事は、レオハルトにとって両親が遺《のこ》した最後の望みとなった。その願いを果たすため、レオハルトは新たな魔王として君臨し、穏健派の打倒《だとう》しか考えられなくなっていたのである。

全ては——枢機院の目論見《もくろみ》の通りに。

また、両親が死んだ後も連中がリアラに手を出す事はなかったのは、彼女の存在がレオハルトをコントロールするために利用できるからという、それだけの理由だった。

──そして、この計画を主導したのがベルフェゴールだ。

決して許す事のできない真実──だが、それらを全て呑《の》み込み、己の中に冥府《めいふ》よりもなお暗く深い憎悪《ぞうお》を抱《かか》えながら、それでもレオハルトは新たな魔王に即位した。

両親と、リアラとの幸せな未来を奪《うば》った枢機院を皆殺《みなごろ》しにするには、ただの公爵《こうしゃく》家の跡取《あとと》りよりも魔王という立場の方が間違《まちが》いなく果たしやすい。無論、枢機院との距離《きょり》が近付いた分、リアラの安全は最優先で確保せねばならず、結果として彼女には公爵家にいた時と同じように、この部屋から外へは出られない暮らしをさせてしまっている。

……皮肉なものだな。

ウィルベルトというかつての偉大《いだい》な魔王の幻影《げんえい》を振り払い、この魔界を統《す》べる絶対的な魔王となる事でリアラの居場所を作ろうとしているというのに……今のレオハルトは、人の血を引いている妻を迎えた事で、彼女に不自由な生活をさせざるを得なかったウィルベルトと同じ事をしている。だが、それ程《ほど》までに難しいものなのだ。

自分にとって大切な存在を、本当の意味で守り……そして幸せにする事は。しかし、

……絶対に成し遂《と》げてやる。

自分は何としてもウィルベルトを越《こ》え……彼の先へ行く。

この魔界を、リアラが当たり前のように幸せを享受《きょうじゅ》できるような──そんな優《やさ》しい世

界へと導いてみせる。そうすれば自然と、弱い者や、生まれや育ち、血筋や外見によって苦しんできた者達が、これ以上虐《しいた》げられる事もなくなってゆくだろう。

そして——その理想にとって重要な足掛《あしが》かりが、もう間もなく整うのだ。

穏健派との決戦を通して。

——魔王レオハルトには、何としてでも手に入れたいものがある。

だがそれは、きっと誰《だれ》もが大なり小なり持っているものなのだろう。

ウィルベルトの娘や、ジン・トージョーの息子《むすこ》にもある筈《はず》だ。

それでも、レオハルトは譲《ゆず》らない。両親の敵である枢機院を討《う》ち滅《ほろ》ぼし、リアラを真の意味で解放するのを邪魔《じゃま》する者は、誰であろうと容赦《ようしゃ》はしない。成瀬澪だろうと、東城刃更だろうと、それこそ戦神と呼ばれるあのジン・トージョーだろうと。

そして。

たとえそれが、この魔界の歴史そのものと称《しょう》されるあの枢機院だろうと。

……そうだ。

レオハルトは、リアラの肩《かた》を抱いていた手にギュッと力を込めた。

もし立ち塞《ふさ》がるというのなら、レオハルトはそれが神だろうと倒してみせる。

初めてリアラと出逢《であ》った日に思い描《えが》いた夢を——彼女と歩む未来を手に入れるために。

第1章　己の現実と真実を見詰めて

1

穏健派の本拠地にして、かつての魔界の王都ウィルダート。
その近くに広がるオルドラの森に、剣戟《けんげき》の音が響《ひび》く一角があった。
それは久しぶりの再会を果たした東城《とうじょう》家の親子が織りなす実戦稽古《けいこ》の戦闘《せんとう》音だ。
剣戟の他に聞こえてくるのは、木々の隙間《すきま》を抜ける際に生じる枝葉の揺れる音。
しかし——刃更と迅の姿は地面にはなかった。
宙だ。
「おおおおおおおおおおおぉぉぉぉぉっ！」
裂帛《れっぱく》の気合いと共に、東城刃更《バサラ》は魔剣《まけん》ブリュンヒルドで斬《き》り掛かった。

視線の先──空中で模擬剣《もぎけん》を手にしている迅《じん》に向かって。しかし、

「──ほいっと」

迅は無造作に払うようにして、刃更の剣撃《けんげき》をあっさりと受け流す。

だが──初撃がいなされる事は、放った刃更も承知の上だ。

「はあああああああああぁぁっ」

一気に斬撃《ざんげき》を連ならせ、受けに回った迅をスピードで押し切ろうとする。ところが、

「おいおい、攻《せ》めるのは良いが状況《じょうきょう》も考えろよ？」

そう言った迅が強引に振り上げた模擬剣によって、ブリュンヒルドをかち上げられ連撃を止められて──しまった、と思った時にはもう遅かった。

そのまま迅が繰《く》り出した、斜《なな》めに振り下ろす袈裟《けさ》懸《が》けの剣撃をモロに喰《く》らう。

「ぐっあああぁぁっ!?」

重い一撃《いちげき》による衝撃《しょうげき》は、足での着地という選択肢《せんたくし》をこちらから奪い──そして刃更は、そのまま地面へと叩《たた》き付けられた。ズドン、と重い衝突《しょうとつ》音が身体《からだ》の下で生まれ、

「がっ……う、あ……っ！」

辛《かろ》うじて受け身は取れたが、激突《げきとつ》の衝撃を殺しきれず肺が一瞬《いっしゅん》呼吸の仕方を忘れる。

それでも刃更は必死に身を起こした。着ている服は今の落下だけでは説明がつかないほ

ど森の地面の土で汚《よご》れており、顔や腕《うで》には幾《いく》つもの軽い擦過傷《さつかしょう》や殴打痕《おうだこん》がある。

他《ほか》に、鈍《にぶ》い痛みを訴《うった》えている場所は全身の至る所にあって数え切れない。

服の汚れは刃更が地面に転がった回数を、痛みは迅に打たれた数を意味している。

すると、こちらを追って軽《かろ》やかに地面へと降り立った迅が、

「ただでさえ空中は回避《かいひ》が難しくて隙《すき》も大きくなるってのに、パワーで負けてる相手にスピードタイプが一箇所《いっかしょ》に留《とど》まってどうする」

模擬剣で肩を軽くトントンと叩きながら言ってくる。

「ゾルギアとやり合ったんなら解《わか》るだろ？　総合力が上の奴《やつ》と戦う時は、自分の武器を最大限活《い》かすなんてのは最低条件だ。創意工夫《くふう》を加えるなんてのも当然で、その上でさらに相手の想定や想像を超《こ》えないと――」

「――――っ！」

迅の言葉が続いている内に刃更は行った。身を低くした疾走《しっそう》で一気に加速し、ブリュンヒルドの間合いに入りながら繰り出したのは、肩を後ろに回す動作で繰り出す強引な振り下ろしの一撃だ。対する迅はやれやれと模擬剣を持ち上げ、

「言ってる傍《そば》から、そんな大振《おおぶ》りの――おおっ？」

しかし迅が模擬剣で受ける直前で、刃更はブリュンヒルドの具現化を解いた。

それは生じる筈だった剣戟をキャンセル——そして刃更はザッと滑《すべ》り込むようにして左脚《ひだりあし》で踏《ふ》み込みを入れると、振り下ろした右手をそのまま逆薙《な》ぎの軌道《きどう》で振り上げる。

その動作の最中にブリュンヒルドを具現化すれば、繰り出されるのは次元の境界を利用した居合い——あの高位魔族《まぞく》ガルドの右腕《みぎうで》をも断った『次元斬《じげんざん》』だ。だが、

「っ——？」

刃更の次元斬は不発に終わった。振り上げようとした刃更の右腕が止められたのだ。

迅の右足の裏で、まるで受け止めるかのように。そして、

「今のは意表を衝《つ》く方法としては悪くないが、敵の懐《ふところ》へ入れば攻撃《こうげき》しやすくなる反面、それだけ相手にも防御《ぼうぎょ》や反撃《はんげき》といった対応をされやすくなる。確実に本命を当てたいなら、フェイントの段階で相手に崩《くず》しを入れないと……防がれた後が悲惨《ひさん》だぞ？」

ぐいっと強引に襟《えり》を摑《つか》まれると、逃《に》げる間もなく刃更の身体と視界は宙を舞《ま》って回転した。そのまま背中から地面へと叩き付けられ、

「がはっ……う……ぐ——っ？」

衝撃で吐《は》き出した息を、しかし刃更はすぐに呑み込む羽目になった。首元に迅の模擬剣の切っ先が突き付けられており、

「——で、こうなるとお終《しま》いって訳だ」

迅は笑《え》みと共にそう言うと、ゆっくりと模擬剣を引いていった。

「どうする……まだやるか？」

「っ……当然だろ！」

苦い表情になりながら、それでも戦意を失う事なく言った刃更に、

「そうかい。なら、ちょっと休んでからにしよう。大して動けない状態で続けても、あまり修行《しゆぎよう》の効果はないからな」

「…………解った」

こちらがそう頷《うなず》きを返すと、迅はふっと笑って懐から煙草《たばこ》を取り出して火を付けた。

刃更と違《ちが》って迅の着ている服には土埃《つちぼこり》はついておらず、怪我《けが》はおろか息さえまるで上がっていない。《里》を離《はな》れて五年……刃更と同じく、迅にもブランクがある筈なのに、かつて最強の勇者と謳《うた》われた男は、微塵《みじん》も衰《おとろ》えを感じさせない。刃更は滝川《たきがわ》を始め、高志《たかし》達やゾルギアとも戦い、この魔界《まかい》へ来てからは巨大英霊《きよだいえいれい》やガルドという強敵とも戦うなど、実戦経験は決して少なくなかった筈だ。無論、先に魔界を訪《おとず》れていた迅もその気になれば幾らでも実戦を積む事はできただろうが、そんな真似《まね》をすればあっという間に魔界中に迅の存在が知れ渡《わた》り、今頃《いまごろ》はもっと大きな騒《さわ》ぎや問題になっていただろう。

……つまり。

要はそれだけ、刃更と迅との間には元々の地力の差があったという事だ。もちろん《里》にいた頃《ころ》にも稽古を付けて貰《もら》った事は何度もあったし、その実力差がどれ程のものかは幼いながらに理解していたが、

……いや。

今、重要なのは迅との実力差ではない。問題なのは、

「なあ親父《おやじ》……」

刃更は地面に腰《こし》を下ろしたまま、迅をそっと見上げるようにして尋《たず》ねる。

「現魔王《まおう》に……レオハルトって奴に会ってきたんだよな？」

「ああ。言っちゃあ何だが、若そうなのに中々の奴だったぞ」

「……今の俺に勝ち目はあると思うか？」

刃更とレオハルト——両方と斬り結んだ迅に、自分達の力量差を問うと、

「そうだな……」

と迅は前置きを一つ入れて、

「まず、お前は自分のブランクを随分《ずいぶん》と気にして、まだまだ実戦の勘《かん》みたいなものを取り戻せていないつもりでいるんだろうが……今のお前は既《すで》に、《里》にいた五年前の頃よりも実力的には上にいる。この五年で成長して基礎《きそ》的な身体能力は伸《の》びているし、澪《みお》ちゃん

達と結んだ主従契約《けいやく》の関係強化も随分と効いているんだろう。恐《おそ》らくそれは、お前以外の女の子達全員にも言える事だ」

「いや、でも……」

「苦戦が続いているのは、それだけ相手が強かったからだ。お前達が弱かった訳じゃない」

そう。

「お前達は強い。だが、残念ながらあのレオハルトって奴は、今のお前の二段……いや三段は上にいる。恐らく、普通《ふつう》にやったら俺よりも強いだろう」

「親父でも勝てないのか……っ？」

刃更は思わず動揺《どうよう》した。自分より三段上というのはともかく、迅よりも上だとは思わなかった。ずっと傍で見てきた刃更の中では、父親の迅こそが最強であるというイメージが非常に強くある。そんな迅よりも強い相手になど、とてもじゃないが勝てるイメージが湧《わ》かない。愕然《がくぜん》となったこちらに、

「いや別に、絶対に勝てないとは言わねえよ……要はやり様って事だ」

と苦笑《くしょう》して迅。

「そして、それはお前にも言える事だ……刃更、お前はまだ自分の武器も、力も完全には使いこなせていないだろう」

ていない。

迅の指摘《してき》に、刃更は肯定《こうてい》の言い淀《よど》みを放った。確かに自分は、ブリュンヒルドに使い手として選ばれているだけで、『咲耶《さくや》』から認められている柚希《ゆき》のような境地にまでは達していない。

「それは……」

「それに、お前は自分の最大の強みが何なのかも、きちんと理解できていない……まあ、これは俺が悪いんだけどな」

「？　どういう事だよ？」

「いや……まあとにかく、その辺の問題が解消できれば、あのレオハルトともかなり渡り合えるようになる筈だ」

と迅。

「本当ならじっくりと教えて使いこなせるようにしてやりたいところだが、生憎《あいにく》と向こうが提示してきた決戦の日まで時間はそう残されていない」

「……ああ、解ってる」

刃更が承知していると告げると、

「かといって先に理屈《りくつ》を教えてからだと、色々と考え込んじまってかえって難しくなる可能性があるからな……」

と、迅はそこまでを言うと、

「——もうそろそろ休憩《きゅうけい》は良いか？」

「え？　あ、ああ……」

迅の声のトーンが僅《わず》かに低くなったのを感じ、それでも刃更は頷きを返した。

すると、刃更達の周囲から不意に音が消えた。結界が張られたのだ。そして、

「そうか——じゃあ、ちょっと荒《あら》っぽい方法で行くぞ」

こちらへ向かって、迅がそう呟《つぶや》くように言った直後だった。

迅から発せられる気配が一変し、まともにそれを受けた呼吸が止まったのは。

「——っ？」

ギョッとなって身を硬《かた》くした刃更は、思わずブリュンヒルドを構えた。そうやって戦闘《せんとう》態勢を取らないと、とてもじゃないが今の迅とは相対する事ができない。

それでも身体は正直で、全身を襲《おそ》う小刻みな震《ふる》えが止まらない。

刃更の中にある感情が湧き上がる。

ゾルギアや、ガルドを前にしても感じなかった感覚——それは恐怖《きょうふ》だ。そして、

「——前に、いざとなったら俺がケツを持ってやると言ったのを覚えているか？」

ゆらりと迅はこちらを向いて言った。

「ここからはもう、手加減は一切抜《いっさいぬ》きで行く。もしお前が今回の件を自分の手で解決したいと本気で思っているなら、死に物狂《ぐる》いで乗り越《こ》えろ。命の一つも懸《か》けねえで手に入れた力なんざ、ありがたみもなければ、いざって時に自分の命を預ける事もできねえだろ」

安心しろ。

「もし駄目《だめ》だった時は——お前のケツは俺が拭《ふ》いてやる」

そう言うなり、迅の模擬剣《もぎけん》が眩《まばゆ》い緑のオーラを放ち始めて、

「中途半端《ちゅうとはんぱ》に動ける状態にして、無理にでも付いて来て足手纏《あしでまと》いになられてもマズイしな……きちんと諦《あきら》めきれるように、ギリギリ死なない位にしてやる。だが、無理だと思ったら諦めて黙《だま》ってそのまま受けろ」

良いな？

「下手《へた》に動いて……俺より先に死ぬ親不孝だけはするなよ」

そう言って迅が模擬剣を一閃《いっせん》した——その瞬間《しゅんかん》、撃《う》ち出されたオーラの奔流《ほんりゅう》が衝撃波《しょうげきは》となって東城刃更へと押し寄せた。

「————」

迅の凄《すさ》まじい圧力に当てられた今の刃更では、意識では自分へと迫《せま》る衝撃波を捉《とら》えていたものの、身体《からだ》では反応する事ができなかった。これでは《無次元の執行《バニシングシフト》》の完全消去は

勿論《もちろん》、強引《ごういん》に発動させて弾《はじ》き散らす事もできない。

だから――刃更は、刹那《せつな》に自分がここで倒《たお》れてしまった場合にどうなるかを想《おも》った。

――迅は、レオハルトに全く勝てない訳ではないと言っていた。

恐らく迅に任せれば、きっと刃更よりも上手《うま》く事態を解決してみせるだろう。

よって澪の事を第一に考えるのなら、このまま迅の一撃《いちげき》を受けて自分は倒れてしまう方が良いのかもしれない――それ位の事は刃更だって解《わか》っている。だが、

「――――――っ！」

それでも刃更の両手は、ブリュンヒルドの柄《つか》をグッと力強く握《にぎ》っていた。

澪と交《か》わした約束を、家族のように大切に想っている少女達を、他の誰でもない――自分が守ってやりたいという想いは、たかが死にかける位で捨てられるものでは断じてない。

……そうだ。

思い出す。これまで迅が、刃更の事を守ってくれたように。迅のような無類の力はなくとも、自分なりの強さで皆《みな》を守ってみせると己《おのれ》に誓《ちか》った事を。

もう二度と嫌《いや》なのだ。五年前のように、自分の意識を手放し――後で自分の弱さや無力さに後悔《こうかい》するのは。何もせず、ただ誰《だれ》かが助けてくれるのを待っているだけなのは。

だから。

「────────！」

迅の放った衝撃波が己を呑《の》み込む──その瞬間。

東城刃更は動いていた。

2

刃更がオルドラの森で迅との稽古《けいこ》に取り組んでいた頃。

澪ら女子組もまた、ウィルダート城の中庭でシェーラとルキアのふたりに修行を見て貰っていた。武器や格闘術《かくとう》など直接戦闘タイプの柚希と万理亜《まりあ》はルキアが、魔法《まほう》タイプの澪と胡桃《くるみ》とゼストはシェーラが担当だ。とはいえ、こちらは刃更達が行なっているような実戦形式ではない。講師役のシェーラとルキアが澪達に行なったのは、戦闘スタイルに応じた戦術のレクチャーや、様々な組み合わせでの連係の確認《かくにん》と新規構築。そして最も重きを置いたのが、それぞれの能力の解放や、発動時間の短縮、威力《いりょく》や効果の増加などを狙《ねら》った抜本的《ばっぽん》な能力特性の強化だった。基礎の増強を行なう事で応用の発展を促《うなが》すそれは、最も価値ある効果を得られる修行の一つだ。しかし──だからこそ、その修行は困難を極《きわ》める。

何せ、己《こ》の限界を超える事ができるまで、ひたすら自分が使える全力を解放し続けなければならないのだ。それでも、自分の壁《かべ》を打ち破れるとは限らない。限界を超えた成長を得るためには、それまでとは全く別次元の意識の改革——即《すなわ》ち覚醒《かくせい》が必要になる。

そんなものが容易《たやす》く一朝一夕《いっちょういっせき》で行なえる筈《はず》もなく、開始して二時間が経過した頃には澪達の息は完全に上がり、立つ事さえままならなくなっていた。そんな澪達の体《てい》たらくに、

「あらあら、意外とだらしないのね……仕方ないわ、少し早いけど休憩にしましょうか」

と、シェーラが嘆息《たんそく》交じりに言った。すると傍《そば》に控《ひか》えていたメイドのノエルが、

「皆さん、どうぞ。疲労《ひろう》回復効果のある魔法水です」

と、澪達一人一人に片手で持てる細長い水筒《すいとう》を渡《わた》してくれる。仄《ほの》かな甘さと柑橘《かんきつ》系の酸味のする水で喉《のど》を潤《うるお》すと、水分を求めていた体内にスッと染《し》み渡ってゆくのを感じ、ようやく澪達は人心地《ひとごこち》をつく事ができた。

修行《しゅぎょう》を始めたばかりという事もあり、流石《さすが》に新たな力に目覚めた者はまだいない。しかし、ほとんどの者が手掛《てが》かりのようなものは摑《つか》んでいた。それは、どのようにすれば自分の力を今より強化できるかについて、明確な目標が見えているからだ。

胡桃はルキアから貰った闇色《やみいろ》のエレメントを通じて、魔界《まかい》の精霊《せいれい》達からさらなる力を借りられるようになる事を目指し、柚希は魔界でも霊刀《れいとう》『咲耶』の力を解放できるように、局所的な次元境界を展開して人間界とチャンネルを構築する方法を見出《みいだ》そうとしていた。

万理亜はいざという場合に備えて、ゾルギアとの戦いで使ってしまった霊子中枢《ちゅうすう》のオーバーロードによる『成体化』をまた使えるようにするために、魔法鍵精製に必要なエネルギーを回復しやすくなるよう、己の肉体と精神のコンディションを高めて霊子を活性化した状態へ持って行こうとし、元から高かった戦闘力を刃更との主従契約と彼への服従によってさらに上昇《じょうしょう》させたゼストは、新たに仲間となったため生じている連係の遅《おく》れを少しでも取り戻《もど》そうと、刃更・澪・柚希・万理亜・胡桃の五人全員の戦闘スタイルや能力を必死に学び、有効なコンビネーションを構築しようと努めている。

そうして自身の目標を定めている者達が、休憩の合間にもシェーラやルキアに助言を求めたり、仲間同士で意見を交換《こうかん》するなど積極的なアクションを取る中、

「…………………」

澪だけが一人、浮《う》かない顔で俯《うつむ》き黙り込んでいた。他《ほか》の四人が自分達の力を強化するための鍛錬《たんれん》に取り組めているのに対し、澪だけはまだその道筋すら見つけられていなかった。

父親にして先代魔王《まおう》のウィルベルトから受け継《つ》いだ力は強大だが、今の澪は使うとその反動によって意識を失ってしまう。先日ウィルダートの市街地で、現魔王派の高位魔族《まぞく》や巨大英霊《きょだいえいれい》達と戦った時のように。発動はできる……だがその後に気絶してしまうようでは、現魔王派との決戦では足手纏いにしかならない。

……どうすれば良いの？

具体的な解決策が見つけられず、澪はギュッと拳《こぶし》を握り締《し》めた。今日の修行でもウィルベルトの力をコントロールしようと試みたが、少しでも発動しようとするとすぐに意識を失ってしまいそうになり、何度挑戦《ちょうせん》してもそうした状態が改善する事はなかった。ウィルベルトが使いこなしていたであろう力を、澪は完全に持て余しているのだ。

これは完全に澪の力不足が原因だろう。何故《なぜ》ならば、

……あの人も、重力系魔法を使いこなしていたっていうもの……。

先日の現魔王派との戦いで澪が気を失ってしまった後、迅と一緒《いっしょ》にラムサスもこちらの窮地《きゅうち》を救ってくれたと聞いている。そしてラムサスは、澪と同じように一撃で上位英霊を重力魔法で葬《ほうむ》りながら、その後も普通に意識を保っていたという。ウィルベルトにしか扱《あつか》えない力では断じてない。この力はやり方次第《しだい》で幾《いく》らでも使いこなす事ができるのだ。

澪が、己の不甲斐《ふがい》なさに悲愴《ひそう》な面持《おもも》ちで思い悩《なや》んでいると、

「——あのね澪ちゃん。あの力をいきなりどうにかするのは恐《おそ》らく無理だと思うわよ？」

ふと、こちらの心を見透《みす》かしたような声が掛《か》けられた。見上げれば、いつの間にかシェーラがこちらのすぐ隣《となり》に立っており、

「あの力は、ウィルベルトが一人娘《むすめ》の貴女《あなた》を一方的に守護するために託《たく》したものであっ

て、澪ちゃんが使いこなす事は最初から考えられてはいないもの。大体、ウィルベルトはともかく、別にラムサスは使いこなしている訳じゃないわよん」

「え……だって」

と、思わず澪が聞き返すと、

「アイツは本来持っていない力を、発動理論を知っているからって無理やり使っているだけよ。だから、意識を失うだけで済んでいる澪ちゃんよりも、それこそ負担はずっと大きいわ……あまり使いすぎると命に関《かか》わる程《ほど》にね」

「そうなんですか……？」

「ええ。平気そうにはしてるけど、少し痩《や》せ我慢《がまん》が入っているんじゃないかしら」

とシェーラは苦笑《くしょう》して、

「そもそも、ウィルベルトは貴女に魔王の地位を継いで欲しいとは思っていなかった……だからこそ、信頼《しんらい》できる自分の配下に人間界で育てさせていたの。だけど自分が死んだ後、澪ちゃんが危険に晒《さら》された時の守りとなるよう、最期《さいご》に自分の力を貴女へと受け継がせた。矛盾《むじゅん》しているけど、それが父親としてのアイツの譲《ゆず》れない想いだったから」

徐々《じょじょ》に当時を思い出すかのような遠い目になり、

「あの力は澪ちゃんの生命に対する深刻な危機や、精神への悪負担が限界などに達した際に発動する自動防衛機能のようなもの。せっかく自分の中にある強大な力を、刃更君や皆のために使いたい気持ちは解るけど、安易にそちらへ飛びつくのではなく、今は自分の力を伸《の》ばす事に集中しなさいな……遠回りに思えるかもしれないけれど、それがウィルベルトの力を使いこなせるようになる最短の方法だと思うわよ」

「…………」

シェーラの助言に澪が黙り込んでいると、

「んふふ、そうですよー澪さま」

「やんっ、ちょ……ま、万理亜っ⁉」

不意に後ろから抱《だ》き付かれるようにして両胸を揉《も》まれた澪が振《ふ》り返りながら咎《とが》めるように言うと、当の万理亜はそんな澪に構う事なく至福顔でこちらの胸を揉み続けながら、

「ウィルベルト様の力をどうこうするより、ご自分の長所を伸ばす事を考えましょう」

良いですか。

「そうやって悩んだり、他の皆さんよりちょっと先に刃更さんと主従契約《けいやく》を結んだからって余裕《よゆう》こいたりしているから、胡桃さんやゼストさんに先を越されてしまうんです」

万理亜がいきなり炸裂《さくれつ》させた爆弾《ばくだん》発言に、

「なっ、なっ、何を根拠《こんきょ》にそんな……っ⁉」

ギョッとなった胡桃は水筒を地面に落とし、みるみる顔を真っ赤にしながら、

「……な、何で万理亜がっ⁉」

刃更とゼストの主従契約を認められずにいた胡桃が、二人と淫《みだ》らな行為《こうい》を通して絆《きずな》を深めた事は、翌朝部屋へ駆《か》け付けた澪や柚希、万理亜もよく知るところだが、その内容については胡桃は勿論《もちろん》、刃更もゼストも秘密にしていた。

「？　先を越《こ》されたって……どういう事？」

「…………胡桃、怒《おこ》らないから一体何の話か教えて」

万理亜にキョトンと尋《たず》ねる澪はともかく、圧力のある無表情でこちらへとにじり寄り説明を求めてくる柚希の瞳《ひとみ》が全然笑ってなくて怖《こわ》い。すると、

「鈍《にぶ》いですねぇ。澪さまと柚希さんは、刃更さんにして貰《もら》って屈服《くっぷく》する事でしか主従関係を深めてきませんでしたが、ゼストさんは主従契約を結んだ際にご自分から刃更さんに色々な事をされたそうですよ——刃更さんの男性部分へ、胸とか口とかで」

万理亜の言葉に、澪と柚希がギョッとなってゼストを見ると、

「…………申し訳ありません。はしたない真似《まね》と知りながら、刃更様に奉仕《ほうし》したい自分を

抑《おさ》えられませんでした」

ゼストは正直に謝りながら、万理亜が口にした内容を事実だと認める。

「あの時のゼストちゃんは、凄《すご》くて眼福だったわね～」

刃更とゼストの主従契約を誘導《ゆうどう》し、その場にも居たというシェーラが感慨《かんがい》深げに言うと、

「それなら先日、刃更殿《どの》と共に胡桃殿の心を解きほぐした時はもっと積極的でしたが」

あろう事かルキアまで、胡桃達の行為を知っているような口ぶりで言ってくる。

……な、何で……？

そもそものきっかけとなった、《催淫と魅了《さいいんチャーム》》の効果のあるベビードールを胡桃に着せたシェーラならば、或《あるい》いはそうした事情を推測する事はできるかもしれないが、万理亜やルキアに何をしたかなど知る術《すべ》はない筈だ。すると、あの時の事を思いだしたのか、

「お恥《は》ずかしい限りです……まだつたない奉仕で刃更様には申し訳ないのですが」

頬《ほお》を染めて畏《かしこ》まるゼストに、指摘《してき》をしたルキアは静かに首を横に振って、

「いいえ。その時の映像を母から見せて貰いましたが、まだ頑《かたく》なだった胡桃殿を誘導しながら、あれだけ刃更殿を果てさせる事ができれば上出来です」

「いいえルキア姉さま、それを言うなら胡桃さんです。口や手はともかく胸ではできないからって、あろう事か一番感じてしまう脇《わき》で刃更さんのを挟《はさ》んだ挙げ句『動いて、刃更兄

ちゃん……♥』なんておねだりして、あれはもうサキュバス的に超萌《ちょうも》えポイントで――」

「何で言っちゃうのよ馬鹿《ばか》ぁっ！　じゃなくてっ、シェーラさん何で万理亜達にバラしちゃった訳っ⁉」

己《おのれ》の痴態《ちたい》を洗いざらいぶちまけられてしまった胡桃は、迫《せま》ってきていた柚希を押しのけ、動画を隠《かく》し撮《ど》りされていた問題を忘れてシェーラを問い詰《つ》めると、

「ごめんなさいね～、ルキアちゃんは私が黙《だま》って部屋に忍《しの》び込んだ事をなかなか許してくれないし、万理亜もルキアちゃんから逃《に》げる時に投げつけた事を怒っていたから……貴女の動画を見せる以外に、この娘達の機嫌《きげん》を直す方法が思いつかなかったよん」

頬に手を当てながらシェーラは全く悪びれずに言い、

「ケンカをした時は、皆《みな》で一緒に取っておきのエロ動画を鑑賞《かんしょう》する……これがサキュバスの家族の正しい仲直りの方法なのです」

この母にしてこの娘ありとばかりに、むふんと胸を張った万理亜は、

「という訳で胡桃さんには、私たち親子がもし何かあっても、またすぐに仲直りが出来るよう、今後とも素敵《すてき》なエロ動画を提供していただけると助かります」

「馬鹿じゃないのっ、そんなの見せる訳ないでしょっ！」

「おや？　という事は、刃更さんとエッチな事をするのは否定しないと？」

「そ、それは……だって」

胡桃はチラっとルキアを見た。刃更とゼストと共に淫らな一晩を過ごし、闇色《やみ》のエレメントが覚醒《かくせい》した後……胡桃はルキアからこのエレメントについて、ある補足説明を受けていた。この闇色のエレメントは、使用者の快楽や興奮を吸収して魔力《まりょく》として蓄《たくわ》えておく事ができるようになっていて、そのため同じように快楽や興奮を吸収する事でパワーアップできるサキュバスが使用するのが最も相応《ふさわ》しいエレメントとしてルキアが持っていたのだと。もちろん既《すで》にエレメントは覚醒しており、今のままでも魔界《まかい》の精霊《せいれい》達とのコンタクトは行なえるが、淫らな行為をすればさらにエレメントは活性化し、発動させた魔法《まほう》の威《い》力《りょく》をより強力にできる……と。

つまり刃更・澪・柚希・ゼストの四人が屈服や服従による主従関係を強化する事で戦闘《せんとう》力が上がるだけでなく、これからは胡桃も積極的に刃更とそうした行為をしてゆく事が推《すい》奨《しょう》される状態になったのである。サキュバスの万理亜は、自分が得たもの以外に他人の快楽や興奮を得る事で強くなれるが、闇色のエレメントの特性上、胡桃は自分自身がそうした状態になる必要があるという訳だ。

……でも。

野中《のなか》胡桃は構わない。自分は、刃更と主従契約を結んでいる柚希や澪、ゼストと同じように自分の事も扱って欲しいと願い、その事を刃更に承諾《しょうだく》して貰っている。たとえ魔法による契約は交《か》わされていなくても、東城刃更はもう野中胡桃の主《あるじ》なのだ。

そう胡桃が己に言い聞かせていると、

「——あらあら、困ったわね」

ふと発せられた、笑《え》みを含《ふく》んだシェーラの言葉に見ると、

「ん……ぁ……っ」「はぁ……んぅ」

澪と柚希が切なげな声を漏《も》らしながら、その身を甘く悶《もだ》えさせていた。


野中柚希は、躰《からだ》の奥で生まれた甘い感覚が一気に膨《ふく》れ上がったのを感じた。

思わず地面に両膝《りようひざ》をつくと、倒《たお》れかけた柚希をとっさにルキアが支えてくれる。

ふと見れば、眼《め》の前の澪もこちらと同じような状態で万理亜に支えられており、

……澪……。

澪の首に首輪のような痣《あざ》がくっきりと浮《う》かび上がっているのを視認《しにん》した柚希は、否応《いやおう》なしに理解する。自分と澪は今——主従契約の呪《のろ》いを発動して催淫状態にあるのだと。

「刃更君は幸せ者ね……こんな良い娘達《こ》に囲まれて」

すると、柚希達を見て苦笑したシェーラが、

「とはいえ、こうなる危険性を抱《かか》えたまま現魔王《まおう》派の本拠地《ほんきょち》へ向かうのはリスクが高すぎるし……ちょうど良いわ、ホラ二人ともこれを呑《の》みなさい」

そう言って、柚希と澪の口に赤いハート形の錠剤《じょうざい》を入れた。入ってくるなり、柚希の口の中に甘い味が広がると、錠剤はそのまま砂糖菓子《がし》のようにスッと溶《と》けてゆく。

そして、ゴクリと喉《のど》を鳴らして甘い液体になった錠剤を飲み干した直後、

「え――……」「嘘《うそ》……何で？」

柚希と澪は、同時に困惑《こんわく》の声を上げていた。躰の中で膨れ上がっていた甘い感覚が消えていた――しかも首輪の痣は浮かんだままの状態で。呪いを発動しながら催淫状態から脱《だつ》せられている事に、柚希達が驚《おどろ》きの瞳でシェーラを見ると、

「主従契約の呪いの効果を抑える薬よ……貴女達の呪いはサキュバスの催淫だから、私の方でそれぞれの霊子《れいし》構造に合わせてコントロールできる薬をどうにか作れたの。その様子なら、上手《うま》く効果が出てくれているみたいね。じゃあゼストちゃん、貴女《あなた》も呑んでおきなさい……望まぬ形で刃更君の足を引っ張りたくはないでしょう」

「はい、ありがとうございますシェーラ様……」

ゼストは薬を受け取ると、迷う事なくそれを飲んだ。それを見ながら、

「そんなものが作れるなら、どうして今まで……？」

と、柚希が抱《いだ》いた疑問を口にすると、

「この薬を作れたのは、私がサキュバスだからだけど……でもきちんと効果が出るには、貴女達の刃更君への忠誠度がそれだけの域に達する必要があったのよん」

聞いているでしょう、とシェーラ。

「主従契約の呪いを無効化する方法は基本的に二つ。一つは契約の解除。そしてもう一つが契約の『誓約化《せいやく》』よ。主に対して完全な忠誠状態になった配下からは、主への裏切りや後ろめたさとは無縁《むえん》の存在となり、呪いが発動する事はなくなる——ご覧なさい」

そう言って指を鳴らすと、柚希達の眼の前に大きな鏡が出現した。そして、鏡に映し出された自分達の姿と、それぞれの首元に浮かんでいる痣の色を見た柚希と澪に、

「少しずつ変化するものだから気付かなかったでしょうけど、かなり赤くなっているのが解《わか》るでしょう？　百パーセントの状態が真紅《しんく》なのだけれど、今の貴女達の刃更君への忠誠度はかなりその状態に近づきつつあるわ。あの薬はね、『誓約化』に足りない残り少しを一時的に補ってくれるものなのよ……ゼストちゃん、二人の隣《となり》に立ちなさい」

「はい……」

頷《うなず》いたゼストがその通りにすると、特殊《とくしゅ》な魔法が掛《か》かっているのか、鏡の中のゼストの

首には呪いが発動していないにも拘《かか》わらず首輪の痣が浮かび上がっている。

そして柚希たち三人の痣の色を確認したシェーラは、

「うーん……刃更君への忠誠度は、ゼストちゃん、柚希ちゃん、澪ちゃんの順かしらね」

「えっ——……？」

その言葉に、柚希の隣で呆然《ぼうぜん》の声を澪が上げた。まさか最初に刃更と主従契約《けいやく》を交わした自分が一番下だとは思いもしていなかったのだろう。そんな澪に対し、

「そんなに気にしなくて良いわよ。凄い差がついているって訳じゃないし」

まあ、とシェーラ。

「忠誠度は性格によっても左右されるものだし……もしかしたら、刃更君に対してどれだけ素直《すなお》になれているかの差なのかもしれないわね」

「あ、あたしは別に……っ」

慌《あわ》てて反論しようとする澪を、シェーラは「まあまあ」と手で制して、

「言ったでしょう。大差はないし、澪ちゃんの忠誠度だってかなりのレベルよ……むしろ称賛《しょうさん》に値《あたい》するわ。これだけ主に対して健気《けなげ》に忠誠している者はそうはいないもの。ここまで来ると、戦闘力の上昇《じょうしょう》という効果は相当強まっている反面、位置把握《はあく》の能力については制限が掛かってきてしまう筈《はず》よ」

「貴女方が結んでいるのは『主従契約』です……その意味を考えれば自《おの》ずと解るでしょう」

眉《まゆ》を顰《ひそ》めた柚希に、ルキアが答えてくる。

「主が配下の所在を把握するのは当然の権利ですが、主の居場所を探《さぐ》ろうと思えば常に知ってしまえる事は、配下の立場として相応しいものではありません……もし主である刃更殿が知られる事を拒《こば》んだ時は、貴女達が彼の居場所所を感じられる事はないでしょう」

「そんな……」

不安そうになった澪に、シェーラは嘆息《たんそく》を一つ入れ、

「まあ……むしろ心配なのは、この短期間に貴女達をここまで服従させてしまった刃更君の方ね。少し末恐《すえおそ》ろしさを感じるわ。このまま行くと、もしかしたら——」

「？　もしかしたら？」

と、柚希がオウム返しに尋《たず》ねると、

「…………いいえ、何でもないわ。考えすぎね、きっと」

そう言うと、シェーラはふと優《やさ》しい笑みを作って、

「……大丈夫《だいじょうぶ》よ胡桃ちゃん」

と、いつの間にか青い顔になっていた胡桃へと語り掛ける。


「制限……？」

「澪ちゃんと柚希ちゃんが呪いを発動したのは、別に貴女に嫉妬《しっと》したからじゃない。刃更君に奉仕《ほうし》してこなかった事に、後ろめたさを感じて自分を責めたからよ」

「…………」

その言葉に、胡桃がぺたんと地面にへたり込んだ。そうして腰《こし》を抜《ぬ》かしてしまった胡桃の頭を、優しく撫《な》でるシェーラを見ながら柚希は思う。

シェーラが口にした言葉は真実だと。柚希が主従契約の呪いを発動させてしまったのは、胡桃への嫉妬やわだかまりからではない。それは澪も同じだろう。

だから柚希もまた胡桃を安心させてやろうと、腰を上げた時だった。

オルドラの森から凄《すさ》まじい轟音《ごうおん》と衝撃《しょうげき》が響《ひび》き渡《わた》ったのは。

それは柚希達と同じように、刃更が迅と修行《しゅぎょう》をしている筈の場所。

だから——そこから先は一瞬《いっしゅん》だ。

「————っ！」

発動した胡桃の精霊魔法《せいれいまほう》によって、柚希達は一陣《いちじん》の風となって空を駆《か》け、あっという間にウィルダート城の中庭からオルドラの森の入り口へと降り立つ。だが、柚希達がそのまま森の中へと駆け込むより先に、森の中から姿を現したものがあった。

迅だ。その肩《かた》には、気絶しているのかまるで動かない刃更が担《かつ》がれていて、

「手当てしてやってくれ……手加減したんだが、ちょいと追い込みすぎちまった」

立ち尽《つ》くす柚希達に、そう言って迅は苦笑《くしょう》を浮かべてみせた。


慌てて刃更の介抱《かいほう》を始める澪達を見ながら、懐《ふところ》から取り出した煙草《たばこ》に火を付ける迅に、

「――それで、刃更君の方は間に合ったの？」

隣に並んだシェーラは静かに問い掛けた。すると、

「多分だけどな……危《あや》うく死ぬとこだ」

迅は意味ありげにそう言うと、肺を満たした紫煙《しえん》を虚空《こくう》へと吐《は》き出した。だから、

「ふふ……どっちが？」

確信を持った笑みで尋ねたシェーラは、視線を迅が来た方へと向けた。

そこには刃更と迅の修行の爪痕《つめあと》が、大きく刻まれている。

オルドラの森の一部の木々と大地が、扇状《おうぎじょう》にごっそりと吹《ふ》き飛んでいて――舞《ま》い上がったまま未《いま》だに晴れる事のない砂煙《すなけむり》が、その衝撃の激しさを雄弁《ゆうべん》に物語っていた。

3

迅との修行で気絶していた刃更が目覚めたのは、夜になってからの事だった。

宛《あて》がわれている客室のベッド——その上に仰向《あおむ》けに寝《ね》ている己《おのれ》を自覚した刃更に、

「よお……気が付いたか」

ふと声が掛けられた。刃更が顔だけでそちらを見れば、窓際《まどぎわ》で煙草を吸っている迅が穏《おだ》やかな表情でこちらを見ている。

「親父《おやじ》……っ——っ」

上半身を起こした刃更が、全身に走った激痛に顔を歪《ゆが》めると、

「手当ては済んでるが無理すんな……治療《ちりよう》してくれたメイドの話じゃ、しばらく安静にしてろとよ」

「しばらく安静って……それじゃ、まさかっ？」

「心配すんな、現魔王派の城へ行くまでには回復する」

こちらへ苦笑を向けた迅が、ふと表情を真剣《しんけん》なものに変えて、

「それより……最後のアレを覚えてるな？」

その言葉に、迅との修行の最後で自分が放った一撃《いちげき》を思い出した刃更は、

「……ああ、何となくだけど」

そう呟《つぶや》くように言って、自分の右手を見下ろした。

あの時──とっさに刃更が放った斬撃《ざんげき》は、オルドラの森の一部を吹き飛ばした。スピードタイプの刃更が繰《く》り出した攻撃《こうげき》としては、通常は考えられない程《ほど》の威力《いりょく》だ。すると、

「なら、あの感覚をよく覚えておけ。そして、次からは意識的に使えるように発動のイメージを何度も反復しろ。いざという時に、まぐれに頼《たよ》る訳にはいかないからな」

「ああ……でも、あれは一体……」

「あれはな、お前の《無次元の執行《バニシングシフト》》の可能性の一つだ……本来の、対象にカウンターで発動させ、完全消去や、不完全でも弾《はじ》き散らせるといった相殺《そうさい》を行なうんじゃなく、それを消滅エネルギーとして放出し、攻撃へと転化する」

「消滅エネルギーの放出……って、まさかっ⁉」

思わずギョッとなった刃更に、迅が静かな瞳《ひとみ》で告げてくる。

「ああ……《里》で起きた例の悲劇の時に、お前が力を暴走させたのと近い原理だ」

その言葉の意味を理解した瞬間《しゅんかん》、

「っ──」

とっさに鼓動《こどう》が跳《は》ね上がり、刃更は己の胸をギュッと押さえて苦悶《くもん》した。

心臓を締《し》め付けられるような痛みが縛《しば》り、まともに呼吸ができなくなる。

歪む視界の中、刃更の脳裏《のうり》に鮮明《せんめい》に甦《よみがえ》ったのは五年前のあの日、あの時の光景だ。

そして思い出したが最後、刃更の意識はどんどんと過去へと囚《とら》われてゆき──、

「──刃更っ！」

そんな刃更を、こちらの肩をグッと摑《つか》んで名前を呼んだ迅が強引《ごういん》に引き戻《もど》した。

ハッとなって過去から眼《め》の前へと視線を合わせた刃更に、迅が優しく促《うなが》すように、

「落ち着け。まずはゆっくりと呼吸しろ……できるな？」

「っ……ああ……」

刃更は頷くと、最初は浅かった呼吸を、徐々《じょじょ》に深く長いものへと変えてゆく。そして深呼吸まで辿《たど》り着くと、程なくして刃更は落ち着きを取り戻した。そんなこちらへ、

「あの時の事で自分を責め続けているお前に、この話はまだ酷《こく》だとは思ったんだが……」

迅の気遣《きづか》いの言葉に、刃更は首を横に振《ふ》った。

「これは俺が向き合って、そして抱《かか》えていかなきゃいけない問題だ……避《さ》けては通れないよ。それより、親父の見立てじゃ俺が現魔王《まおう》と……レオハルトって奴《やつ》と渡り合うためには、あの時の力を使いこなさないと厳しいって事なんだろ？」

「いいや、ちょっと違《ちが》うな」

と迅。

「五年前の事を後悔《こうかい》し続けている今のお前は、自分の力に表層意識でのストッパーを掛け、さらに深層意識でもリミッターを掛けている。それでも先刻の力を使えたのは、ブリュンヒルドがお前を補っているからだ」

「ブリュンヒルドが……？」

「ああ。だが、お前はブリュンヒルドを武器として使いながらも、心のどこかで忌避《きひ》感を抱《いだ》いている……あの悲劇は、ブリュンヒルドが抜かれたせいで起きたものだからな」

「…………」

迅の指摘《してき》に、刃更は肯定《こうてい》の沈黙《ちんもく》を返した。

毒をもって毒を制す——邪精霊《じゃせいれい》を剣《けん》化した魔剣《まけん》のブリュンヒルドによって、《里》は太古の邪精霊を封印《ふういん》しており、それが抜かれてしまったせいで起きたのがあの悲劇だ。

「霊刀《れいとう》や霊剣《れいけん》といった聖属性の神装武器と比べても、魔剣などの魔装《まそう》武器を使いこなす事は格段に難しい。下手《へた》に傾倒《けいとう》すれば逆に精神干渉《かんしょう》を受けて、使い手が侵蝕《しんしょく》されるからな」

と迅。

「だが、これまではお前のブリュンヒルドへの忌避感が、良くも悪くもあの魔剣からの侵蝕を防いでいた……ただし、そのせいでブリュンヒルドの力にも制限を掛けちまっている」

解《わか》るか？

「今のお前は、言うなれば三つの制限が掛かっている状態なんだ……だが、昼間のお前は生命の危機を感じた極限状態まで追い詰《つ》められた事で、ブリュンヒルドへの忌避感を考える余裕《よゆう》をなくしていた。あのレオハルトって奴と渡り合うには最低でも一つ、可能なら二つはお前の中にある制限を外さない事には厳しいだろうな」

「…………そうか」

迅の言葉に、刃更が吐き出した返事は自然と重く暗いものになった。

澪を守るためには、レオハルトに勝たなければならない。だが、そう都合良く五年前の悲劇を――辛《つら》く、許される事のない己の過去を乗り越《こ》えられるとは思えないし、何よりそんな真似《まね》をしてはいけないだろう。俯《うつむ》いて、静かに右の拳《こぶし》を握《にぎ》った刃更に、

「そう悲観すんな……今回の戦いは、何もレオハルトに勝たなきゃいけない訳じゃない」

と、含《ふく》みのある口調で迅が言った。

「？　どういう事だよ？」

「最終的な落とし所の話さ。魔界《まかい》の勢力争いは、長く続いてきた事で根を深く複雑なものにしちまった、底なし沼《ぬま》のような問題だ。だがお前達の目標は、あくまで澪ちゃんがこれ

以上魔界の政治に利用されて狙《ねら》われないようにする事だろ。もし下手なやり方で現魔王派に勝っちまったら、それこそ今まで以上に穏健《おんけん》派内で澪ちゃんを次の魔王として推《お》す声が大きくなりかねない」

だが、

「かといって、負ければ無事でいられる保証はないし、仮に生き延びられたとしても先代魔王の娘《むすめ》なんてものは厄介《やっかい》の種以外の何ものでもない。現魔王派はどこまでも追い掛《か》けてきて、意地でも始末しようとしてくるだろうな」

「それじゃあ……現魔王派と引き分けを狙えって事か？」

投げられた言葉の意味を咀嚼《そしゃく》した刃更が、その真意を想像して問うと、

「いいや違う……それじゃあ、これまでの穏健派と現魔王派の対立構造は何も変わらない。澪ちゃんは現魔王派から狙われ、穏健派からは次の魔王になるよう求められ続ける」

いいか、と迅。

「つまり……お前達の目標を達成するための終着点は、穏健派と現魔王派の勝ち負けとは別の次元にあるって事だ。解るか？」

「言ってる事は解るけど……でも、そんなのどうすりゃ」

単純に勝つだけでは駄目《だめ》で、かといって負けるのは論外。だが、引き分けでも意味がな

い──要は澪に対する遺恨《いこん》やしがらみを断《た》ち切る勝ち方をしなければいけないと迅は言っているのだ。それも、こちらよりも戦力的に上の相手に。だが、そんな都合の良い勝ち方など、とてもじゃないがあるとは思えない。苦い表情になった刃更に、しかし迅は笑って、

「心配するな……方法はある。少なくとも、今俺が思いついているだけでも幾《いく》つかは」

「っ──本当か親父っ？」

思わず刃更が声を弾《はず》ませると、

「ああ……とはいえ敵さんの思惑《おもわく》も色々と絡《から》んでくる状況《じょうきょう》だ。そうそうこちらの計画通りに事が運ぶとは思えない。完璧《かんぺき》な結果を追いすぎると、自分で自分の首を絞《し》める事になるから注意しろよ。それでも可能性を上げたいなら、最低でもお前がレオハルトに引き分けるか、欲《よく》を言えば追い詰めるところまでは持っていきたい」

「俺がレオハルトに……」

迅の見立てでは、刃更が自身に掛けてしまっている制限を一つか二つ外さないと厳しいという事だった。果たして、自分にそれができるだろうか。すると、

「まあ……お前には他《ほか》にも、いざという時に使える保険があるんだが」

「保険？　何だよ、それ……」

思わせぶりな迅の言葉に、刃更が訝《いぶか》しげに問うと、

「問題のすり替《か》えになる可能性が高いから、なるべく使わせたくはないんだが……とはいえ全く切り札がなくて、精神的に余裕がない状態で戦うのはそれこそ命取りになるからな。まあ、この場合は仕方ないんだろうよ」

「何だよ……親父にしちゃ随分《ずいぶん》と回りくどいな。俺はまだ切り札どころか、親父の言う勝ち方さえ聞かせて貰《もら》えてないのに」

「そうだな……だがお前の保険について説明するなら、勝ち方云々《うんぬん》よりも先に教えておかなきゃいけない話がある。だが、こいつを話すのは俺の予定じゃもうちょい先の筈《はず》だったんだ……何せ色々と込み入った事情が絡んできちまう事なんでな。とはいえ……こうなった以上、全《すべ》てじゃなくても、話せる範囲《はんい》内の事は今ここで話しておくべきなんだろうよ」

「…………何だよ、一体？」

怪訝《けげん》そうにしながら刃更が問うと、迅は苦笑《くしょう》しながら言った。

隠《かく》し事を切り出すみたいに。

「実はな……お前の母親についてだ」

第2章　絡み合う思惑と欲望の狭間で

1

そして、それから数日後――現魔王派との決戦に参加する、刃更《バサラ》を始めとする穏健派の主要代表メンバーの第一陣《だいいちじん》がウィルダートを出発した。

メンバーは刃更・澪《みお》・柚希《ゆき》・万理亜《まりあ》・胡桃《くるみ》・ゼストの六名。転移魔法《まほう》は出現先がどうなっているか不透明《ふとうめい》でリスクが高いため、刃更達が選択《せんたく》したのは馬車で陸路を行く方法だ。

ただし、戦争状態にある敵領地へ通常の陸路を使って移動すれば、途中《とちゅう》でどのような危険が待ち受けているか解らない。そんな中、活躍《かつやく》したのが精霊魔術師《エレメント・マスター》の胡桃だった。

ルキアが胡桃に託《たく》した、魔界の精霊達とコンタクトを取れるようになる闇《やみ》色のエレメント――この宝玉には高位精霊から分かたれた霊子体の一部が宿り、強力な加護が働いている。そして先日、ゼストと確かな信頼《しんらい》関係を築き、己《おのれ》の中にある感情や葛藤《かっとう》と向き合った胡桃は、この闇色のエレメントを使いこなせるようになっており、

「――あたしに任せて。安全なルートを通れないか精霊に頼《たの》んでみる」

そう言って胡桃が闇色のエレメントを通じて精霊達と交信すると、彼らは胡桃に応《こた》えて敵から襲撃を受けにくい道を用意してくれた。精霊達は、彼らが本来存在している次元の狭間――そこに現魔《まおう》王派の本拠地《ほんきょち》であるレンドヴァル領の境界まで、外部からは干渉を行なえない独立した走行ルートを構築してくれたのだ。その精霊達の道を通る事で、刃更達は無事に決戦の二日前に向こうへ到着《とうちゃく》する事ができた。

そして、進む馬車の窓から見えるレンドヴァルの城下街に広がる光景を見て、

「凄《すご》い数の兵士ね……」「……ああ」

緊張《きんちょう》を滲《にじ》ませた澪の言葉に、隣《となり》の座席の刃更も頷《うなず》いた。

刃更達を乗せた馬車が通っている城下街の大通りには、数え切れない程《ほど》の現魔王派の兵士達がずらりと整列している。おまけに兵士達の列の向こうには、野次馬《やじうま》と思《おぼ》しき民衆の姿もあった。現魔王派の性質からか、民衆はウィルダートと比べて獣人種《じゅうじん》など異形の姿をした者の割合の方が多い。

形だけはまるで盛大なパレードか何かのようだが、刃更達の乗った馬車へと視線を注い

でいるのは全て敵勢力の者達だ。こちらへの威圧《いあつ》の意味もあるのだろうが、恐《おそ》らくレオハルトの待つ王城まで、この兵士の列と民衆の野次馬達が途切《とぎ》れる事はないだろう。

「もし外にいる連中全員にまとめて襲《おそ》い掛かられたら、堪《たま》りませんねえ……」

心底嫌《いや》そうに言った万理亜に、

「まあな……でも、その心配はないさ」

と刃更。無論、敵の本拠地へ乗り込むのだ。万理亜が口にしたような状況を考えて、幾《いく》重《え》にも備えを用意してはいるが、恐らくそのような事態になる事はない。

刃更達は、レオハルトの提案した決戦を受けてこの地を訪《おとず》れている。よって刃更達はこのレンドヴァル領へ入って以降、レオハルトの息が掛かっている王都親衛隊によって厳重に警備される形で王城へと向かっていた。レンドヴァル領内で決戦前に刃更達に何かあれば、それは現魔王派にとっての利益にはなるものの、決戦を持ちかけたレオハルトの面子《メンツ》を派手に潰《つぶ》す事になる。レオハルトとしても、それは避《さ》けたいだろう。

……恐らく奴《やつ》もまた、この決戦の先に見据《みす》えているものがあるだろうからな。

この決戦を経てさらに求心力を上げる事を考えているなら、レオハルトは自らの手で刃更達に勝利する必要がある。よって本当に危険だったのは、正体不明の存在の仕業《しわざ》にできる道中での襲撃であり、レオハルトの支配と責任が及《およ》ぶ敵本拠地のレンドヴァル領へ入った事が、皮肉にも刃更達の安全を保障してくれていた。

――すると、徐々《じょじょ》に野次馬の姿が減り、代わりに兵士達の数が増え始めた。

それは目的の場所が近付いているサインだ。そして――程なくして馬車が止まると、運転席から客室へとゼストが入ってきて言った。

「――刃更様、到着しました」「よし……行くぞ」

刃更の言葉に他の皆《みな》が頷きを返し、そして刃更達は馬車を降りていった。

外はレオハルトの治める、レンドヴァル城――その正門前だ。

すると居並ぶ兵士達の前に、その場を代表して立つ青年魔族《まぞく》の姿があった。

佇《たたず》んでいるだけでも解《わか》る。

……強い。それもかなり……。

刃更は眼《め》の前の魔族が高位の存在である事を即座《そくざ》に理解。すると青年魔族は、

「穏健《おんけん》派の皆様《みなさま》ですね……ようこそレンドヴァル城へ」

こちらに対し優雅《ゆうが》に微笑《ほほえ》んで、

「私はレオハルト陛下の首席補佐《ほさ》を務めております、バルフレアと申します。どうぞよろしく」

そして、

「ラムサス殿《どの》は……やはり後からいらっしゃるようですね」

バルフレアの確信めいた言葉に、刃更は「ああ」と頷きを返して、

「穏健派の長として、代表者同士で雌雄《しゆう》を決する事についての異論はないが……ウィルダートを空ける期間は可能な限り短くしたいんだそうだ」

「成る程……道理ではありますね。というより、むしろ決戦の二日前にこちらへ入られる事を希望された皆さんの方が我々としては意外に思えますが」

「俺を始め、こっちには決戦までにこの土地の魔素や精霊に慣れておかないといけない奴がいるからな……少し早めに世話になる者がいる事については、話は通っているだろ？」

「ええ、もちろん問題ありません……それでは、どうぞこちらへ」

そう言うと、刃更達を先導する形で城内へと歩き出した。

赤い絨毯《じゆうたん》が敷《し》かれた長い廊下《ろうか》を、刃更達はバルフレアの後に付いて行く。外とは違《ちが》って必要な警備の兵士の姿しかない事に、

「城の中には、あの威圧するみたいな連中はいないっぽいね」

「……うん」

胡桃の感想に柚希が頷きの声を漏《も》らすと、先を歩くバルフレアが苦笑交じりの声で、

「申し訳ありませんね……お見苦しかったでしょう。ですが、あれは皆さんを威圧する目的で配置したものではない事はどうかご理解いただければと」

何せ、

「城内であれば我々の眼も行き届きますが、流石《さすが》に表では皆さんに不埒《ふらち》な真似《まね》を働こうとする輩《やから》が紛《まぎ》れ込んでしまう可能性がありましたので」

「ああ……解っているよ」

頷きを返した刃更は、ふと眼をスッと細めて廊下の先を見据えた。そして、

「……出迎《でむか》えは、アンタだけじゃないみたいだな」

そう呟《つぶや》くと、澪ら他のメンバーもすぐに刃更と同じものに気が付いた。

姿はまだ見えない——だが刃更達が歩を進めている廊下の先には、間違《まちが》いなくこちらを待っている者がいた。鮮烈《せんれつ》なオーラが気配となって、離《はな》れた場所にいるこちらへとその存在を伝えてくる。すると、前を歩くバルフレアがこちらを振《ふ》り返りながら、

「勿論《もちろん》です。遠い所をわざわざこちらまでお越《こ》しいただいているのですから——我が主《あるじ》も、ぜひ自ら皆さんを迎えたいと」

そう彼が言ったところで、刃更達は開けた空間へと出た。

そこは高い吹き抜《ぬ》けに、美しい天井画《てんじょうが》がある巨大《きょだい》な広間だ。

そして――そこに、ひとりの青年が佇んでいた。若くして威厳《いげん》のある衣装《いしょう》に負けない圧倒的《あっとう》なオーラを纏《まと》い、己への確かな自負によって生まれた余裕《よゆう》のある佇まい。

名乗られなくても解る――眼の前の彼こそが、若き魔王レオハルトなのだと。

そして力強い瞳《ひとみ》がこちらを見据えると、

「来たか……ウィルベルトの娘《むすめ》、成瀬《なるせ》澪」

紡《つむ》ぎ出された芯《しん》のある確かな声に、応じたのは刃更の隣にいた澪だ。

澪は一歩を踏《ふ》み出すようにして前へと出ると、

「ええ、来たわ……アンタが現魔王レオハルトね」

向こうに気圧《けお》される事なく、レオハルトをキッと睨《にら》み据《す》える。

「やっと会えた……」

感慨《かんがい》深そうな言葉とは裏腹に、確かな怒《いか》りを滲ませて澪が呟いた。

「今まで随分と世話になったわね……その借りをまとめて返しにきたわ」

ゆらり、とその身から立ち上らせた紅のオーラを圧力にして言った澪に、

「……戦いの気概《きがい》が充分《じゅうぶん》なようで何よりだ」

レオハルトは澪の敵愾心《てきがいしん》を真っ向から受け止めていた。そして刃更へと視線を移し、

「お前がジン・トージョーの息子《むすこ》だな……」

「……ああ」

刃更が低い頷きを放つと、レオハルトは僅《わず》かに眼を細めて尋《たず》ねてくる。

「あの男の姿がないが、ラムサスと同じように後から来るのか？」

「さあな……本人は、この決戦に参加するつもりはないって言っていたけど」

と刃更。

「実際のところ、親父《おやじ》が本当は何を考えているかは俺にも解らないな」

「……そうか。途中になっていたこの間の決着を付けられると思ったんだが……」

「——俺達だけじゃ物足りない、か？」

別に腹は立たない。むしろ勝つためには、侮《あなど》ってくれている方が良いくらいだ。しかし、

「いいや……お前達の話はラースやガルドから聞いている。相手にとって不足はない」

若き魔王には微塵《みじん》も油断した様子はなかった。

……これは、想像以上に手強《てごわ》いな……。

刃更は冷静に、想定していた勝算をこれまでより厳しいものへ設定し直していると、

「ほう——これはまた、期せずして良きタイミングでの登城になったようだ」

　ふと広間に、嗄《しわが》れた声が降りた。

　すると、いつの間にか二階へと通ずる大階段の踊《おど》り場にひとりの魔族が佇んでいる。

「っ――」「…………」

　すると胡桃が息を呑《の》み、厳しい表情のゼストが空気を張り詰《つ》めさせた。

　それは四本の腕《うで》を持ち、頭部には獣の角を生やした骸骨《がいこつ》のような異形の魔族だった。

　……コイツ……っ⁉

　刃更もまた、思わずゴクリと喉《のど》を鳴らしていた。視線の先にいる魔族は、レオハルトとは異なる――否《いな》、これまでに会ったどの魔族とも根本から異なっているかのような、深く淀《よど》んだ禍々《まがまが》しい存在感を放っていた。得体の知れない本能的な脅威《きょうい》と恐怖《きょうふ》を否応《いやおう》なく与《あた》える、深い漆黒《しっこく》の闇《やみ》のような底知れなさに、刃更達が動けずにいると、

「ベルフェゴール……」

　そんな魔族に対し、表情を硬《かた》くして言ったレオハルトの言葉が刃更達に教える。あそこに立っている高位魔族こそが、陰《かげ》でこの魔界《まかい》の頂点に君臨し続けてきた存在なのだと。

　すると、

「これは陛下……このような上から失礼しました」

全く悪びれない口調で、ベルフェゴールはゆっくりと階段を下りてくる。するとベルフェゴールの身体《からだ》からは、濃厚《のうこう》な香水《こうすい》の匂《にお》いが漂《ただよ》ってきて、

「再三の登城要請《ようせい》をいただきながら、なかなかお伺《うかが》いできず申し訳ありませんでした。例のゾルギア侯《こう》の遊戯《ゆうぎ》場の女達を躾《しつ》けるのに、少しばかり夢中になりすぎましてな」

かつて相対した高位魔族《まぞく》の名が出た瞬間《しゅんかん》、

「────」

ゾルギアと因縁《いんねん》が深く、一歩間違《まちが》えばゾルギアの毒牙《どくが》に掛《か》かっていてもおかしくなかった澪と万理亜、そしてゼストの三人が表情を硬くする。ベルフェゴールが、ゾルギアと同じような真似をしている事を察したのだろう。敵意の中に激しい嫌悪《けんお》を込めて見る澪達に、しかしベルフェゴールはまるで意に介《かい》する事なく言った。

「話は聞いております……穏健派との決戦を、代表者同士で行なうそうですな」

「ああ……見ての通りだ。彼らがその穏健派の代表メンバー達であり、我々は彼らと明後日《あさって》に剣《けん》を交える。これはもはや私とラムサス……両勢力のトップ同士で決定した事だ」

と、レオハルトはきっぱり言い放つ。

「本来なら、枢機《すうき》院のトップであるお前の意見を聞くべき話だったが、生憎と連絡がつかなかったのでな……悪いが私の方で、他の枢機院の者達に話を通させて貰《もら》った」

「成る程《ほど》、そうでしたか……」

と、状況《じょうきょう》を把握《はあく》したように言ったベルフェゴールは、そこで笑った。

「ふむ……別に良いのではないですかな？」

「……お前の方にも、異論はないと？」

予想外の答えだったのか、眉《まゆ》を顰《ひそ》めたレオハルトに、

「ええ。ウィルベルトという過去の栄光にしがみついている穏健派を打倒《だとう》し、陛下がこの世界を司《つかさど》る新たな魔王《まおう》として全土に認めさせるためには、彼らと直接戦い勝利するのが一番でしょうからな」

「………………」

ベルフェゴールの言葉に、レオハルトが沈黙《ちんもく》したのを刃更は見た。眼の前で行なわれたやりとりは、彼らの関係が決して良好なものではない事を伝えてきて、

……親父の言っていた通りだ。

刃更は、修行《しゅぎょう》を共にした晩に交《か》わした迅の言葉を思い出した。現魔王派は恐《おそ》らく、レオハルトら若い世代を支持する者達と、ベルフェゴールら古い枢機院を支持する者達とで分かれているのだろう。やはり――この決戦でレオハルトを倒《たお》しただけでは、事態は何も解決しない。澪の意思を無視して、自分達の都合で利用しようとする魔族達の勝手な思惑《おもわく》

や薄汚《うすぎたな》い欲望《よくぼう》を潰《つい》えさせるためには、全ての根本を断ち切るしかないのだ。

刃更が己《おのれ》の中にあった決意を新たなものにしていると、ふとベルフェゴールがレオハルトから刃更達の方へと向き直った。とっさに、いつでも動けるよう警戒《けいかい》する刃更達に、

「お初にお目に掛かる……儂《わし》は、レオハルト陛下を政治面で補佐している枢機院の長、ベルフェゴールだ」

そこでベルフェゴールは笑《え》みを一気に禍々しいものにして、

「先の大戦では敵対した両傑、ウィルベルトとジン・トージョー。その子らに縁《えん》ができたと知った時は驚《おどろ》いたものだが……成る程、何とも良い顔をしておる」

まるで何か品定めをするかのような、ねっとりとまとわりつく視線に、刃更達はゾクッと総毛立った。だがベルフェゴールは、それ以上は何もせず、

「陛下、話は解《わか》りました……しかし、もう少し詳細《しょうさい》についてお聞かせ願えますかな？」

そう言って、ゆっくりとレオハルトへと向き直った。

「どのように戦うのかや、舞台《ぶたい》をどうするかなどについて——別室でゆっくりと」

「…………良いだろう」

対するレオハルトは了承《りょうしょう》の言葉をベルフェゴールへ告げた。

そして長いマントを翻《ひるがえ》して刃更達に背を向けると、肩越《かたご》しにこちらを振り返り、

「決戦まで、まだ少し日がある……安全な境界次元を通ってきたとはいえ、旅の疲《つか》れはあるだろう。まずは英気を養うがいい」

そして、若き魔王レオハルトは言い放つ。

「——次に会うのは、決戦の舞台だ」

2

レオハルトとベルフェゴールが去った後。

刃更達は、バルフレアの案内で再び長い廊下《ろうか》を進み始めた。

そして噴水《ふんすい》や果樹園などが広がる巨大庭園に面した場所へと来ると、

「——こちらへ」

そう言ってバルフレアは建物から庭園へと下りていった。

どうやらここは中庭らしい。レンドヴァル城とその敷地《しきち》の巨大さを推《お》し量りつつ、刃更達がバルフレアの後に続いていると、庭園の一角に石造りの休憩所《きゅうけい》のような場所が設けられているのが見えてくる。そして、その柱に背もたれるように佇《たたず》んでいる者がいた。

それは先日、ウィルダートで刃更達にこの城へ来るよう伝えた青年。

滝川八尋《たきがわやひろ》だ。滝川は笑みを浮《う》かべながら軽くこちらへ片手を上げて、

「よおバサっち、随分《ずいぶん》と気の早いお着きだな……ちょいと前のめりすぎやしないか？」

「滝川……」

対する刃更は、表情を硬くした。

――刃更が滝川と結んだ秘密の協力関係は、これまで切り札として機能してきていた。

だが刃更は現在、それが今も有効かどうかの判断をできずにいる。

先日――刃更達は、穏健《おんけん》派のウィルダート城へと侵入《しんにゅう》してきた滝川によって牢《ろう》の警備兵を倒され、捕虜《ほりょ》にしていたガルドという高位魔族の奪還《だっかん》を許してしまっている。

滝川は、現魔王派に潜入《せんにゅう》している穏健派のスパイだ。その立場を考えると、自分の身を守るために向こうの命令に従わざるを得ないケースはあるだろう。

……でも。

滝川はあの時、今回の決戦をこちらへ伝えるメッセンジャーの役割も担《にな》っていた。

穏健派と現魔王派の最後の戦いになるかもしれない決戦だ。滝川の立ち位置が穏健派に属しているものならば、脅威となりうるガルドを現魔王派へと連れ戻《もど》すのではなく、あのタイミングでスパイの潜入任務を終えて、穏健派へ戻ってきても良かった筈《はず》だ。

だが、滝川はそれをしなかった。ガルドを奪《うば》い返された後に確認《かくにん》したが、滝川の潜入任

務については、ラムサスら穏健派の上層部はまだ終了《しゅうりょう》を告げていないというが、既に定期報告は途絶《とだ》え、連絡すら取れなくなっているという。

……一人で、ギリギリまで潜入を続けるつもりか？

しかし、だとしたらレオハルトの副官のバルフレアがいるこのタイミングで接触《せっしょく》してくる意味が解らない。滝川の真意が読めず、刃更達が無言で警戒の表情を作っていると、代わりにバルフレアが口を開いた。滝川に対して窘《たしな》める口調で、

「ラース……今回は、穏健派の方達と接触する事は控《ひか》えるようにとお願いした筈ですが」

そこで嘆息《たんそく》を一つ挟《はさ》み、

「大戦時の戦友とはいえ、貴方《あなた》の立場は色々と微妙《びみょう》なんです……いつまでも、こちらへの潜入スパイごっこ気分でいられては困ります」

そうバルフレアが口にした瞬間、

「っ――――」

刃更達は表情を硬いものから厳しいものへと変えた。

バルフレアの口ぶりは、完全に滝川が穏健派のスパイである事を知っているものだった。

だが、バルフレアの言葉はそこで終わらない。

「良いですか……貴方には、かつて我々や穏健派を出し抜《ぬ》き、そこの彼と密《ひそ》かに通じて勝

手にゾルギアを始末した前科がある事を忘れないで下さい」

続けざまに口にしたのは、刃更と滝川が交わし、そして果たした最大の密約。

「おまけに……ゾルギアに止めを刺す現場に、彼を居させたという話じゃないですか」

『――――っ⁉』

真実を知ってしまった澪達が、ギョッとなってこちらを見てくる。しかし、

「…………」

今の刃更は彼女達に応《こた》える事はできない。無論、こうなった以上は後できちんと説明はする。だが、今は自分と滝川との密約をバルフレアが知っていた事の方が問題だ。バルフレアが知っているという事は、恐らくレオハルトも知っているのだろう。それを知った上で……否《いな》、知っているからこそ、彼らは滝川を受け入れ、この現魔王派の城へと置いているとしたら。刃更がその可能性を思った瞬間、

「今回の戦いでは、貴方も我々代表の一員として戦って貰うのですから、いい加減に自分の立場というものを自覚して下さい」

バルフレアが、とうとう決定的な言葉を口にする。対する滝川は肩《かた》を竦《すく》めて、

「そいつは解ってるが……ここに居たのは俺が先で、そいつらを連れてきたのはお前だぜ。それで『接触するな』ってのはないだろう」

やれやれといった口調で告げると、

「彼らの宿泊場所《しゅくはく》については予《あらかじ》め知らせておいた筈です。こうやってわざわざ近付くような真似《まね》をすれば、余計な疑いを掛けられる事くらい理解しているでしょう」

と、呆《あき》れたようにバルフレアが言った。そうして長い付き合いの仲間のような会話を繰《く》り広げる二人に、澪達が厳しい表情を崩《くず》さずにいる中、

「…………」

ただ一人、刃更だけが静かにその双眸《そうぼう》を冷たいものにしていった。

――滝川が現魔王派へ寝返《ねがえ》ったとは限らない。

もしそうなら、こうして接触してくる必要はないからだ。それもわざわざバルフレアの眼《め》に付く形で、怪《あや》しまれてしまうリスクを負う真似をする意味はないだろう。

だが、寝返っていないという保証はどこにもない。

ゾルギアを殺して仇討《かたきう》ちを成す事が、滝川八尋の――ラースという青年の最大の行動目標だった。しかし……その発端《ほったん》はウィルベルトが、滝川が兄姉のように慕《した》っていた者達を澪の養父母として選んだからだ。

それは、穏健派が滝川の大切な存在を殺したからとも言い換《か》えられる。

……ノエルに、コイツの事を頼《たの》まれているけど。

彼女は同じ孤児院《こじいん》で育った幼馴染《おさななじ》みとして、今でも滝川の事を信じていた。「何かラースなりの考えがある筈です」と、「だから、どうか彼の事をお願いします」と、ノエルは泣きそうな顔で、刃更達に頭を下げて懇願《こんがん》していた。

そんな彼女の気持ちは解るし、刃更としても滝川には味方でいて貰いたいと思っている。心情的にも……戦略的にも。だが、不確定要素に頼《たよ》っていざという時に行き詰《づ》まるような事態だけは何としても避《さ》けなければならない。

……もしかしたら。

滝川の中では、澪の養父母をしていた二人が殺された時に穏健派に対する忠義や帰属意識は失われていて……ゾルギアへの復讐《ふくしゅう》を果たした今、自分の大切な存在を死なせた穏健派ではなく、かつての戦友であるレオハルトの目指す未来に希望を見たのかもしれない。

そうして刃更が滝川の心の内を想《おも》っていると、

「悪かったな。場所は聞いていたが、到着《とうちゃく》時間は流動的だって話だったし……安全面の事を考えれば、穏健派のコイツらがこっちの城に滞在《たいざい》する期間は短い方が良いに決まってる。先に来るっていう話だったが、それでも早くて明日になってからだと思ってたんだよ」

滝川は降参とばかりにバルフレアに謝ると、ようやくこちらを見て、

「まあ、そういう訳だからよ……明後日《あさって》の決戦では一つ、お手柔《てやわ》らかに頼むぜ」

そう言うなり踵《きびす》を返して去ってゆく滝川を、刃更達は黙って見送る事しかできなかった。

滝川が敵に回った以上、彼は厄介《やっかい》な相手としてこちらの前に立ちはだかるだろう。

そんな強敵に対して、気安く掛《か》けられる言葉など、一語たりともありはしないのだ。

3

刃更達が案内されたのは、広大な中庭の敷地内に建てられているゲスト用の居館だった。

建物内は六人で過ごすには充分《じゅうぶん》すぎるほど広く、間取りも大きなリビングに寝室《しんしつ》が複数、食材が豊富なキッチンに、洗濯《せんたく》・乾燥《かんそう》機能を有した魔導装置が設置された脱衣《だつい》所、アメニティ関係が充実《じゅうじつ》したバスルームと、快適な生活を送るための物が全《すべ》て揃《そろ》えられている。

「……大丈夫《だいじょうぶ》。平気みたい」

念のため胡桃の精霊魔法《せいれいまほう》で、室内や食材に不審《ふしん》な点がないかをチェックしたが、何も問題は見つからなかった。現魔王《まおう》派は、それこそ穏健派よりもずっと大きな勢力だ。敵地へと乗り込んだ形になる刃更達に対し、レオハルトは現在の魔界《まかい》における最大勢力のトップに君臨する魔王として、恥《は》じる事のないもてなしをするよう取り計らったのだろう。

そして刃更達は、一旦《いったん》リビングに集まる事にした。

「しかし驚《おどろ》きですね。何かしら仕掛《しか》けていると思っていましたが……」

そう改めて疑問を口にしたゼストに、刃更は己《おのれ》の推測を口にした。

「現魔王としてのプライドだろうな。俺達に勝つのに、小細工なんか一切《いっさい》必要ないという」

それはレオハルト自身の誇《ほこ》りの問題だけでなく、トップに立つ者としてこうした余裕《よゆう》を見せつける事も重要なのだろう。とはいえ、こちらを自由にさせるつもりもないようで、このゲスト用の居館の外にはメイドが二名控えている。もし何か足りないものや、手伝いが必要な事などがあれば、どのような要望でも彼女達に言い付けて構わないとの事だったが、早い話が刃更達への見張りという訳だ。

……それに。

先程《さきほど》のレオハルトとベルフェゴールのやりとりで感じた事だが、やはり枢機《すうき》院の持つ影《えい》響《きょう》力は相当のようだった。そんな状況《じょうきょう》にも拘わらず、戦う前に刃更達に対して小細工を行ないでもしたら、たとえそれで決戦に勝ったところで現魔王派内におけるレオハルトの評価が上がる筈もない。現に、ベルフェゴールは今回の決戦について詳《くわ》しくは知らないようだった。レオハルトとしては、枢機院が介入《かいにゅう》する余地を可能な限り減らした決戦でケリを付けるからこそ、連中の方に向かいやすい求心力を自分の方へと手繰《たぐ》り寄せられると考えているのだろう。それこそ、もしかしたら――、

「奴《やつ》にとっては……俺達との決戦は、枢機院をどうにかするためのものなのかもな」

澪が受け継《つ》いだウィルベルトの力を手に入れようとしたのは、最強の魔王と謳《うた》われたウィルベルトの力を得る事で、現魔王としての求心力や影響力を確固たるものにしたかったからだと踏《ふ》んでいたのだが……その目的の行く先は、枢機院だったという訳だ。

……そうか。残念だな……。

もし、もっと早くにレオハルトの目的が解《わか》っていたら。滝川と手を結んだ時のように直接……それも余人を挟まない状況で、レオハルトと話し合う機会が持てていたとしたら。

或《ある》いは——レオハルトと共闘《きょうとう》するような道もあったのかもしれない。刃更達の目的はあくまで、澪が魔界の政治的な思惑《おもわく》に縛《しば》られないようにする事なのだから。

……いや。

やはりそれは無理な話か。今のレオハルトは既《すで》に、刃更達に勝つ事で己が絶対的な存在である事を内外に示し、枢機院の影響力を減らす……或いは、始末するという道しか考えられないだろう。それに、こちらも今さら手を組む事はできない。

刃更が澪と出会った時——彼女の養父母は既にゾルギアに殺されていた。その時点で、何もかもが既に手遅《て》れ《おく》……どのみち、こうして戦う事は避けられなかっただろう。

——自分達の出会いや境遇《きょうぐう》は、それぞれの悲劇や苦しみの上に成り立っている。

刃更も五年前の悲劇を経て、《里》を追われた事で澪との出会いを果たした。無論、頭の中で時を遡《さかのぼ》り、悲劇や後悔《こうかい》を避けた仮定の自分を想像する事は簡単だ。誰《だれ》もが幸せなままに生き、出会い、そして互《たが》いの関係を育《はぐく》んだ未来もあっただろう。

だが——自分達は、この現在にしかいない。

誰もが心が壊《こわ》れるような悲劇を経験し、苦しみを抱《かか》えたまま出会い、追い詰《つ》められた状況の今にしか。それでも、刃更達はそんな自分達に摑《つか》めるせめてもの最善に手を伸《の》ばし続け、そして今こうしてここに立っている。そうやって作り上げてきた自分達の絆《きずな》は、幸せなものだけではないけれど……決して捨てたものではないと断言できる。

だから今度もまた皆《みな》で力を合わせて、きっと乗り越《こ》えてみせる——そう思っていると、

「……どうした？」

無言で自分の方を見詰《みつ》めてくる澪に気が付き、刃更が声を掛けると、

「……本当なの？　先刻《さっき》の奴が言ってた事って」

そう言って、澪が不安を宿した上目遣《うわめづか》いで問い掛けを放ってきた。

「滝川がゾルギアを殺した現場に……刃更も居たって」

成瀬澪は、己の問い掛けに室内に静寂《せいじゃく》が下りたのを見た。

——澪達は、刃更と滝川が密かに手を組んでいた事は既に聞かされて知っている。

ゾルギアとの戦いでは、滝川の協力で刃更がゾルギアの館《やかた》へ潜《もぐ》り込む事ができ、シェーラも救い出せた事も二人から説明して貰《もら》った。

……それに。

その時に、もうゾルギアの脅威《きょうい》はないと澪達は聞いていた。

誰がやったかなどの詳細《しょうさい》までは刃更達は語らなかったが、滝川か或いは穏健《おんけん》派の誰かが手を下したという事は、二人の言葉から何となく察する事ができた。

だから澪達はそれ以上を聞く事はしなかった。あの時、ゾルギアへ感情を暴走させた澪に刃更が言ってくれたからだ——ゾルギアなどに、これ以上囚《とら》われる必要はないと。

それは万理亜やゼストに対しても言える事で……よって澪達はゾルギアが死んだ事が解ると、それでもう終わりにしたのである。

……だけど。

まさか——ゾルギアの死の現場に、刃更が立ち会っていたとは露《つゆ》にも思わなかった。

澪が口にした真実を求める問い掛け……それは他《ほか》の皆も同じく聞きたかった事なのだろう。全員の視線が向けられた当の刃更は、厳しい表情のまま唇《くちびる》を横に結んでいる。

それはもう、ほぼ肯定《こうてい》していると言っても構わないような沈黙《ちんもく》で——やがて、

「………ああ、本当だ」

はっきりとした口調で、刃更はこれまで澪達に隠《かく》していた真実を認めた。だからゾルギアと深い因縁《いんねん》を持つ三人——澪・万理亜・ゼストが、思わず息を呑《の》んで身を硬《かた》くすると、

「——刃更、どうしてそんな事を？」

聞けない澪達に代わって柚希が尋《たず》ねてくれる。すると刃更は重い口調で、

「澪の手を復讐で汚《よご》させて、これから先ずっとあんな奴に囚われるような事には絶対させたくなかった。だけど、それ以上に俺が奴を許せなかったんだ……俺個人の感情で」

そこでギュッと右の手を握《にぎ》ると、伏《ふ》せた瞳《ひとみ》をスッと暗いものにして言った。

「澪を止めておいて、勝手な事を言っているのは解ってる……だけどアイツは澪を狙《ねら》って、澪の育ての両親を殺した。シェーラさんを人質《ひとじち》に取り、万理亜をずっと苦しめた。ゼストの存在と心を否定し、殺そうとした。もし生かしておけば、アイツは必ずまた俺の大切なものを傷つけようとした筈《はず》だ……」

徐々《じょじょ》に刃更の声に確かな力が込められてゆく。その源は怒《いか》りという名の感情だ。

「そんな事は絶対に許さない……だから、滝川と取り引きした時に条件を付けたんだ。ゾルギアを殺させる代わりに、奴が死ぬ所を俺にもきちんと見届けさせてくれって」

「刃更……」

　真実を聞いた澪は、驚きと共に彼の名を呼んでいた。刃更が澪達の事を大切に想ってくれているのは知っている。その想いがとても強い事も。だから刃更がそんな真似《まね》をするとしたら、それは澪達のため以外には有り得ない。しかし、ここまで感情的な怒りを露《あら》わにした刃更を見たのは初めてだった。それは澪達の知らない、東城《とうじょう》刃更の隠れた素顔《すがお》。目《ま》の当たりにした澪は、その迫力《はくりょく》に僅《わず》かな恐《おそ》れを得ながらも、

……あたし達のために、怒《おこ》ってくれてるんだ。

　そう思うと、それ以上の愛《いと》しさと――刃更をそうさせてしまった切なさとが湧《わ》き上がり、胸をトクンと高鳴らせた澪は、もはや言葉もなくて。だから、

「すまない、みんな……ずっと黙《だま》ってて」

　本気でこちらへ頭を下げてきた刃更を見た澪は、もう我慢《がまん》できなかった。

　刃更の頭を己の胸にそっと掻《か》き抱《いだ》くと、

「謝らないで……ごめんね、刃更一人に色々な事を背負わせて」

　だから――成瀬澪はもう充分だった。他の皆もきっとそうだろう。

　よって澪は、その言葉を口にする。

「お願い刃更……もう始めて」

澪の懇願《こんがん》に、腕《うで》の中の刃更が驚いたように、

「澪……いや、だけど──」

そこで若干《じゃっかん》の困惑《こんわく》を滲《にじ》ませて、

「まずは食事か、風呂《ふろ》に入って移動の疲《つか》れを取らなくても良いのか……？」

そう言って全員を見回すように尋ねた刃更に、万理亜が答えるように首を横に振《ふ》って、

「いいえ。私たちは今、もの凄《すご》く気持ちが高ぶっています……やるなら今が一番です。食事もお風呂も睡眠《すいみん》も、後でどうにでもできます。折角《せっかく》のこの想《おも》いが冷めてしまわない内に、このまま始めてしまいましょう」

「…………っ」

万理亜の発言に、頰《ほお》を紅潮させた胡桃がゴクリと喉《のど》を鳴らした。その気持ちはよく解る。澪もまた、既に自分でも解る位に顔が熱くなってしまっている。それどころか、全身が熱く火照《ほて》っていた。見れば柚希やゼストも、頰を赤くして瞳をとろんとさせていた。

それは──これから自分達が何を行なうかを理解している少女達の顔だった。

このレンドヴァルへ来る前に、澪達はウィルダートでシェーラやルキアにレオハルト陣《じん》営《えい》との決戦に備えた修行《しゅぎょう》をして貰っている。刃更も迅に色々と稽古《けいこ》を付けて貰っていた。

だが現魔王の本拠地《ほんきょち》へ来てしまった以上、敵の目があるここで連係などを実際に試《ため》した

りする事はもうできない。自分達の能力や戦術を、相手に知られる訳にはいかない。

……でも。

それでも澪達にはまだ、レオハルトらとの決戦に勝つためにやれる事があった。

主従契約《けいやく》で主《あるじ》となった刃更と、配下となった澪・柚希・ゼストの三人。

そして欲望《よくぼう》や興奮を吸収する事で強くなれるサキュバスの万理亜と、ルキアから貰った闇《やみ》色のエレメントが覚醒《かくせい》した事で、エレメント内に万理亜と同じく欲望や興奮を吸収して魔力《まりょく》として蓄《たくわ》えておく事ができるようになっていた胡桃には。

だから、

「…………お願い刃更、あたし達を屈服《くっぷく》させて」

澪が潤《うる》んだ瞳で懇願すると、刃更はこちらの腰《こし》を抱いたまま柚希・万理亜・胡桃・ゼストの順に意思を確認《かくにん》するように見た。そして全員が、澪と同じ表情で頷《うなず》いたのを見て、

「そうか……なら来てくれ」

そう呟《つぶや》いた刃更に、澪達は誘《さそ》われるようにして別の部屋へと連れてゆかれた。

澪達が刃更に連れて行かれた部屋。

それは幅の広いベッドが置かれた、この居館で最も大きな寝室《しんしつ》だった。

そして刃更はベッドのすぐ脇《わき》まで行くと、澪の服を脱《ぬ》がそうと手を伸ばしてきた。

この制服は決戦の際も着るものだ。汚れや皺《しわ》ができるのを避《さ》けるためだろう。しかし、

「——刃更さん、待って下さい」

万理亜がそれを制止した。

「今回は、主従契約を結んでいる澪さま達が今まで以上に刃更さんに対して強固に服従する事が狙いです。刃更さんはなるべく命令をして、澪さま達も自ら進んで屈服するように行なうべきです」

幼いサキュバスが口にした助言に、刃更はどうすれば己《おのれ》の行動から導かれる結果が最善を得られるかを速断したのか、

「………解った」

そう言うと、澪達を立たせたまま自分だけがベッドの端《はし》に腰を下ろした。そして、

「全員服を脱いでくれ——いや、脱ぐんだ」

一度口にしたこちらへの命令を、強調するように冷たい瞳で言い直した。だから、

「…………はい」

澪は羞恥《しゅうち》に頬を朱《しゅ》に染めながら頷くと、ゆっくりと胸元《むなもと》のリボンを解いて制服を脱ぎ始めた。柚希は平気そうに、万理亜は楽しそうに、胡桃は恥《は》ずかしそうに、そしてゼストは当然のように、全員が自分の着ている服を脱いでいった——そして、

「…………っ」

とうとう澪達は下着姿になった。澪達が服の下に着けていたのは、そのいずれもがシェーラの見繕《みつくろ》った扇情《せんじょう》的なランジェリーだ。これは、場合によってはこちらへ着いてすぐに主従の屈服行為《こうい》が始められるように、シェーラに着けさせられたものだった。

「——————」

横一列に並んだ澪達を、刃更がジッと見詰めてくる。そうやって刃更の視線を意識して感じると、澪達の躰《からだ》はゾクゾクしながらも徐々に熱くなってゆく。羞恥も屈服に繋《つな》がるというシェーラの言葉を全身でいっぱいに感じる。すると、

「…………」

刃更が無言のまま、自身の着ている制服の胸ポケットから赤い小瓶《こびん》を取り出すと、蓋《ふた》を開けてぐっと中身を飲み干していった。

「……ん……っ」

刃更が飲んだものが何か知っている澪は、彼の喉の動きに合わせて、自分もゴクリと喉

を鳴らして口内に溜まっていたトロリとした生唾《なまつば》を呑み込んだ。刃更が飲んだもの――それは、シェーラがこの時のために刃更用に作ったサキュバス特製の強壮剤《きょうそうざい》だ。しかも飲んだ刃更が効果を得るのとは別に、傍《そば》にいる澪達にもある作用を強烈《きょうれつ》にもたらしてくる。前に胡桃が着せられたベビードールと同じ、『催淫《さいいん》』と『魅了《チャーム》』だ。

それは、これから長い時間を掛《か》けて澪達が屈服させられる事を意味していた。

これならシェーラの薬で一時的に催淫の呪《のろ》いを感じなくなっている澪・柚希・ゼストも、主従契約を結んでいない万理亜と胡桃も、全員が各々《おのおの》に応じて力を上げられる。そして、

「――準備は良いか。始めるぞ」

そう宣言して立ち上がった刃更に、澪達は従順に頷くと、ゆっくりと彼へと近付いていった。そして五人全員で、刃更の着ている服を一枚ずつ脱がしてゆく。すると、

……あ……。

刃更の背後に回った柚希がベルトを外したのを受け、ズボンを脱がそうと腰のホックを外した澪は気が付く。シェーラの強壮剤の効果がもう出ているのか、刃更のそこはファスナーが下ろせなくなるほど大きく膨《ふく》らんでいた。上手《うま》くできず苦戦する澪に、

「……澪様、お手伝いしますか？」

先に刃更の靴下《くつした》を脱がし終えてしまったゼストが、そっと助け船を出してくれたが、

「ううん……あたしにやらせて」

刃更のファスナーから手を離《はな》す事なく断ると、やがてファスナーを下ろす事に成功した澪は、ゆっくりとそこを開いていった。そしてズボンを脱がし終えれば、ボクサーパンツ一枚になった刃更のそこがどういう状態かは先程《さきほど》よりも明らかで、

「嘘《うそ》……この前より」「……ええ、凄いです」

刃更のこうした状態を既《すで》にじっくりと見た事のある胡桃とゼストが、興奮の入り混じった驚《おどろ》きの呟きを口にした。だから、

「っ………」

あたしだって——そう思い、刃更のパンツに澪が手を掛けると、

「お待ち下さい澪さま……積極的な事は良いですが、あんまり急ぎ過ぎては先が続かなくなります。私たちには、刃更さんとして良い限界が決まっているんですから」

と、幼いサキュバスがこちらを窘《たしな》めるように押し止《とど》めてくる。

じゃあ、どうすれば……と澪が視線を向けると、

「そうですね。まずは全《すべ》ての始まりから、主従契約を交《か》わしたあの日と同じく澪さまを九回……という趣向《しゅこう》はどうです？　まだまだ時間の余裕《よゆう》はあります。これまでを思い出しながら、その時とはもう違《ちが》う事をしっかりと感じて、一つずつ屈服を重ねてゆきましょう」

そう言って万理亜はベッドの上に乗ると、太股《ふともも》を揃《そろ》えて膝枕《ひざまくら》を作り、

「さあ刃更さん、澪さま、どうぞ……」

そう言って、艶《つや》っぽい笑《え》みと共に澪達をベッドの上へと誘ってくる。

「…………………」

澪と刃更は互《たが》いに見つめ合った後、どちらからともなくベッドに上がった。そして澪は万理亜の膝《ひざ》の上に後頭部を乗せて仰向《あおむ》けになると、

「お兄ちゃん……お願い」

そう言って己の胸を無防備に晒《さら》した。応じる動きで刃更に腰の上へ跨《また》がられると、

「……んっ、あぁ……」

強壮剤の『催淫』と『魅了』の効果か、刃更の心地《ここち》良い重みでもう澪は感じてしまう。

そして刃更は、澪の豊かな膨らみへと手を伸《の》ばしてきて、

……ああ……。

迫《せま》る大きな手を見ながら、成瀬澪は思い出す。あの時の自分は、まだ刃更の配下になってしまった事を認められなくて、初めて感じる快楽が怖《こわ》くて、彼の手を拒《こば》もうとした。

だけど、今はもう拒まない……刃更の手も、彼がくれる快楽も屈服も。

あの時はいなかった柚希や胡桃、ゼストにも見られているが構わなかった。

受け入れる――自分はもう東城刃更の下僕《しもべ》なのだから。

――そして、もっと従順になる心と躰の準備も既にできていた。

自慢《じまん》の胸は最初の頃《ころ》とは比べものにならないほど大きく敏感《びんかん》になって、今ではもうあの時のブラトップは着る事さえできなくなっている。

胸だけではない。主従契約を交わした夜から、刃更に何度となく快楽を与《あた》えられ、絶頂の味をたっぷりと仕込まれた澪の躰は、隅々《すみずみ》までいやらしく開発されていた。

だから、もうすぐ刃更に触《ふ》れられる――そう想うだけで胸の奥が甘く疼《うず》いてしまい、その瞬間《しゅんかん》を待ち焦《こ》がれるように澪は己のいやらしい乳房《ちぶさ》を揺《ゆ》らしてしまう。

眼《め》の前の刃更から感じる『魅了』の力は強烈で、倍増した『催淫』の効果に極限状態になっていた澪は、刃更の手が自分の胸に触れる――その直前でギュッと眼を瞑《つぶ》り、

「やっ、あっ、あぁっ……ああああああぁぁ――っ♥」

刃更に胸を揉《も》まれると同時――甘い嬌声《きょうせい》を部屋中に響《ひび》かせながら、馬乗りになっている刃更が持ち上がってしまうほど激しく腰を跳《は》ねさせて絶頂した。そして刃更がくれる最高に甘く幸せな余韻《よいん》に浸《ひた》りながら、甘い吐息《といき》を漏《も》らしていた澪は、

「っ……はぁっ……あぁ……ん……っ」

やがて、ゆっくりと瞳《ひとみ》を開いていった。もっと刃更に服従するために、彼に揉まれてい

る自分の胸がどんないやらしい形になっているか見ようと思ったのだ。ところが、

……え……？

白く霧掛《きりが》かっていた視界が晴れると、澪の眼は信じられないものを見た。

刃更に滅茶苦茶《めちゃくちゃ》にされていると思ったのに、澪の胸は彼に揉まれていなかった。

「っ……噓……」

思わず呆然《ぼうぜん》となった澪は、激しく絶頂したため刃更が手を離してしまったのだと思い、

「ふふ……違いますよ、澪さま」

しかし頭上、顔が逆さに見える万理亜がこちらの頰《ほお》に触れながら、意地の悪い笑みと共に伝えてくる。澪が今、どのようにして達したのかを。すると、

「でも安心して下さい——むしろ、誇《ほこ》って良い事です」

激しい羞恥に打ち震《ふる》える澪に、万理亜はこちらの頰へ優《やさ》しく触れながら、

「触れられる前にだなんて……それだけ澪さまが刃更さんに服従している証拠《しょうこ》ですから」

「刃更に……服従……」

「そうです。今日の澪さまは、自分からどんどん刃更さんに服従していく位で丁度良いんです。それに忘れたんですか——澪さまは今、一番下なんですよ？」

そうだ……何で忘れていたのだろう。とろける意識の中、澪は大事な事を思い出した。

今の自分は、柚希やゼストよりも刃更との主従関係で劣《おと》っているのだ。すると、

「良いか澪――始めるぞ」

こちらが落ち着くのを待ってくれていた刃更の呼び掛けに、

「はい……」

精一杯《せいいっぱい》の従順な笑みと共に頷《うなず》きを返すと、澪は今度こそ刃更に胸を揉まれた。

「っ――――ん～～～～～～っ♥」

一瞬《いっしゅん》で再び絶頂した澪が嬌声を上げると、覆《おお》い被《かぶ》さるようにして刃更がこちらの口をキスで塞《ふさ》いできて――そこからはもう、澪は刃更に胸を滅茶苦茶にされて何度となく達していった。ベッドの上でいやらしく絡《から》み合い、程なくして澪は初めての夜と同じ九度目の絶頂へと至ったが、今の澪と刃更にはそんなものは前戯《ぜんぎ》でしかない。

「――――――」

気が付いたらベッドの上には全員が乗っていて、そして成瀬澪は見る。

四つん這《ば》いの柚希が、いやらしく尻《しり》を振《ふ》りながら刃更とキスしていた。

胡桃の弱点である脇を、ゼストが愛《いと》おしげに音を立てながら舐《な》めていた。

脇を舐められている胡桃は、跨いだ刃更の右脚《みぎあし》の上で腰《こし》をくねらせている。

万理亜は澪の右胸の先端《せんたん》にむしゃぶりつき、いやらしく吸い上げてきていて、

そして――澪は今、左右の胸を刃更と万理亜に滅茶苦茶《めちゃくちゃ》にされながら悦《よろこ》んでいた。

……あたし、みんなの前で……っ。

信じられなかった。澪がしているのは、考えられないような淫《みだ》らな行ないなのに。

それでも今だけは、こうやって何も考えずに夢中になれる幸せが愛しくて。

どこまでも甘美な背徳感は、震《ふる》えるような禁断の快楽を澪にもたらして――澪の中に残っていた最後の理性を完全にとろけさせてしまう。

だからもう、澪達を止めるものは何もない。

「お兄ちゃん……んっ、ふぁあんっ……やぁっ……はあぁあっ、お兄ちゃぁん」

ぐしょ濡《ぬ》れになっている股間《こかん》を激しい快楽でさらに熱くしてゆきながら、澪は無意識に浮《う》かせた腰《こし》をはしたない動きでくねらせると、ショーツの端《はし》から女の蜜《みつ》が溢《あふ》れて、くすぐるように尻《しり》の方へと伝ってゆく。そんな澪の尻の下には固くしている刃更のモノがあり、その淫らな感触《かんしょく》は澪をさらなる興奮へと高まらせてゆく。すると、

「澪……」

甘く喘《あえ》ぐような切ない声で澪が刃更を呼んだのを聞き、柚希が一旦《いったん》こちらへ譲《ゆず》ってくれたのか、刃更は澪の顎《あご》を掴《つか》んで背後へと――彼の方へと澪を振《ふ》り向かせて、

「んっ、お兄ちゃ……ちゅっ、くちゅ……はぁ、ん……んちゅっ♥」

今の澪の眼の前に刃更の顔が来たら、夢中になってキスを始めてしまうのは本能だ。唇《くちびる》を重ねればすぐに舌を絡《から》ませ合った淫らなキスになり、澪は胸を滅茶苦茶に愛撫《あいぶ》されながら口の中を刃更の舌で掻き回される幸せを教えられる。そうして舌を絡め合った状態で得られる甘い絶頂に、澪が刃更の上で己の躰《からだ》をピクンピクンと気持ち良く震わせているると、二人を包み込むようにして金色の光が――主従の強化の輝《かがや》きが生じた。

それでも澪は構う事なくキスしながら己の躰の向きを変え、刃更の膝《ひざ》の上で正面から抱《だ》き合うようにして続けていた口づけをそっと終えた。すると互《たが》いに混ざり合って二人のものになった唾液《だえき》がいやらしく糸を引き、澪と刃更の間でプツンと切れて、

「はぁ……んっ……ぁ……」

澪は恍惚《こうこつ》とした表情で、互いの絆《きずな》がさらに深まったのを感じながら眼の前の刃更と視線を合わせた。そんなこちらに、刃更は穏《おだ》やかな笑みを返してくれて。

だが――今日は澪だけで終わる訳ではない。

「……続けるぞ」

刃更の言葉に澪達は当然のように頷《うなず》くと、そこからはいよいよ全員で媾《まぐわ》い始めて。

これまでで最も長く、熱く鮮烈《せんれつ》な官能の饗宴《きょうえん》に、澪達はゆっくりと身を委ねていった。

4

「つまり……決戦のレギュレーションを変更《へんこう》しろ、という事か？」

レンドヴァル城の最下層フロアにある上位闇議室に、レオハルトの問い掛《か》けが響いた。

大広間で成瀬澪や東城刃更との邂逅《かいこう》を果たした後、レオハルトは穏健《おんけん》派との決戦についての部屋で話し合いの場を持っていた。

すると、レオハルトの放った問い掛けの行く先で、

「いやいや、そこまで大それた事は申しておりませんとも」

枢機《すうき》院のトップに立つベルフェゴールが笑った。そして、

「陛下……ベルフェゴール卿《きょう》は、参加する者の数をもう少し増やしてはどうか、と仰《おっしゃ》られているのです」

ベルフェゴールの隣《となり》にいた、もうひとりの枢機院メンバーが言ってくる。

七大罪の『強欲《ごうよく》』の席を担《にな》っている高位魔族《まぞく》――マドニスだ。

枢機院はベルフェゴールが絶対的なトップとして君臨しているが、『怠惰《たいだ》』の席を担うベルフェゴールは闇議に参加しない事がままあり、その際に枢機院を取り仕切っているの

がこのマドニスである。要は、枢機院における実質的なナンバー2だ。

「陛下のお考えになった決戦では、双方《そうほう》とも選出された五名ずつの代表者で戦う……との事でしたが、先のウィルダート侵攻《しんこう》においてガルド伯《はく》が負傷している今、陛下と共に我らの代表として戦える実力を持つ者は、お傍《そば》にいる者だけでは心許《こころもと》ないというのが実情でしょう。そこで、我らの配下を何名かお貸しできればと思いまして」

と、マドニスが言った。確かに現状、レオハルトの信頼《しんらい》できる者の中から代表として選べるのは、バルフレアとルカ、そしてラースの三名だ。ただし、研究者タイプのルカは実戦には参加できないので、彼が契約《けいやく》している英霊《えいれい》や魔獣《まじゅう》などが代わりに出る事になる。

それでもレオハルトを含《ふく》めて四名。確かに一名足りないが、

「気遣《きづか》いは無用だマドニス。先の侵攻には間に合わなかった上位タイプの英霊の調整を間もなくルカが終える。その英霊にガルドの代わりを務めさせれば問題はない」

「という事は、あのルカという少年の代理と合わせて二枠《わく》を英霊でお埋《う》めになる……と？　先の侵攻で最終的に撃退《げきたい》されている英霊に、そこまで依存《いそん》するのはリスクが高すぎるのではないですかな？　心配し、不安を抱《いだ》く者が民《たみ》達の間に出てきてしまうと思いますが」

薄《う》っすらとした笑《え》みを絶やさずに言ってくるベルフェゴールに、

「そのリスクはベルフェゴール……お前の手の者が、ウィルダート侵攻の際にガルドに対

して攻撃《こうげき》を行なったせいだろう」

レオハルトが、見届け役を務めていたネブラの裏切りについて責める口調で告げると、

「これは耳が痛いですな……確かにネブラは私の配下でした。あれの不始末は、私の不徳によるものです……主従契約の呪《のろ》いにより、既《すで》にあやつには命をもって償《つぐな》わせておりますが、それでもガルド伯が重傷を負った責の一端《いったん》は私にある。なればこそ、他《ほか》ならぬ我ら枢機院が、陛下にお力をお貸しする事でその汚名《おめい》を雪《そそ》ぐ機会をいただきたいのです」

老獪《ろうかい》なベルフェゴールは、自らの責任すら逆手に取って譲《ゆず》らない。

「…………英霊では不足だというのなら、八魔将を呼び戻《もど》しても良い」

レオハルトが口にしたのは、この現魔王《まおう》派の広大な領土の内、東・西・南・北・南東・北東・南西・北西に配備された各方面軍を束ねる軍団長達の総称《そうしょう》だ。いずれも、レオハルトと同じく先の大戦で武勲《ぶくん》を挙げた猛者《もさ》ばかり。だからこそ、その存在を厄介《やっかい》視されてしまった彼らは辺境へと送られる事になった。彼らを中央に置く事で、レオハルトが力を付けすぎる事を枢機院が恐《おそ》れたのである。しかし、今回ばかりは話が別だ。

「この戦いは、魔界《まかい》の覇権《はけん》を左右する重要なものだ。今こそ我々の最大戦力を召集《しょうしゅう》するべきだろう」

「いやいや陛下、それは悪手というものでしょう」

　とマドニスは苦笑《くしょう》を露《あら》わにする。

「確かに将軍達の戦闘力《せんとう》の高さは疑いようもありません。しかし彼らが辺境にいるからこそ、他勢力に対する牽制《けんせい》として機能し、我々のいる中央——このレンドヴァルの平穏《へいおん》が保たれているのです。たとえ一名でも中央へ呼べば、必然的にどこかが手薄《てうす》になってしまう……この一大決戦に辺境の警備を疎《おろそ》かにして、それで他の勢力に付け入られる隙《すき》を作ってしまってはそれこそ本末転倒《ほんまつてんとう》ではありませんか」

　それに、とマドニス。

「この魔界の未来を決める決戦というのならば、代表者の数は伝統に倣《なら》い五よりも七とすべきと思いますが？」

「…………………」

　レオハルトは沈黙《ちんもく》を返した。確かに七大罪に代表されるように、この魔界において「七」という数字は特別な意味を持つ。だが、それでは古い枢機院政治のイメージを受け継《つ》ぐ事になってしまうため、レオハルトはあえて代表者を七名から五名に変えたのだ。ガルドを外した四名や、戦えないルカを外した三名にしなかったのは、後で枢機院を始めとする抵抗《ていこう》勢力から「レオハルトが重要な局面を、歴史を無視して自身の懐《ふところ》事情に合わせて行なった」と言われてしまう可能性を考慮《こうりょ》したからだ。よってガルドを欠いている中であえて五名とする事で、そのリスクを回避《かいひ》しようとしたのだが。

……まさか自分達のせいで生じたガルドの不在を、こんな形で逆手にとってくるとは。

長く生きれば面《つら》の皮が厚くなるとはいえ、ここまで自分達の都合を正当化してごり押ししてくるとは。やはり枢機院の老獪《ろうかい》さは一筋縄《ひとすじなわ》ではいかない。

しかし——だからこそ、何としてでもこの老害達を一掃《いっそう》しなければならないのだ。

……これ以上、こちらの我を通すのは得策ではないか。

このままでは、下手《へた》をすれば戦えないルカの枠すら奪《うば》われてしまいかねない。ならば、

「良いだろう……代表者を七名にする事、新たに追加される二名とガルドの分と併《あわ》せた三枠に、お前達の手の者を代表として参加させる事については了承《りょうしょう》しよう」

「おお、それは良かった……正しいご判断をなさりましたな、陛下」

と笑うベルフェゴールに、

「ただし——条件がある」

しかしレオハルトはただでは譲らず、静かに言い放つ。

たとえ相手が、この魔界を陰《かげ》で司《つかさど》ってきた枢機院達であろうと。

たとえ自分が、彼らによって選ばれたお飾《かざ》りの魔王であろうと。

これ以上——この魔界を眼《め》の前の老害達の好きにさせる訳にはいかないのだから。

5

刃更達が使用しているゲスト用居館。

その入り口の扉《とびら》の前に、ふたりのメイドが立っていた。

彼女達の仕事は、表向きは刃更達の世話担当である。しかし、実際に命じられているのは刃更達がおかしな行動を取らないかの見張りだった。

だが——誇《ほこ》り高く、義理堅《ぎりがた》いレオハルトは、刃更達のプライバシーを保障していた。

よって建物内で生じた音や声を遮断《しゃだん》する結界が張られており、それらが外へ漏《も》れ聞こえてくる事はない。レオハルトが設けた制限は、勝手にこの居館から出ないという一点だけで、建物の中については自由に使って構わないと許可を出していた。

刃更達がこの居館に入って既に数時間。表に出ようとするなど、不審《ふしん》な行動は見られない。流石《さすが》にこちらの本拠地《ほんきょち》まで来て——それも王城の中に滞在《たいざい》していながら、おかしな真《ま》似《ね》をしようものならどうなるか理解できない程《ほど》、刃更達も愚《おろ》かではないだろう。

ふたりはこのレンドヴァル城のメイド達の中でも、特に戦闘技能に秀《ひい》でている。だからこそ刃更達の見張りとしてバルフレアに選ばれた訳だが、それでも穏健派の代表として決戦に参加する敵を見張るという任務には、大きなプレッシャーがあった。しかし、間もなく訪《おとず》れる夕食の時間がきたら、見張りの担当は交代になる。調理は自分達で行ないたいという刃更達の希望をレオハルトが許したため、メイド達が食事を用意したり、中へと運ぶ必要もない。

「…………………」

「…………………」

同じ事を想《おも》っていたのか、ふたりのメイドは互《たが》いに無言のまま視線を交《か》わし合うと、長い吐息《といき》と共に僅《わず》かに緊張《きんちょう》を緩《ゆる》めて身体《からだ》の力を抜《ぬ》いた。

と、その時だった。内側から玄関《げんかん》の扉が開けられたのは。

「っ――――」

とっさに息を呑《の》んで背後を振《ふ》り返ると、

「あの～、ちょっとすみません」

扉の隙間《すきま》から、幼いサキュバスが可愛《かわい》らしい顔を出してきて、

「おふたりにお願いしたい事があるんですが――良いですかね？」

「……………何でしょうか？」

警戒《けいかい》しながら問い掛けを放つと、

「そろそろ食事の準備をしたいんですが、私以外は今ちょっと手が離《はな》せなくてですね……良かったら料理の手伝いをお願いしたいのですが」

と、万理亜に笑顔で言われ、メイド達は困惑《こんわく》しながら顔を見合わせる。

「それは……」

「何か手伝って欲しい事があったら、貴女《あなた》達に言うようにとあのバルフレアという方からは言われているんですが……頼《たの》めませんか？」

「……そんな事は、ありませんが」

バルフレアからは、刃更達が何か建物内で不自由を訴《うった》えてきたら、可能な限り便宜《べんぎ》を図《はか》ってやるようにと指示されている。消極的ながらも承諾《しょうだく》したメイド達に、

「良かった……それじゃあお願いしますね」

そう言って扉がさらに開けられていって——次の瞬間《しゅんかん》、ふたりは思わずギョッとなった。

顔だけしか出していなかったため解《わか》らなかったが、万理亜の格好が信じられないほど扇《せん》情《じょう》的な下着姿だったのだ。思わず尻込《しりご》みしたメイド達に、

「……さあ、中へどうぞ」

と万理亜に促《うなが》され、仕方なくメイド達は後について建物の中へと足を踏《ふ》み入れた。

そして、そのままキッチンへと連れて行かれると、

「まずは、ここの勝手を教えて下さい」

並んでいる食材や調理器具を前に、万理亜はこちらへと振り返って言った。

「やっぱり慣れないキッチンですと、どうしても使いづらさがありますので。最初に私達の世話を担当しているという事は、何か質問があった時に答えられるよう、この建物内について詳《くわ》しいんでしょうし」

万理亜の言った言葉は事実だった。ふたりが得意なのは何も戦闘だけではない。メイドとして、あらゆる家事に長《た》け、またこの建物内についても一通りの事を知っている。

何せ食材の準備や、建物内の掃除《そうじ》、整頓《せいとん》、ベッドシーツのセッティングなど、刃更達がこの居館を使うためのあらゆる準備は彼女達が行なったのだから。

「……解りました」

「それでは、一つ一つ順番にお教え致します」

そう言って頷《うなず》きを返したメイド達に、眼の前の幼いサキュバスは言った。

にっこりと笑って。

「はい……色々と教えて下さいね」

6

「穏健《おんけん》派との決戦に参加する代表を五名から七名に変更《へんこう》しろ……ですか」

ガルドの治療《ちりょう》室で、レオハルトから聞かされた話をバルフレアは声に出して反芻《はんすう》した。

先のウィルダート侵攻《しんこう》戦で負傷し、医療塔《いりょうとう》に収容されているガルド——その見舞《みま》いへ、ルカとラースのふたりと共に訪れていたところ、つい先程ベルフェゴールとマドニスという枢機《すうき》院の2トップとの話し合いを終えたレオハルトがやって来た。

そしてレオハルトの口から、新たに定めたレギュレーションを聞かされたのである。

「ウィルダート侵攻の際にこちらを裏切っておきながら、よくもまあヌケヌケと……それも自分達の手の者をメンバーに入れろ、ですか。この状況《じょうきょう》で厚顔無恥《こうがんむち》に拍車《はくしゃ》を掛《か》けられるとは、とんだ年の功もあったものです」

「確かにな。だが裏を返せば、それだけ奴《やつ》らも追い詰《つ》められているという事だ」

と、実際に相対してきたレオハルトが冷静に分析《ぶんせき》すると、隣《となり》のルカも頷く。

「ですね……枢機院が発案したウィルダート侵攻において、彼らの手の者がガルドさんを殺そうとした件は、既に周知の事実ですから」

まだ幼さの残る顔を硬《かた》くしたルカに、半眼になったラースが含《ふく》みのある口調で、

「兵達だけでなく、若手の文官の間でも枢機院に対する不信感が一気に強まっているみたいだしな……相変わらず誰《だれ》かさんの仕事はエグい位に早くて確実だな」

「こちらはガルド殿《どの》を害されているんです。それで我々だけ泣き寝入《ねい》りしていたら、それこそ枢機院の思う壺《つぼ》ですよ……」

と、肩《かた》を竦《すく》めながらバルフレアは言った。枢機院に関する醜聞《しゅうぶん》めいた噂《うわさ》はこれまでにも城内でそれとなく流してきたが、今回はこれまでとは訳が違《ちが》う。ガルドは魔族《まぞく》の中で、英雄《えいゆう》として挙げられる数少ない存在なのだ。それこそウィルベルトの後の新たな魔王《まおう》の座には、レオハルトよりもよっぽど近かった。そんなガルドに対する今回の暗殺未遂《みすい》は、枢機院の求心力を下げるには格好の材料だ。枢機院を潰《つぶ》すだけの正義がこちらに生まれつつある事を知らしめるためにも、このチャンスを逃《のが》す訳にはいかない。レオハルトの指示がある前から、バルフレアは城内に枢機院によるガルド暗殺未遂の情報を効果的に流す準備を整えておき、レオハルトの命を受けると同時にこの件を一気に城内に広めていた。

するとレオハルトはふと瞳《ひとみ》を伏《ふ》せたものにして言った。

「すまないガルド。歴戦の英雄である貴方《あなた》にとって、不名誉《ふめいよ》な負傷である事を承知の上で、連中の力を削《そ》ぐために今回の件を使わせて貰《もら》った」

　すると、ベッドに横になっている巨漢《きょかん》が嗤《わら》った。

「構わん……今の俺はお前の配下だ、レオハルト。俺の力も存在も、お前の敵を倒《たお》すために使ってくれればそれで良い」

　それに、

「残念ながら、今度の決戦では役に立てそうにないのは事実だからな」

　苦笑《くしょう》したガルドの身体からは、肩から先の右腕《みぎうで》が丸ごと失われてしまっている。

　ウィルダート侵攻の際に、交戦した敵によって切断されてしまったからだ。

　――確かに重傷ではあるが、本来なら四肢《しし》の断裂《だんれつ》程度なら魔法《まほう》による再生が行なえる。

　だがガルドの右腕は、何故《なぜ》か王城の治療士の回復魔法では再生できなかった。それどころか培養《ばいよう》した生体義手の接合すらできずにいる。綺麗《きれい》な切断面で、普通《ふつう》ならば接合は容易《たやす》い筈《はず》なのにだ。それはガルドの負った傷が、余りにも異質である事を意味している。

「……東城刃更、ですか。

　戦神と恐《おそ》れられたあのジン・トージョーの一人息子《むすこ》。彼が特殊《とくしゅ》な消去技を使ったという報告は受けているが、ガルド自身の話では彼が食《く》らったのはそれとは別の技《わざ》だという。

　しかし、再生も接合もできない状態という事は、

「……何かしら、例の消去技を転用した技と見るべきでしょうね。

お陰で、ガルドの戦列復帰は未《いま》だに見通しが立たないままだ。せめてもの対抗策《たいこう》として、その負傷も枢機院が遣《つか》わしたネブラのせいとする事で、連中の求心力を下げるのに利用させて貰ったが——それでもガルドの戦力を失った事は大きな痛手である。

バルフレアが頭を悩《なや》ませていると、

「ところで、レオハルト——まさか代表者の数を増やせっていう枢機院のジジイ共の要求を、そのまま素直《すなお》に呑んできた訳じゃないだろうな？」

と、ラースが確認《かくにん》の問い掛けを放った。すると即答《そくとう》に近いタイミングで、

「——勿論《もちろん》だ。枢機院にとって、ウィルダート侵攻前よりも状況が悪い今、連中の手の者と共闘《きょうとう》する事は俺達にとって命取りになりかねない」

とレオハルト。

「よって決闘《けっとう》に参加する者を五名から七名へ増員する事については呑んだが、代わりに戦《せん》闘《とう》方法を5対5のチーム戦から、1対1の決闘を七戦行なう形式へと変更するという条件を呑ませた」

これなら戦闘のどさくさで、枢機院の手の者に後ろから狙《ねら》われるリスクを回避《かいひ》できる。

「確かに悪くない考えです……しかし穏健派にはどのように説明を？　こちらは5対5のチーム戦と伝え、彼らはその戦闘形式に適したメンバー構成でやって来ています。だから

こそ、メンバーからラムサスが外れているのでしょう」

己《おのれ》の分析を口にしたバルフレアは、さらに続ける。

「1対1の決闘は、個々の実力で勝《まさ》るこちらにとって有利なルールです。これでは連中が拒《こば》んでくる可能性と、それ以上に土壇場《どたんば》で自分達に有利なルールへ変更したとして、我々の勢力内からも陛下に良くない評価や感情を向ける者が出てくる危険性があります」

せっかく枢機院の求心力を削いだというのに、そのアドバンテージを失ってしまう事はなるべく避《さ》けたい──自分達の戦いは、穏健派を倒してからが本番なのだ。すると、

「──その心配はない」

と、レオハルトが断言した。

「奴らには相応のハンデを与《あた》える……この俺に勝った場合にのみ、その勝ち数を三戦分とする権利をな」

決闘は全部で七戦──つまり、本来は四勝以上しなければ勝てない筈の戦いを、穏健派は上手《うま》くいけば三つ勝つだけで五勝となり、たとえこちらが四勝しても上回る事ができる。

最悪二つしか勝てなくとも、その内の一つがレオハルトに勝ったものならば四勝。どこかで一つ引き分けが生じれば、互いに四勝同士で延長の代表戦へと持ち込めるし、それこそ二つ引き分けに持ち込めば向こうの勝利となる。だが、

「あちらは現在六名で来ています……それに加えて単独での決闘となると、チーム戦を想定して選抜《せんばつ》した現在のメンバーから大きく入れ替《か》えてくる可能性があるのでは？」

と、心配そうにルカが尋《たず》ねる。

「流石《さすが》に先の大戦に敵側として参加しているジン・トージョーを出してくるような真似《まね》をするとは思いませんが、それでもネブラという裏切り者が使役《しえき》していた上位英霊《えいれい》を一撃《いちげき》で倒したというラムサスなら出てくる可能性は充分《じゅうぶん》に――」

「――構わない。むしろ、それが狙いだ」

不安げなルカの言葉に、しかしレオハルトは揺《ゆ》らがない。

魔王として告げる。

「これは我々と穏健派の決戦だ。現在の穏健派のトップであるラムサスがいない今の奴らに勝ったところで、その勝利は完全なものとはならない。この魔界《まかい》を真の意味で統一するには、完膚《かんぷ》なきまでに穏健派を叩《たた》き潰さなければ意味がないんだ……そのためには、ウィルベルトの兄であるラムサスを決戦の舞台《ぶたい》に上がらせた方が都合が良い」

「成る程《ほど》……確かに」

穏健派を完全に打倒《だとう》するなら、レオハルトが想定する状況での勝利が一番だ。

……それに。

枢機院はレオハルトに求心力が行く事を恐れている。もしラムサスを引きずり出した状況でこちらが勝てば、いよいよレオハルトの力は枢機院を上回り、連中でも抑《おさ》えられなくなるだろう。影響力《えいきょう》のあるガルドを強引《ごういん》に始末しようとしてきたくらいだ。レオハルトが自分達の手に負えなくなると判断した枢機院が動くとしたら、穏健派にその責任を負わせやすいこの決闘の舞台をおいて他《ほか》にない。

その状況を予め想定して、もし枢機院が動く素振《そぶ》りを見せたら、

……その時は。

逆に自分達が枢機院を強襲《きょうしゅう》し、あの老害共をまとめて始末する。その際は多少強引になっても構わない。始末さえしてしまえば、後でどうとでも理屈《りくつ》はでっち上げられる。

……何より。

この決闘方式が優《すぐ》れているのは、レオハルトを亡《な》き者にしようとする枢機院の企《たくら》みを誘《ゆう》発《はっ》できる保険を備えている点だ。この決戦に勝利した場合は枢機院にとってレオハルトは邪魔《じゃま》な暗殺対象となり——最悪もし万に一つ敗れた場合は、枢機院はレオハルトを用済みと判断して始末しようとしてくるだろう。どちらにせよ正当防衛が成り立つ。

レオハルトが今から負けた時の事を考えているとは思えないが、

「陛下は……全《すべ》ての可能性を見通した上で、枢機院に対して戦闘形式変更の提案を？」

「いや、俺はそこまで今の状況を達観してはいない。楽観も悲観もな」

バルフレアの問いに、レオハルトは静かな口調で言うと、

「だが――あの老害共を一掃《いっそう》できるチャンスはそうあるものではない。もしそれが得られるのならば、この程度のリスクなど払《はら》ったところで何の問題もないだろう」

そう告げた主《あるじ》の瞳に、確かな決意の色を見て、

「解《わか》りました……穏健派の連中には、後で私が説明に行ってきます。ウィルダートには、決戦を知らせた時と同じように魔法で書状を送りましょう。この条件は、連中にとってもメリットのあるものです。恐らく乗ってくる事でしょう」

と、バルフレアは頷《うなず》きながら言った。

「実は先ほど、世話担当のメイド達を通じて彼らからあるものを用意して欲しいと頼《たの》まれたところでしたので……それを渡《わた》しに行く時にでも伝えてきます」

それを聞いたルカが不思議そうに、

「頼まれたって……何をです？　あのゲスト用の居館には、十日は充分に過ごせるだけの諸々《もろもろ》の備えを用意して、万全《ばんぜん》を期しておいた筈ですよね？」

「それが、彼らがちょっと特殊な趣向《しゅこう》のものを望んでいましてね……ラース、聞きたい事があるのですが」

「俺に聞きたい事……？」

矛先《ほこさき》を突然《とつぜん》向けられて問い返してくるラースに、バルフレアは告げる。

「ええ——先日までゾルギアのものだった例の遊戯《ゆうぎ》場に関して」

7

現魔王派から決戦のルール変更《へんこう》について承諾《しょうだく》を求める通達を受けた後。

主であるラムサスへこの件の報告を終えたルキアは、己の執務《しつむ》室へ戻《もど》ることなく母シェーラの私室へと赴《おもむ》き、彼女と彼女の部屋を訪《おとず》れていた迅《じん》と情報の共有を行なった。

「チーム戦から1対1の決闘方式に、ね……」

「——はい。母様はどう思われますか？」

配下のメイド達が特に見ていない私的な場のため、ルキアが普段《ふだん》の呼び方でシェーラに問うと、幼い外見になってもそこは流石に百戦錬磨《ひやくせんれんま》。

「う～ん……まあ、まだ予想の範囲《はんい》内の展開ってところかしら。ね、迅くん？」

「まあな。大方、枢機《すうき》院のジジイ共が横やりを入れたんだろうよ」

シェーラと迅は動じる事なく、現魔王派の決戦ルールの変更を受け止める。だがルキア

自身は、まだふたりほど容易く納得《なっとく》する事はできていなかった。眉《まゆ》を顰《ひそ》めたものにして、

「問題はない、と？　1対1では、地力で劣《おと》るこちらが明らかに不利になりますが」

実際に戦うのはシェーラと迅ではない——刃更達だ。ラムサスに次いで穏健《おんけん》派をまとめる立場にある副官としても、ごく私的な感情としても、ルキアは刃更達には勝って欲しいと思っているし、それ以上にどうか無事に帰ってきて欲しいと願っている。

そんなルキアとは対照的に、まるでどこか楽観しているとさえ思えるシェーラと迅の反応に、ルキアが若干《じゃっかん》の不快感を得ていると、

「怖《こわ》い顔するなよルキアちゃん……刃更達は何て言ってる？」

そんなこちらの感情を見抜《みぬ》いたのか、煙草《たばこ》を咥《くわ》えた迅がふっと苦笑しながら言った。

普段、ルキアはシェーラ以外からちゃん付けで呼ばれる事はまずないし、またそうした真似をルキア自身許していない。穏健派のナンバー2という立場に就《つ》いている者の責任があるし、クラウスら影響力の強い年長の重鎮《じゅうちん》達に、いつまでも子供扱《あつか》いされる訳にはいかないからだ。だが戦神と恐れられた迅からみれば、ルキアなど可愛《かわい》いものなのだろう。

「戦闘方式の変更については、別に構わない……と。とはいえ7対7ですと、六名しかいない刃更殿《どの》達だけでは頭数が不足してしまいますので」

そこまでを言うと、ルキアは一息を置いて、

「先行している六名全員が参加したとしても、一名は代表者を補充《ほじゅう》する必要があります。その役は、穏健派の長としてあちらへ赴くラムサス様か、もしくは副官として随行《ずいこう》する私のどちらかが担《にな》う事になるかと」

「最終的な判断は、向こうへ行ってからの状況《じょうきょう》次第《しだい》と……まあ仕方ないのかしらね」

ふむ、とシェーラが相槌《あいづち》を打った時だった。

「いや——ラムサスが出るような事態は極力避けさせろ」

こちらに対し、迅が断固とした口調で言ってくる。

「アイツが出たら、後で色々と面倒《めんどう》な事になるだけだ……このルール変更の話、奴《やっこ》さんは何て言ってる？」

「閣下は、『解った』……とだけ」

ルキアは、報告を行なった時のラムサスを思い出しながら言った。

「仰《おっしゃ》るように、確かに閣下が参加すれば諸々の弊害《へいがい》が生じる可能性はあります。ですが、その事はあの方も充分に承知している筈《はず》です」

だから、

「閣下が御自《おんみずか》ら出られる事を望まれるのならば、配下の私が異を唱える訳には……」

副官としての立場を重んじた発言をしたルキアに、

「ルキアちゃん……お前さんがアイツに心酔《しんすい》しちまうのはよく解る。何せ、俺やシェーラを含《ふく》めても数える程しかいない、アイツの秘密を知っているひとりなんだからな」

けどな、と迅。

「聞いているだろう——俺とウィルベルトがあの大戦の最後に交《か》わした約束を。ようやくここまで来たんだ。一体何のために、ウィルベルトの女房《にょうぼう》が命懸《いのちが》けで澪ちゃんを生んで、ウィルベルトはあの娘《こ》を手放して、そしてアイツ自身は死ぬ事を選んだと思っている……この十六年の間にあった事を、その全てを無駄《むだ》にさせるんじゃねえよ」

「それは……重々、承知しています」

「だったら、やるべき事をやるんだ。誰《だれ》よりも主を想《おも》い、だからこそ時に諫《いさ》めもする……それが副官の務めってモンだろ」

「…………………」

迅の言葉に反論の言葉をなくしたルキアが、沈黙《ちんもく》を返す事しかできずにいると、

「心配するな……アイツが出しゃばるとマズイのは、あくまでレオハルトとの決戦だ」

と、短くなった煙草の火を灰皿で消しながら迅は言った。

確信を込めた口調で、

「アイツが出張らなきゃならない状況は、どこかで来ちまうさ——絶対にな」

8

成瀬澪が眼《め》を覚ましたのは、深夜になってからの事だった。

「…………ん」

柔《やわ》らかな温《ぬく》もりの中で眼を開くと、澪はゲスト用居館の寝室《しんしつ》に置かれているベッドの上で、ゼストの豊かな胸に頭を抱《いだ》かれ、彼女と脚《あし》を絡《から》め合いながら横になっていて、

「……あ……」

そして己《おのれ》の躰《からだ》に残る心地《ここち》の良い気だるさに、澪は全てを思い出した。自分は眠《ねむ》りから醒《さ》めたのではなく、刃更によって飛ばされていた意識を回復させたのだと。

そうだ——何よりも刃更に服従する事を優先した澪達は、万理亜が外のメイド達と作った食事を取る時間すら惜《お》しんで、ベッドの上で淫《みだ》らに交じわりながら食べた。

——その後、まず皆《みな》でたっぷりとゼストを可愛がり、彼女の意識を飛ばしてあげて。

そして次に意識を飛ばしたのが、万理亜の指示に従った刃更と柚希と胡桃の三人から滅《め》茶苦茶《ちゃくちゃ》にされた澪だった。そして澪が気を失った後も、官能の時間は続いていたのだろう。

見れば万理亜や柚希、胡桃も同じベッドの上で穏《おだ》やかな寝息《ねいき》を立てている。

しかし、刃更の姿だけが見当たらなかった。だから、ゼストを起こさないようにそっと身を起こした澪は、そこで自分達に背を向けベッドの縁《ふち》に腰掛《こしか》けている青年の後ろ姿があるのを見つけ、安堵《あんど》に胸を撫《な》で下ろした。薄暗《うすぐら》い室内に刃更の姿を浮《う》かび上がらせているのは、彼の手元を照らしている仄《ほの》かな灯《あか》り──携帯電話《けいたいでんわ》の液晶《えきしょう》画面だった。

まだ躰の奥にある甘い快楽の熱に浮かされ、意識がとろんとしていた澪は、

「刃更……？」

何気なく彼の名を呼んだ。すると、

「────」

刃更がゆっくりとこちらへと振《ふ》り返り──その瞬間《しゅんかん》、まだ顔が見えていないのに、

「っ────」

澪はとっさに思考を覚醒《かくせい》させ、心臓の鼓動《こどう》をドクンと跳《は》ね上げさせた。

──澪の胸を高鳴らせたのは、恋愛《れんあい》感情とは真逆の震《ふる》えるような恐怖《きょうふ》。

澪が見てしまったのは、こちらへと振り返る途中《とちゅう》の刃更の表情──無防備に声を掛《か》けてしまった事を後悔《こうかい》するような、見た事もないほど暗く冷たい横顔だ。しかし、

「……………悪い、起こしちまったか？」

こちらへと振り返り、澪と視線を合わせた刃更はもういつもの彼で。室内が暗い上に、

まだ意識が微睡《まどろ》んでいた自分の見間違《みまちが》いだったのだろうか……そう思いながらも、

……でも……。

胸の動悸《どうき》が治まらない。そうした己の動揺《どうよう》を気付かれないようにしながら、

「……もしかして、迅さんに連絡《れんらく》とか？」

と、澪が問うと、

「ああ……そんなところだ」

刃更はそう言って携帯の操作を手早く終えると、そのままベッド脇《わき》のナイトテーブルの上へと置いた。そして、刃更が再びこちらへ振り向くより先に澪は動いた。

刃更を後ろから抱き締《だし》めるように、そっと彼の背中へ身を寄せたのだ。

「……どうした？」

「…………」

肩越《かたご》しに問われた澪は、無言で刃更を抱き締める力をギュッと強くした。

そして彼の背中に押し付けた胸の鼓動を通して、己の想いをそっと伝えるように、

「……お願い。もうゾルギアの時みたいに、一人で無茶《むちゃ》しないで」

心の底から願うようにして告げた。

——これまでも刃更は、澪達のために常に物事の先を見据《みす》えて、どう動くべきかを考え、

それを実行し成し遂《と》げてきた。たとえ澪がここで何を言おうと、もし刃更が必要だと判断した時は、彼は躊躇《ためら》う事なく動くだろう。そんな事は澪だって解《わか》っている。

……それでも。

成瀬澪は、刃更一人が犠牲《ぎせい》になったり、彼だけが無茶や無理をするような事はして欲しくなかった。自分は東城刃更の家族で、妹で、そして主従契約《けいやく》を結んだ彼の下僕なのだ。

そんな澪にとって、刃更はかけがえのない大切な存在で——だからこそ、そうした己の思いをもう一度きちんと刃更に伝える。すると、

「………ごめんな。心配させちまって」

そう言って身体《からだ》ごとこちらを向いた刃更が、そっと澪の事を抱き締めてくる。

だから、澪も刃更を抱き締め返して、

「忘れないでね……刃更にはあたしが、あたし達がいる事……」

「ああ……絶対に」

堅《かた》く誓《ちか》う口調で応《こた》えた刃更と、澪はしばし抱き合ったままでいた。

そして——程《ほど》なくして、どちらからともなくそっと身体を離《はな》すと、

「————っ」

ふと刃更が慌《あわ》てたように顔を逸《そ》らした。一瞬遅《いっしゅんおく》れて澪も同じものに気が付く。

先程まで官能的な時間を過ごしていたお互《たが》いが今、どんな姿でいるのかを。だから、

「っ――――」

慌てて自分の胸を腕《うで》で抱くようにして隠《かく》すと、刃更に意識されてしまった事で一気に恥《は》ずかしさを募《つの》らせた澪が、頬《ほお》を赤くしながらジト眼で、

「……刃更のえっち」

「っ……悪い」

こちらの指摘《してき》に、途端《とたん》に刃更がしどろもどろになり、

……ふふ。

先程まで澪を滅茶苦茶に屈服《くっぷく》させ、その後は他《ほか》の子達にも同じ事をしていただろうに。

こうしてふとした瞬間に素《す》に戻《もど》る刃更のギャップが堪《たま》らなく可愛いくて……だから、

「…………お兄ちゃん」

他のみんなが眠っている時に、抜《ぬ》け駆《が》けのような真似《まね》をしている事を自覚しながら、

「あたし……まだお兄ちゃんに屈服できるよ？」

澪は甘えた口調で抱き付くと、刃更の左肩《ひだりかた》に唇《くちびる》を寄せて「ちゅっ」とキスをした。

――普段《ふだん》の澪なら考えられないような大胆《だいたん》な発言。

だが、今の澪は刃更との主従契約で、柚希やゼストに比べて後《おく》れを取ってしまっている。

彼女達に追い付くために、これくらい積極的になっても良いだろう。すると、

「……………良いんだな？」

静かな声で問われ、澪がコクンと頷《うなず》くと、刃更はもう何も言わなかった。

ただ――黙《だま》ってこちらの腰《こし》に手を回すと、そのまぐっと自分の方へと抱き寄せた。


澪と刃更は、他のみんなを起こさないように浴室へと移動する事にした。

そしてシャワーのバルブを回してお湯を全開にするや、刃更がいきなりキスしてきて、

「んんっ……ちゅっ、はぁ……ちゅぷ、お兄ちゃ……んっ♥」

そんな強引《ごういん》なキスを、澪は刃更の首の後ろに両手を回して受け入れた。降り注ぐシャワーの下で全身を濡《ぬ》らしながら、舌を絡《から》めた激しいキスで躰《からだ》を熱くしていった澪は、

……あ……。

太股《ふともも》の間で、こちらの股間《こかん》へと当たってくる硬《かた》い感触《かんしょく》に気が付く。

見れば刃更の腰《こし》に巻かれたタオルが彼の形になっていて、澪の股間をまるで下から持ち上げるようにクニクニと押している。最後の一線を越《こ》えないための保険として澪達女子はショーツだけは脱がない事にしているのだが、それでも充分《じゅうぶん》すぎる程いやらしい光景だ。

……刃更、もうこんな風にして……。

いつもはこちらを気遣《きづか》う事を第一にしている刃更が、強引にキスしてきた挙げ句こんなにも自分に興奮してくれている……そう思った途端《とたん》、澪はブルっと腰を震《ふる》わせて、

「お兄ちゃん……してあげるから、仰向《あおむ》けになって」

こちらが潤《うる》んだ瞳《ひとみ》で告げると、刃更はその場に腰を下ろして床《ゆか》に横になってくれた。

そうして仰向けになった刃更の隣《となり》へ寄り添《そ》うように澪は寝《ね》そべると、

「………始めるね」

そう言って、タオルの上からそっと手で刃更のものを握《にぎ》ってしごき始める。

澪は己の手の中にある硬い感触を確かめるように、いやらしく上下をさせながら、

……あたし今、凄《すご》い事してる……。

自分がしている行為《こうい》の過激さに、恥《は》ずかしくて頭がどうにかなりそうになる。

——だが胡桃やゼストはもう、とっくにこれをやっている。もしかしたら先刻、澪が意識を飛ばしていた間に柚希や万理亜だってしていたかもしれない。だから、

……あたしだって。

そう己を奮い立たせ、澪は刃更のものを一層いやらしくしごいていった。

タオルの上からだとこちらの指が回らないほど刃更のそこは太くなっていて、

……こんなに、大きくなっちゃうなんて……。

いつしか刃更のものしか眼に入らなくなっていると、

「っ――――」

ふと刃更が、ピクンと腰を僅《わず》かに跳《は》ねさせた。

「ご、ゴメンね……まだ慣れないから上手《うま》くできなくて、痛かった？」

慌《あわ》てて澪が手を止めると、

「い、いや……」

刃更は少しだけ気まずそうに言った。それは痛いのを我慢《がまん》したものではなくて、

……もしかして、気持ち良いの……？

その事実を理解した瞬間《しゅんかん》――澪の胸の奥がこれまで感じた事のない甘い疼《うず》きを得た。

それは女の悦《よろこ》びだ。自分は刃更の事を気持ち良くしてあげられている。

そう思ったら嬉《うれ》しくて、それ以上に誇《ほこ》らしくて……もう怖《こわ》いものは何もなかった。

だから澪は、今度こそ本気の奉仕《ほうし》を始めた。再び刃更のものを手でしごき始めながら、

「お兄ちゃん、お兄ちゃん……んっ、んちゅ……れろっ」

刃更への密着を強めるように彼の左の太股へと跨《また》がると、刃更の脇腹《わきばら》へ自分の胸をいやらしく押し付けながら、伸《の》ばした舌を彼の乳首《ちくび》へと這《は》わせて夢中になって奉仕してゆく。

最初はつたなかった舌使いが、繰《く》り返す内に動きが滑《なめ》らかになり、やがていやらしい音を立てながら艶《なま》めかしく唾液を塗《ぬ》ってゆくと、

「っ……く……！」

刃更は澪の頭を左手で抱《かか》えながら、右手でこちらの胸を揉《も》んできて、

「あんっ、やっ、お兄ちゃ……れるっ……はぁっ……んっ♥」

途端に澪は快感を得て甘い声を上げたものの、それでも己《おのれ》の舌と手を動かす事を止《や》めなかった。刃更を気持ち良くしたい。もっと感じて欲しい。そんな想《おも》いに駆《か》られ、いつしか澪はタオルの下に手を入れて直接刃更のものをしごいていて、

「う……あ……っ！」

刃更の漏《も》らす声がどんどん切羽詰《せっぱつ》まったものになってゆき——とうとうその瞬間が訪《おとず》れた。澪の手の中で刃更のものが膨《ふく》らんだと思った瞬間、温かい液体が吹《ふ》き出したのだ。

——それは、澪が初めて見た刃更の絶頂の瞬間だった。

とっさに刃更が腰を浮《う》かせた事で腰のタオルが落ち、刃更のそこが露《あら》わになる。すると、そこには白濁液《はくだく》に塗《まみ》れた澪の手の中でビクンビクンと熱く脈動する刃更のものがあって、

……これが、刃更の……。

今までも一緒《いっしょ》に入浴した時に見てしまった事はあったが、その時とは比べものにならな

い大きさに、澪は無意識にゴクリと喉《のど》を鳴らした。

そして、どうすれば良いのか解らずに呆然《ぼうぜん》としていると、

「あ――…」

そこで澪はある事に気が付いた。大量に精を放ったにも拘《かか》わらず、刃更のものはまだ苦しそうに張り詰《つ》めていて……すぐに澪は自分のするべき事を理解した。

続ける。

「お兄ちゃん……今度は、そこに座って」

精液塗れの刃更のものを手でクチュクチュとしごきながら、澪は視線を浴槽《よくそう》の縁《ふち》へと向けた。それだけで刃更は、澪が次に何をしようとしているのか解ったのだろう。

こちらがお願いした通りの場所へ腰掛《こしか》けると、澪が躰を入れやすいように両脚《りょうあし》を広げてくれる。そして導かれるようにそこへ腰を下ろした澪は、

……凄、い……。

眼《め》の前に刃更のものがきて、先ほど手でしてあげた時とは違《ちが》う圧倒《あっとう》的なその迫力《はくりょく》に思わず息を呑《の》む。だが、それもほんの数秒の事だった。張り詰めている刃更のそこが、次の奉仕を待ち侘《わ》びている。だから澪は、刃更によって一層大きくされてしまった乳房《ちぶさ》を抱え上げるようにそこへ持って行き――その深い谷間で、彼のものをいやらしく挟《はさ》んだ。

「っ――――」

澪の乳房で己自身を挟まれた瞬間、東城刃更は小さく呻《うめ》いた。

澪の胸の谷間は、まるで吸い付くように刃更のものを包み込んできて、

「凄いでしょ……あたしの胸、こんな風にしたのお兄ちゃんなんだよ」

刃更のものをキュッと挟んで胸の大きさを強調した澪は、艶《つや》っぽい笑《え》みでそう言うと、

「学校でも、前より男子に見られるようになっちゃって大変なんだから……陰《かげ》でいっぱい言われてるんだよ？　成瀬は最近、どんどんエロい躰つきになってるって」

「っ……それは」

刃更が思わず答えに詰まると、

「別に良いの……こうやってお兄ちゃんをいっぱい気持ち良くしてあげられるんだから」

そう言うと、澪は両手で乳房を抱えるようにしながら上下に揺《ゆ》すって淫《みだ》らにしごき始めた。するとと先ほど出した刃更の精が潤滑油《じゅんかつ》となり、澪がこちらを胸で擦《こす》る度《たび》にクチュクチュと粘着質《ねんちゃくしつ》な音が生まれ、思わず腰の力が抜《ぬ》けそうになった刃更に、

「あたしだって……こういう事くらいできるんだからね」

澪は上目遣《うわめづか》いでそう言うと、顎《あご》を引いてゆっくりと自身の胸の谷間へと口を寄せていった。その先には、澪が胸を揺する度に顔を出す刃更のものの先端《せんたん》があって、

「────っ！」

だから刃更はとっさに澪の顎を下から摑《つか》むと強引に顔を上げさせ、自分は身体《からだ》をくの字に曲げた。そして、そのまま澪の唇《くちびる》を乱暴に奪《うば》ってやると、

「んぅ──はぁ、ん……ちゅぷ……んふ、あぁん……くちゅ……れちゅっ」

少しキツイ体勢にしたにも拘わらず、澪は快楽でねっとりとした舌をこちらへ伸ばしてクチュクチュと絡めてきた。そして、その間もずっとこちらへ胸での奉仕を続けてくる。とてもじゃないが我慢できなかった。だから、

「っ……ぁ……っ！」

刃更は澪とキスした状態で彼女の胸に己の精を解き放った。そのまま腰どころか膝《ひざ》の力まで抜けてしまいそうになるが──それでも刃更の興奮はまるで治まらない。

この分だと澪もまだ、こちらが放つ催淫《さいいん》と魅了《チャーム》の効果を受けてしまっているだろう。そんな彼女に無茶《むちゃ》な事をしてはいけないと思うのだが、刃更も薬の効果なのか全く抑《おさ》えが利《き》かなかった。そして精の放出が止まったタイミングで刃更が唇を離《はな》すと、互《たが》いに絡み合ってできていた唾液《だえき》が二人の間で淫らな糸を引いて、

「あ……んっ、はぁ……ふ」

澪は名残惜《なごりお》しそうに少し舌を出したまま、熱の篭《こ》もった息継《いきつ》ぎを終えると、まだ治まる事のない刃更のそこを、両手でいやらしい形にした乳房の谷間でしゃぶらせ続けながら、

「このまま、もっと出して……あたしの胸から溢《あふ》れて零《こぼ》れるまで」

艶っぽい声と表情でそう言うと、胸での奉仕をもっと激しくし始める。そんな澪の奉仕に、三度目の快楽をあっという間に高まらせた刃更は、もう我慢しなかった。

「────」

澪の言葉に甘えて、彼女の胸に男の液体を勢い良く解き放った。

9

その瞬間、澪の胸の谷間で刃更のものがドクンっと暴れるように脈打った。
直後、熱いものが澪の胸全体に広がってゆく感覚が来て、
……凄い、ドクドクして……。
こちらの胸の谷間の奥で、刃更のものが気持ち良さそうに震えているのが解《わか》る。自分が刃更を気持ち良くしてあげられている実感と共に見れば、澪の深い胸の谷間が白濁液の水《みず》

溜《た》まりによってすっかり見えなくなっていて——思わずぶるっと身を震わせた瞬間、どろりとした刃更の白濁液が、澪の胸の谷間からボタっと床へ零れ落ちた。

と同時、澪の胸の谷間から刃更のものが、ずるり……と抜けて、

……あ……。

刃更のものが張り詰めたままでいるのを見た澪は、ごくんと喉を鳴らすと、ゆっくりと彼のものへ自らの口を寄せていった。すると今度はもう刃更も澪を止める事はなくて。

「はぁ……んむ……ちゅぷ」

とうとう澪は、刃更のものを己の口の中へと迎《むか》え入れた。途端に口いっぱいに広がった刃更の精の味が、あっという間に澪の理性を奪ってゆく。だが、刃更にもっと服従するためには、澪の理性など邪魔《じやま》なだけ——だから舌で刃更のものを綺麗《きれい》にし、口の中に溜まった彼の精をゴクンと飲み干した時には、澪は自分から理性を手放して、

「あぁ……ん、ちゅっ……んふ……んちゅっ、はぁ……ちゅるっ……んんっ」

澪は乙女《おとめ》座りのまま、夢中になって己の口で刃更に奉仕する。

唾液をたっぷりと絡《から》ませた舌で余す所なく舐《な》め上げ、時折ちゅぱちゅぱと音を立てながら吸い上げたり、たまに口を離して手で優《やさ》しくしごいてあげていると、やがて刃更の腰《こし》が徐々《じよじよ》に前後へと揺らめき出した。それは刃更の快楽が高まっているからだ——その事実に

澪はより興奮を強めると、自らもまた刃更の動きに合わせて顔を前後に動かし始め、

「んむ……ちゅる……はぁ、んっ……ちゅぷ、くちゅ……れろっ……はむっ、んふ、ちゅく……れろ……んっ、んちゅっ、んん～～～～っ♥」

夢中で刃更のものをしゃぶっていた口の中へ大量の熱い精が放たれた瞬間、澪は全身を甘い絶頂感で強《こわ》ばらせた。刃更がこちらの口内へ果てたのと同時に、澪の胸をグッと鷲掴《わしづか》みにしてきたのだ。不意打ちとしては強すぎる快感――しかし、今の澪はどこまでも従順で、ショーツの中で絶頂に尻《しり》を震《ふる》わせ女の液体を溢れさせながら、それでも最後まで歯を立てる事なく喉だけを鳴らして必死に刃更の精を飲み干してゆく。

しかし、シェーラの薬を飲んでいた刃更の量は凄《すさ》まじくて……澪が溺《おぼ》れてしまう前に、刃更は澪の唇の内側を擦るようにして己自身を抜き始め、

「んっ、んっ……んちゅっ、あっ――きゃっ♥」

先端まで抜かれると同時、澪は顔に刃更の白濁液をたっぷりと掛《か》けられた。驚《おどろ》いた澪が後ろへ倒《たお》れ掛けそうになると、刃更が浴槽の縁から立ち上がる。だが刃更は澪を助け起こすのではなく、逆にそのままこちらを押し倒すように覆《おお》い被《かぶ》さってきて、

……え……？

思わず呆然となって眼の前の刃更の顔を見た澪は、刃更の行動の意味を理解した。

いつの間にか完全に男の色を宿した刃更の眼が、ギラつくようにこちらを見ていて、

「下着の中までだ——良いな？」

有無《うむ》を言わせぬ口調で告げてくる。その言葉の意味を理解した澪は、とっさに息を呑んだ。互いに最後の一線を越《こ》えない保険のために穿《は》いている澪のショーツ……その中へ、自分のものを入れさせろと刃更は言ってきている。

……だ、駄目……っ。

今の自分達がそんな真似《まね》をしてしまったら、それこそどうなってしまうか解らない。決して越えてはいけない最後の一線があやふやになってしまう。

そう澪は思った。なのに——それ以上に、刃更が理性を飛ばすほど自分に興奮し、そして求めてくれていると思うと震える位に嬉しくて。だから、

「っ……うん……」

ゴクリと喉を鳴らした澪は、いけないと解っているのに、震える手で膝の裏を持って両脚を開き、己のそこを刃更に晒《さら》した。熱く濡れた事で女の割れ目がくっきり浮かび上がったショーツからは、いやらしい湯気が立っていて……澪はその体勢で甘えるように言う。

「良いよ、お兄ちゃん——来て」

そう迎え入れる言葉を告げると、役目を果たせない程《ほど》ぐしょ濡《ぬ》れになった澪のショーツ

のクロッチ部分——その脇から刃更のものがズブズブと入ってきて、

「……………行くぞ」

そう低い声で言った刃更が、一気に奥まで押し込んできた瞬間《しゅんかん》、

「っ——ふああああああああぁぁんっ！」

成瀬澪はたった一度の抽挿《ちゆうそう》で激しく絶頂させられた。刃更が澪の女の入り口の上を彼のもので擦り上げ……さらには敏感《びんかん》な両胸まで同時に滅茶苦茶《めちゃくちゃ》に揉《も》んできたのだ。

「や……っ……んっ、は……ぁ……あ♥」

ショーツの中で生まれた、これまでとは違う異次元のような絶頂に、呼吸の仕方を忘れて喜悦《きえつ》の混じった悶絶《もんぜつ》をしているこちらに、澪のショーツの中を通り越し、そのまま臍《へそ》下まで自身のものを突《つ》き入れていた刃更は、ゆっくりと腰を引いていき、

「っ————」

待って——そう澪は言おうとしたが、しかし声にはならなくて。

「——動くぞ」

そう告げられた直後、胸を滅茶苦茶に揉まれながらショーツの中を激しく擦られた澪は、数え切れないほど——否《いな》、数えられないほど凄まじい絶頂を刃更によって刻まれ始めた。

10

現魔王《まおう》派の本拠地《ほんきよち》レンドヴァルの夜更《よふ》けもすっかり深まった頃《ころ》。

ラースはひとり、城下街に存在する『ある店』を訪《おとず》れていた。

そこは女性用のドレスから下着に靴《くつ》、果ては化粧《けしよう》品まであらゆる婦人用品を扱《あつか》う会員制のブティックだ。客は基本的に貴族階級の高位魔族《まぞく》ばかりだが、実際に店に足を運ぶ者の大半は、主《あるじ》の気まぐれにも似た要望を叶《かな》えるために訪れるメイドや執事《しつじ》がほとんどである。そして彼らの主の要望は、たとえ深夜や早朝だろうと関係がない。そして、この店はそういった顧客《こきやく》の要望全《すべ》てに万全《ばんぜん》をもって応《こた》えられるよう、常に営業し続けていた。

芸術的なインテリアで統一された店内に、厳選された高級な品物ばかりが並ぶ中、

「――お待たせしました」

会計用のカウンターの前で佇《たたず》むラースに、男性店員が店の奥からあるものを持ってきた。

小さな木箱だ。そして店員はカウンターに木箱を置くと、蓋《ふた》を開いて中に入っていたものを取り出した。出てきたのは、金の装飾《そうしよく》が施《ほどこ》されたキャップが眼《め》を引く真紅《しんく》のガラスボトル。その中には、透明《とうめい》の液体が入っており、

「こちらで間違《まちが》いございませんでしょうか？」

「……ああ。そいつで大丈夫《だいじょうぶ》だ」

ラースがそう頷《うなず》きを返すと、店員はボトルを木箱に戻《もど》して包装を始めながら、

「しかし、この香水《こうすい》がまだ作られている事について御存《ごぞん》じの方がいらっしゃるとは驚きました。こちらは先日、製造中止と回収を発表されたばかりの商品ですので」

「……香料《こうりょう》に使われている原材料に問題が見つかったから、という話だったたな」

「ええ……失礼ですが、お客様は一体どちらでこの香水の事を？」

チラリとこちらを窺《うかが》うように見てくる店員に、ラースはある物を見せる事で答えた。

それは緻密《ちみつ》な細工が施された銀の懐中時計《かいちゅう》だ。その蓋に刻まれている紋様《もんよう》を見て、

「その紋章《もんしょう》はレオハルト陛下の……」

ハッと眼を見張った店員に、

「製造中止の本当の理由を知っているアンタが警戒《けいかい》するのは解るが、どうかこの件は内密にしておいてくれ。俺がこの香水を買った事をアンタが誰《だれ》かに報告して、それでもし陛下に何らかの問題が生じた場合……一番困った事になるのは恐《おそ》らくこの店とアンタだ」

だが、とラース。

「アンタがこの件を誰かに漏《も》らしたり、おかしな詮索《せんさく》をしなければ問題が起きる事はない。

誰かの怒りに触れる心配もな。アンタは黙《だま》って、俺が買った分の帳簿《ちょうぼ》の日付を回収決定前にしてこの件を忘れれば良い。これはアンタとこの店を想《おも》っての忠告だ」

「…………解りました」

店員が硬《かた》い表情で渡《わた》してくる紙袋《かみぶくろ》を受け取ると、ラースは会計を済ませて店を出た。

「ったく……何だって俺がこんな事を」

店の前の通りを城へと向かって歩きながら、ラースはやれやれと愚痴《ぐち》をこぼした。

刃更が監視《かんし》のメイドを通じて用意して欲しいと言ってきたもの——それは現在、表向きには市場に流通していない特殊《とくしゅ》な香水だ。

しかし、人間の刃更が魔界《まかい》の香水について詳《くわ》しく知っていたとは思えない。万理亜やゼストが知っていた可能性もなくはないが、だとしたらきちんと銘柄《めいがら》を指定してきた筈《はず》だ。

そもそも、刃更の指定からしておかしかった。ゾルギアの遊戯《ゆうぎ》場で焚《た》かれていた香《こう》や、遊戯場の女達が使用していた香水を納入していた店へ行き、もしゾルギアの死後に発売中止になっている香水があったら買ってきて欲しい——それが刃更達からの要求だった。

普通《ふつう》なら、こちらがそんな刃更の要望を聞く必要は無いのだが、敵とはいえ刃更達はレオハルトが招待した言わばＶＩＰだ。何か不都合があれば遠慮《えんりょ》なく言うように伝えてあったし、これで刃更達が望むものを用意できなければこちらの面子《メンツ》にも関《かか》わってしまう。

そしてバルフレアが推測した通り、ゾルギアへの復讐《ふくしゅう》の機会をずっと窺っていたラースは、当然ながらゾルギアの遊戯場についても調べていた事もあって先程の店の存在も知っており、調査のためにと会員にもなっていた。刃更への差し入れをラースが用意する事に、また何かおかしな接触《せっしょく》を持つのではとバルフレアが難色を示したが、とはいえこればかりは仕方がない。調査目的の会員登録に本名を使えばゾルギアに気付かれてしまう可能性があったし、かといって下手《へた》に貴族階級の家の名を謳《うた》えば調べられて足が付きかねないため、ラースは無難な偽名《ぎめい》で登録していた。もしメイドなどが代わりに行けば、店側は警戒して急に回収が決まった訳ありの商品を売ってくれはしなかっただろう。しかし、

……バサっちの奴《やつ》、どういうつもりだ？

ラースは石畳《いしだたみ》の道を行きながら、刃更の真意を考える。

サキュバスの催淫《さいいん》特性で主従契約《けいやく》を結んでいる刃更達は、服従による関係強化によって戦闘力《せんとう》を上げられる。今頃《いまごろ》は澪達を屈服《くっぷく》させる最後の追い込みに励《はげ》んでいる最中で、その際に色欲《しきよく》の権化《ごんげ》だったゾルギアが使っていた逸品《いっぴん》を用いるつもりなのでは——それが、話を聞いたルカが口にした推測だ。確かにその可能性はゼロではない。絶対に果たさなければいけない目的に際した時、刃更が手段を選ばない事をラースは知っている。刃更と手を組んでゾルギアを殺した時、彼が浮《う》かべていた絶対零度《れいど》の瞳《ひとみ》を自分は確かに見ている。

……だが。

それでも、どうしても腑《ふ》に落ちない。

ゾルギアは澪にとって決して許す事のできない仇敵《きゅうてき》だ。そんなゾルギアが用いていたアイテムを使えば、澪を屈服させるどころか逆に深刻な反発を生みかねない。或《ある》いはそれで呪《のろ》いを強めて発動させ、より強く服従させようとしている可能性も考えられるが、

……いや。

ゾルギアのアイテムを使えば、ゼストの心にまで影《かげ》が差してしまいかねない。今は刃更と主従契約を結んでいる彼女は、ゾルギアの配下だった過去など忘れたい――それこそ消し去りたい筈だ。それを思い出させるような真似を、刃更がするとは思えない。

……それに。

もしそれでも、どうしてもそんなものが欲しいというなら、それこそゼストが知っている筈だ。シェーラならば、その情報を元に同じものを作り出す事はできるだろう。

何せ――ゾルギアが遊戯場で使っていた香や香水などは、史上最も偉大《いだい》なサキュバスと謳われたシェーラが大昔に作ったものなのだから。もし本当に必要だったら、こちらへ来る前にシェーラに頼《たの》んで用意した筈だ。それをせず、敢《あ》えてこちらへ来てから毒物などを混ぜられかねないリスクを押してまで頼んできたという事は。

……間違いない。

これは刃更からのメッセージだ——それもラースではなく、彼と手を組んでいた滝川八尋に対しての。だが、わざわざ「発売中止になっている香水」なんて指定をしてきた事もあり、バルフレアは刃更達のこの要求が明後日《あさって》の決戦に関係している可能性についても考《こう》慮《りよ》している。直接ラースが刃更にこの香水を渡す事は絶対に許さないだろうし、刃更達に渡す前に中身を検分して刃更達の思惑《おもわく》や狙《ねら》いが何なのか、ラースがこの差し入れを通じて手を貸すような真似をしていないか、隅々《すみずみ》まで確認《かくにん》するに違《ちが》いない。

……だが。

そんな事は刃更も承知している筈だ。

だとしたら、刃更の狙いは一体……そうラースが思考を深いものにしていると、

「——っと」

ふと懐《ふところ》で僅《わず》かに魔力《まりよく》反応が生じたのを感じ、ラースは胸の内ポケットへと手を入れた。

そして取り出したのは、黒い色をした携帯電話《けいたいでんわ》だ。特殊な魔力チップがバッテリーに組み込まれているため、この魔界でも使用できるようになっている。バルフレアには、刃更達と通じないように渡せと言われたが、ラースはダミーを提出して誤魔化《ごまか》していた。

するとバルフレアにはダミーである事を見破られ、本物を渡すようにと言われたが、

……俺が、アイツらの前で本物を持ち歩く訳ないだろ。

ラースはダミーを複数用意しており、二台目のダミーを渡してバルフレアの追及《ついきゆう》を逃《のが》れていた。そして今、ラースの手にあるのが刃更と連絡《れんらく》を取る際に使っていた携帯だ。

液晶《えきしよう》画面を確認すると、メールが一通届いていた。相手は誰かなど確認するまでもない。

この携帯の番号を知っているのは刃更しかいないのだから。そして刃更は、ラースが安全な場所でひとりになった時にしかこの携帯を確認しない事を知っている。

恐らくは、自分に何か協力するようにと頼むメールなのだろうが、

「生憎《あいにく》だったなバサっち……何が望みかは知らないが」

携帯を操作しながら、自然と口から零《こぼ》れたのは苦笑《くしよう》の色を含《ふく》んだ声だった。

今の自分はもう滝川八尋ではない……ゾルギアへの復讐が済んだ以上、もはや刃更と手を組むより、レオハルトの戦友のラースとして彼に力を貸す方がメリットが大きい。

あの若き魔王の両親への復讐と、魔界を根底から変えるという野望を果たさせるために力を貸す事が、今のラースの望みを果たすための一番の近道だからだ。

枢機院《すうき》を一掃《いっそう》したいのは……ゾルギアと大差ない老害達をまとめて始末してやりたいのは、レオハルトだけではない。それこそゾルギアですら足下《あしもと》に及《およ》ばないような下衆《げす》だけは

——あのベルフェゴールだけは、どんな手を使ってでも始末しなければならないのだ。

だがそれは、穏健派《おんけんは》に居たままでは果たす事は難しい。

——だから今、ラースはこうしてこの場所に立っている。

そしてラースは、刃更のメールを確認した。

その内容をレオハルト達へ伝え、明後日の決戦を有利なものへとするために。

11

澪に対して抱《いだ》いた刃更の興奮は、どれだけ果てようとも治まる様子を見せなかった。

これまで抑《おさ》え続けてきた欲望《よくぼう》が爆発《ばくはつ》してしまったという可能性もあるし、シェーラの薬の効果がそれだけ凄《すさ》まじいものだったのかもしれない。

以前は少しすれば戻ってくれた理性も、ずっと飛んでしまったままだ。

しかし——澪もまた、刃更から魅了《チャーム》と催淫を受けている状態にあるためか、どれだけ凄まじい絶頂を得ても意識を飛ばしてしまう事はなく。そうして新たな絶頂の快楽を刻まれている内に、誰よりも刃更に服従できる悦《よろこ》びで澪はすっかり従順になっていた。

そんな今の二人を止める者は誰もおらず、だから澪は刃更によって徹底《てってい》的に調教されて、

「あんっ……はぁ、ん……やぁっ、お兄ちゃん……ふぁっ、お兄ちゃ——ふぁあん♥」

そして現在──淫《みだ》らな密室と化した浴室で、恍惚の表情を浮かべた澪は、刃更の腰《こし》の上でいやらしく腰を振《ふ》っていた。騎乗位《きじょうい》の体勢で下から両胸を滅茶苦茶《めちゃくちゃ》に揉《も》まれた状態で、そして澪のショーツの中には当然のように刃更のものが差し入れられている。

──浴室へ入ってから既《すで》に二時間。刃更と澪の饗宴《きょうえん》は終わる事なく続いていた。

その間、二人の身体《からだ》はずっと淡《あわ》い金色の光を纏《まと》ったままだ。

もうどれだけ互いの主従関係を強化し、戦闘《せんとう》力を上げたか解らない。

最初は一方的にイカされ続けていた澪も、今では快楽に意識をとろけさせながら刃更への奉仕《ほうし》を行なえるようになっていた。腰の前からショーツの中へ滑《すべ》り込ませた己《おのれ》の両手で、刃更のものを包み込むようにして握《にぎ》り、下から突き上げてくる刃更の動きに自分の腰を振る動きを合わせてクチュクチュとしごいてあげているのだ。

うっかり角度を誤れば最後の一線を越《こ》えてしまってもおかしくない行為《こうい》……だが刃更のモノの大きさは、初めての澪の中へそんな簡単に入るようなサイズとは思えなかった。

……そうよ。

だから澪は構う事なく、己の腰をはしたなく上下させ続けた。ショーツの中で互いの粘《ねん》膜《まく》が一番いやらしく擦《こす》れる角度で腰を振ると、澪の入り口を刃更の裏筋が滑《すべ》るように往復し、澪と刃更はあっという間に興奮と快楽を高ぶらせてゆき、

「────っ」

「っ──ふああああぁぁぁぁあんっ♥」

刃更が精を放つと同時、澪もまた彼の腰の上で盛大に達して躰《からだ》をビクンと仰《の》け反らせた。

すると二人の分泌液《ぶんぴ》で満たされた澪のショーツの中が、自然と刃更のもので掻《か》き回される格好になり、世界で最もいやらしい泡立ったカクテルが作られて、

「ん……ぅ……はぁ、ふぁ……ん……っ」

そのまま澪が後ろに倒《たお》れそうになると、刃更がこちらの胸から手を離《はな》して代わりに二の腕《うで》を摑《つか》んできた。そして刃更の方へ抱《だ》き寄せられるように導かれると、自然と彼の口元に澪の左胸の先端《せんたん》が行く格好になり、

「っ……あんっ、ふあぁん……♥」

当然のように乳首《ちくび》をしゃぶられた澪は、刃更に覆《おお》い被《かぶ》さる体勢で甘く喘《あえ》いだ。はしたない動きで腰が動いてしまうのは、腰の後ろへと回された刃更の両手がショーツの中へ差し込まれ、澪の生尻に五指を食い込ませているからだ。鷲摑《わしづか》みにされていやらしい形になった尻をはしたなく振る度《たび》に、ショーツが脱《ぬ》げて澪の尻が少しずつ露《あら》わになってゆく。完全に脱げてしまうのも時間の問題だろう。だから、

……このままだと、あたし達……。

越えてはならない一線を越えてしまうかもしれない……刃更にいやらしく胸を吸われる事で得られる快楽に溺《おぼ》れながら、澪はこの先を思った。

――無論、澪の方からそれを望む事はしない。

刃更に抱かれてしまったら、自分の中にある力を失ってしまうかもしれないのだから。

……でも。

もし刃更に求められたら、きっと自分は拒《こば》めない……そんなはしたない確信があった。

成瀬澪は間違いなく、東城刃更を受け入れてしまう。

そして、とうとう澪のショーツが太股《ふともも》の辺りまで落ちた――その時だった。

澪のショーツの右横の辺りが、プツンと切れてしまったのは。

……え……。

そして、その事実を思った瞬間《しゆんかん》――成瀬澪は途端《とたん》に凄まじい眠気《ねむけ》に襲《おそ》われて、

……嘘《うそ》、これって……？

間違《まちが》いない……刃更が飲んだシェーラの薬の催淫と魅了の効果も切れたのだ。

澪の肉体と精神が、一気に蓄積《ちくせき》された疲労《ひろう》を認識しようとしている。

――澪達女子が付けている下着は、シェーラが用意したものだ。

もしかしたら澪達が最後の一線を越えてしまう可能性が出てきてしまう事を見越《みこ》したシ

エーラが、予《あらかじ》め何らかの『保険』を掛《か》けていたのかもしれない。

「刃更――……」

急速に意識が遠のく中、それでも澪はここまで徹底的に服従した主《あるじ》の名を呼ぶと、

「……大丈夫《だいじょうぶ》だ」

澪の胸から口を離した彼が、そっとこちらの耳元へと囁《ささや》いてくる。その声は、よく知っているいつもの刃更のもので――だから澪は、安堵《あんど》と共にそのまま瞳を閉じていった。

柚希やゼストに追い付きたいという嫉妬《しっと》にも似た感情を忘れて。

誰《だれ》よりも大切な青年に対し、今の自分にできる最大限で尽《つ》くす事ができたという自負と。

今だけは彼の温《ぬく》もりを独り占《じ》めできる、ささやかな幸せを感じながら。


そして――その数分後。

「……………よっと」

気を失った澪を抱きかかえて寝室《しんしつ》へと戻《もど》った刃更は、彼女をベッドへと寝《ね》かせた。

すると東城刃更にとって大切な少女達が、ベッドの上で寄り添《そ》うように眠《ねむ》る形になり、

「――――――」

自然と穏《おだ》やかな表情になった刃更は、しばらく彼女達の寝顔《ねがお》を見詰《みつ》める。

自分自身にとって大切で——だからこそ守ると誓《ちか》った存在を。

家族のような少女達を。だけど、

「…………来たな」

そんな穏やかな表情はすぐに消え去った。

ナイトテーブルに置いた携帯電話が、新着メッセージの存在を知らせたからだ。

だから指紋《しもん》認証と、特別なオーラパターン認証によって己の携帯のロックを解除した刃更は、送られてきたメッセージの内容を確認した。

自分を慕《した》ってくれる少女達には決して見せる事のない——凍《こお》るような冷たい瞳で。

第3章　未来へと挑む者達

1

魔界《まかい》の未来を巡《めぐ》る二大勢力――その決戦が間もなく行なわれようとしていた。

舞台《ぶたい》となる古代闘技《とうぎ》場は現在、歴史的瞬間を見届けようと集まった観客達で溢《あふ》れている。

様々な種族が入り乱れた観客達の大半は、レンドヴァルで暮らしている者達だ。

現魔王《まおう》派の民《たみ》である彼らが信じ、そして望んでいる事はレオハルト達の勝利。

そして沸《わ》き上がる歓声《かんせい》の中、視線の集まる武舞台上に佇《たたず》んでいる者がいた。

眼《め》を閉じたまま微動《びどう》だにせずいるのは、若き魔王レオハルトだ。

観衆達が自分へと送ってくる信頼《しんらい》の眼差《まなざ》しや期待の声援《せいえん》を受けながら、

「…………」

しかしレオハルトは、憮然《ぶぜん》とも言うべき感情を抑え込んでいた。

──当初レオハルトは、この決戦が真に意義のある戦いとするため、どこか民衆の眼の届かない場所で戦うつもりでいた。魔王として一片《いっぺん》たりとも恥《は》じる事のないように──そして何より、魔界の未来を決める戦いとして相応《ふさわ》しいように。

だが、横から介入《かいにゅう》してきた枢機院は、強引《ごういん》に代表メンバーをねじ込んだだけでは飽《あ》き足らず、この決戦をまるで劇場型の祭りか何かのように仕立て上げてしまった。

無論、政治的な観点で考えれば、このように公開する事によって、より勝者の威厳《いげん》を強く知らしめる事ができるというのは解《わか》る。枢機院を一掃し、魔界の統一を目指しているレオハルトにとっても、それは悪い事ではない。しかし──このように観客を入れてしまった時点で、今回の決戦から政治的な戦争としての品位は大きく損《そこ》なわれ、反対に娯楽《ごらく》としての意味合いが出てきてしまう事は避《さ》けられない。

──それでも、レオハルトは真剣《しんけん》勝負での決戦に最後まで拘《こだわ》った。

1対1の決闘《けっとう》を七回戦行なう事によって雌雄《しゆう》を決する決戦──だが現在、舞台に立っている現魔王派の代表メンバーが、レオハルトだけなのもその一つだ。

観客の前に代表メンバーを集め、メンバー構成や出場する順番などを紹介《しょうかい》してゆくような真似《まね》をしてしまえば、いよいよこの戦いは試合に──そして戦争は茶番になってしまう。

よって各勢力の代表メンバーについては決闘開始まで観客には明かさない事にし、また出場する順番についても互《たが》いに明かさない事で、決闘に緊張感《きんちょうかん》を持たせるようにした。

だが観客を入れている以上、いきなり開始という訳にはいかない。よって決戦を前にトップ同士の顔合わせを行なう事にした。レオハルトが現在この場にいるのはそのためだ。

しかし、そんなレオハルトの想《おも》いや覚悟《かくご》など、枢機《すうき》院には無意味なものにしか映らないだろう……連中にとっては、現魔王派と穏健《おんけん》派の決戦も、この魔界の未来も、長き時を生きる上で生じた退屈《たいくつ》を紛《まぎ》らわすための娯楽でしかないのだ。

だが——魔王レオハルトは構わない。

枢機院が何を企《たくら》み、どんな事を行なおうとも。自分のやるべき事は一つしかない。

……老害ども、せいぜい思い知るがいい。

武舞台の上から枢機院がいる特別観覧室を見上げ、レオハルトは心の中で静かに告げる。

穏健派の次は、貴様達だ……と。そして、

……姉上。

レオハルトは、離れた場所にあるレンドヴァル城にいるリアラを想った。

彼女は今頃《いまごろ》、西塔《にしとう》の自室に設置された映像受信が行なえる魔導《まどう》装置で、こちらの様子を見ている事だろう。あの西塔の最上階へ行くには、多重構造の結界が張られているが、レオハルトが心置きなく戦えるようにと、リアラの傍《そば》には護衛役としてガルドが付いてくれている。右腕《みぎうで》の再生がまだとはいえ、ガルドがいてくれればレオハルトとしても安心だ。

……後は、俺が事を成すだけ。

レオハルトは、リアラと大切な約束を交《か》わしている。

彼女にだけは、この戦いで無様な姿を見せる訳にはいかない。だから、

「――――」

ふと視線を前へ戻したレオハルトは、スッと眼を細めた。対戦相手である穏健派の控《ひか》え室へと繋《つな》がる通路――その奥から、ゆっくりと人影《ひとかげ》が姿を現しつつあった。

レオハルトから数秒遅《おく》れて観客達も同じものに気付くと、ふと会場が静まった。

それは、間もなく姿を現す穏健派代表に対し、ブーイングを放つための予備動作だ。

一気に緊張感が増し、張り詰《つ》める空気――しかし、その圧力に怯《ひる》む事なく穏健派の代表が闘技場へと姿を現した。その瞬間、

『――――』

観客達は即座《そくざ》に怒号《どごう》を轟《とどろ》かせようとした――だが、生まれたのは息を呑《の》む静寂《せいじゃく》だった。

視線の先に現れた少女の容姿が、彼らの声を奪《うば》ってしまう程の存在感があったからだ。

やって来たのは、長い髪《かみ》を黒のリボンでツーサイドアップにまとめた少女。魔族にはそ

の良さの解りにくい人間独特の衣服に身を包んでいるものの、少女の肢体《したい》は誰の目にも明らかなほど抜群《ばつぐん》のプロポーションを誇《ほこ》っていて——あのゾルギアがレオハルトを裏切ったのは、ウィルベルトの力だけでなく彼女自身も手に入れようとしての事だとよく解る。

「…………………」

こちらへと歩を進めてくる中、確かな意志を宿した力強い瞳《ひとみ》がレオハルトを捉《とら》え、見据《みす》えてきた。二日前に顔を合わせてから今日この時までに一体何があったのか——少女としての可愛《かわい》らしさはそのままに、見違《みちが》えるまでの壮絶《そうぜつ》な美しさを湛《たた》えている彼女を見て、

「……そう来たか」

視線を合わせたレオハルトは、低い声で言った——僅《わず》かに意表を衝《つ》かれたように。

代表同士が顔を合わせるのだ。てっきりトップのラムサスか、そうでなければ東城刃更《とうじょうバサラ》のどちらかだと思っていたが、

「まさか、お前が代表としてこの場に立つ役割を担《にな》うとはな……それは、穏健派がお前を次の王として据える事で意見を一致《いっち》させたという意味か？」

尋《たず》ねたレオハルトに、その少女は武舞台へと上がると、こちらの眼前へやって来て、

「まさか……あたしは穏健派を統《す》べるつもりなんて微塵《みじん》もないわ」

そして少女は——成瀬澪《なるせみお》は、真っ向からレオハルトを見据えて言ってくる。

「だけどね……それでも、これはあたしの戦いなの。たとえ一度も会った事がなくても、たとえあたしが望んだものではなかったとしても、これは父親である先代魔王ウィルベルトの力を受け継《つ》いでしまった、あたしの戦いよ」

それにね、と澪。

「始める前に、一つだけ先に言っておきたかった事があったから。この決戦、あたしは先代魔王の娘《むすめ》として戦うんじゃない……人として、成瀬澪として戦うって」

そして、

「その上で、あたしは……あたし達は、必ずアンタ達に勝ってみせる」

揺《ゆ》るぎのない瞳と共に放たれた宣言に、

「好きにすれば良い……どちらにせよ、結末は変わりはしない」

譲《ゆず》れないものはこちらも同じだと、レオハルトが静かに応《こた》えた時だった。

「――決戦前の代表者同士の挨拶《あいさつ》は、その位で充分《じゅうぶん》かと思いますが」

横合いから呼び掛《か》けを放ってきた者がいた。見れば、レオハルト達のいる武舞台の上にひとりの枢機院メンバーが姿を現していた――マドニスだ。

「……ベルフェゴールはどうした？」

枢機院のひとりがこの場にいる事については異論はない。この決戦の開始と終了《しゅうりょう》を取り仕切る進行役は、連中が行なう事になっているからだ。だが本来この役目は、トップであるベルフェゴールが担う筈《はず》のものである。眉《まゆ》を顰《ひそ》めて問うたレオハルトに、

「ベルフェゴール卿《きょう》ならば、まだお出《い》でになっていません……何せ卿は今、例の遊戯場《ゆうぎ》にすっかりご執心《しゅうしん》ですから。或《ある》いは陛下達の戦いよりも、女達と戯《たわむ》れる事の方が有意義と思われているのかもしれませんな」

と、肩《かた》を竦《すく》めて苦笑《くしょう》しながらマドニス。

「ですが陛下、どうぞご安心を……この決戦の仕切りは、ベルフェゴール卿に代わり不《ふ》肖《しょう》このマドニスがつつがなく執《と》り行なわせていただきますので」

「…………………」

「どうされました陛下、何かご心配でも……？」

「……いや」

少しばかり計画が狂《くる》ったか……とレオハルトは心の中で呟《つぶや》き軌道《きどう》修正を行なう。

……てっきり枢機院は、俺を狙《ねら》ってくると思ったが。

ウィルダート侵攻《しんこう》における作戦失敗の直接的な要因となったのは、ベルフェゴールの配下であるネブラの裏切りだ。枢機院としては、あの裏切りはネブラの独断だとして、彼を切り捨てる事で「自分達に責任はない」と逃《のが》れようとしていたようだったが……それでも

枢機院がガルドを亡《な》き者にしようとした事実は現魔王派内に強い反発を生み、枢機院の支持力や権威《けんい》に深刻な影《かげ》を落とし始めている。これでレオハルトが枢機院の妨害《ぼうがい》を乗り越《こ》えたかのようにこの決戦で穏健派に勝利すれば、いよいよ枢機院はその政治力や影響《えいきょう》力を失い、今ある絶対の地位から失墜《しっつい》してしまいかねない。そうならないための手を、トップのベルフェゴールが主導して打ってくるものとばかり思っていたのだが。

……いや違《ちが》う。

あの老獪《ろうかい》なベルフェゴールの事だ。レオハルトを狙いながらも、万一こちらに牙《きば》を剝《む》かれた場合に備えて、あえてこの会場に来なかったという可能性も考えられる。レオハルトがリアラをこの闘技場の特別観覧室へは呼ばずに、西塔へ残してきたのと同じように。今頃は安全地帯から——自分のものにしたゾルギアの遊戯場で、女達と共にこの決戦の様子を視《み》ているのだろう。そうして無言になったレオハルトに、

「問題がないのなら何よりです。それでは、そろそろ開始させていただきましょうか」

そう言ったマドニスが、レオハルトから澪へと視線を移すと、

「穏健派も始めて問題ないですな？」

そこで意味ありげにフッと笑い、そして言った。

「貴女《あなた》が主従契約《けいやく》を結んだ、東城刃更は……どうやら姿が見えないようですが」

「…………………」

マドニスの言葉に、澪が無言のまま表情を苦いものにしたのを見て、

……成る程《ほど》。そういう事か……。

何て事はない。澪が穏健派の代表としてこの場に立ったのは、政治的な思惑《おもわく》が絡《から》んでの事ではなく、やむに止《や》まれぬ事情からだったという訳だ。

──魔界《まかい》を統べ、自分達の意のままに操《あやつ》り続ける事を狙う枢機院にとって、目障《めざわ》りなのは何もレオハルトだけではない。穏健派もまた等しく邪魔《じゃま》な存在だ。

そして、穏健派に合流はしたもののウィルダートに残ったという迅《じん》を除けば、あのガルドと渡《わた》り合い、さらにネブラが行なおうとした上位英霊《えいれい》の自爆《じばく》によるウィルダート壊滅《かいめつ》を防いだ刃更は、言わば澪以上に枢機院を脅《おびや》かす存在であり不確定要素だ。

何より、刃更は澪ら他《ほか》の女子メンバーの精神的支柱でもある。

……つまり。

刃更さえいなくなってしまえば、穏健派代表の少女らを崩すのは容易という事だ。

僅かに動揺《どうよう》を見せた澪の様子から察するに、刃更の不在は彼女達の本意ではないだろう。となれば、どこかで襲《おそ》われた可能性が高い……マドニスの口ぶりから察するに、刃更の行方《ゆくえ》不明には枢機院が絡んでいるかもしれない。

……そうか。

欲《よく》を言えば、ガルドを退けたという刃更と剣《けん》を交えてみたかったのだが、どうやらその機会は失われてしまったらしい。だが——レオハルトは同情しない。

これは戦争であり、彼らにとってここは敵地である。それでもゲスト用の居館から出ない限り、刃更達の安全はレオハルトが保証していた。もしも襲撃《しゅうげき》を受けたとしたら、それは刃更が自分の意思で居館から出たという事だ。

レオハルトに報告が来ていない事を考えると、見張りのメイド達の眼《め》を盗《ぬす》んでの行為《こうい》だろう。敵地で勝手な真似《まね》をすればどのような危険に遭遇《そうぐう》するかを考えなかったとしたら、それは刃更達の落ち度だ。同情の余地など微塵もない。

「——異論はないようですな。ならば、始めさせて貰《もら》いましょう」

黙《だま》ったままでいる澪に、枢機院のナンバー2は深い笑《え》みを湛えながら言うと、

『それでは——これより我ら現魔王《まおう》派と穏健派の代表者同士による決戦を執り行なう』

周囲に拡声効果を持つ魔法陣《まほうじん》を展開しながら、マドニスの宣言が始まった。

歓声《かんせい》が沸《わ》き上がる中、まず最初に説明されたのはこの決戦のルールだ。

戦うのは1対1で、時間は無制限。観客の安全を保障するため、開始と同時に武舞台《ぶぶたい》上は観客席からは次元を隔《へだ》てた固有空間となり、同時に空間内の環境《かんきょう》はその広さも含《ふく》めて

激突《げきとつ》する両者にとって相応《ふさわ》しい戦闘《せんとう》ステージへと作り替《か》えられる。そして、

『勝敗は戦闘不能か、自己申告による降参によってのみ決する。戦闘不能には当然ながら死亡した場合も含まれるが、降参した者に対してそれ以上の攻撃《こうげき》や殺害を行なった場合は、勝利の権限を没収《ぼっしゅう》する……ただし、その場合でも敗北ではなく引き分けとする。これはこの決戦が試合ではなく、あくまで戦争であり、その実戦性を保つための措置《そち》である』

マドニスはそこまでを言うと、レオハルトへと向かって手を掲《かか》げながら、

『なお……勇敢《ゆうかん》にも自分達にとって敵地であるこの地へ来ただけでなく、戦闘形式を当初のものより急遽変更《きゅうきょへんこう》してもなお受け入れた勇気ある穏健《おんけん》派に対し、公平性を保つ事を望まれたレオハルト陛下の恩情により穏健派に対してハンデを与《あた》える。陛下に勝利した場合にのみ、その勝利数を三倍に……つまり三勝としてカウントする事とする』

マドニスが穏健派へのハンデに言及《げんきゅう》した途端《とたん》、観客からどよめきが起こった。

……ものは言いようだな。

レオハルトが当初のチーム戦から1対1の決闘へと戦闘方式の変更を余儀《よぎ》なくされたのは、枢機《すうき》院が自分達の手の者を代表メンバーへ入れるように強引《ごういん》に働きかけてきたからだ。数は三名……流石《さすが》に過半数は超《こ》えさせなかったが、とはいえそれだけの数を抱《かか》え込んでのチーム戦は余りにもリスクが高すぎる。行動次第《しだい》で、勝敗を枢機院の思うがままにさせて

しまう可能性があるからだ。そうした事情を知らない者達からしてみれば、この決闘のルールをレオハルトの自惚《うぬぼ》れと取る者もいるだろう。だが、

……好きにすれば良い。

この程度の逆境を撥《は》ね除けられないようでは、リアラと交《か》わした約束を果たす事など到《とう》底《てい》できはしない。レオハルトが己《おのれ》の覚悟《かくご》を密《ひそ》かに強めてゆく中、観客達が発した戸惑《とまど》いを楽しむかのようにマドニスは笑顔で受け止め、大仰《おおぎょう》な口調で彼らの期待を煽《あお》った。

『心配は不要だ。我ら枢機院は信じている……陛下であれば、この条件でもなお穏健派の者達を蹴《け》散《ち》らし、今以上にこの魔界を統べるに相応しい絶対の王となってくれる事を』

すると徐々《じょじょ》に湧《わ》き上がる興奮の声が、やがて巨大《きょだい》なうねりとなって場内を満たした。

今、魔界の未来を決める戦いの舞台が整ったのだ。

『さあ、時は来た……始めよう。この魔界の未来を決める戦いを——……』

2

マドニスが発した開始宣言の後。

自分達の陣営《じんえい》の控《ひか》え室へ戻《もど》るため、レオハルトは踵《きびす》を返して歩き出した。

だがそんなレオハルトに対し、澪は武舞台の上に留《とど》まったまま動こうとしない。つまり、……先鋒《せんぽう》に成瀬澪を据《す》えた、か。

澪達が何故《なぜ》この魔界へ来たかについては、ラースからの報告で把握《はあく》している。

穏健派の代表メンバーとして戦う事になりながら、それでもこの決戦を通じて澪が魔界の政治的な思惑に囚《とら》われないようにするためには、最後までレオハルトとぶつかるのは避《さ》けた方が得策だ。先代魔王の娘と現魔王とが戦えば、観衆の眼には間違《まちが》いなく魔王の座を巡《めぐ》る戦いとして映るだろう。勝てば新たな魔王として祭り上げられ、負ければ偉大《いだい》な魔王ウィルベルトの名を穢《けが》したとの責めを受けかねない。

……とはいえ。

穏健派は、レオハルトがこちらの総大将を務める事は解《わか》っていた筈だ。澪の存在を目立たせないようにするためには、大将を外すだけでなく、どうせならば目立つ先鋒を避けて、次鋒や三将、中堅《ちゅうけん》といったあまり勝敗に絡まない所で出た方が良いだろうに。

……『これはあたしの戦い』、か。

戦いに巻き込まれないために戦う——矛盾《むじゅん》を抱えながら、それでもこの決戦に臨《のぞ》む澪の想《おも》いや覚悟は相当のものに感じられた。

——だが、それを称《たた》える訳にはいかない。譲《ゆず》れぬ想いを抱《いだ》いているのは、こちらとて同じなのだから。だから控え室へと続く通路へと差し掛《か》かった時、レオハルトは言った。

「……………震《ふる》えているのか？」

「い、いえ……大丈夫《だいじょうぶ》です」

問い掛けを放ったこちらに、そう言ってギュッと拳《こぶし》を固く握《にぎ》った者がいた。

それは現魔王派の先鋒を務める少年——ルカだ。

だが口にした言葉とは裏腹に、幼さの残るその顔には明らかな緊張《きんちょう》の色が滲《にじ》んでいる。

無理もない。この決戦において先鋒を務める事の重大性を、ルカはよく理解している。

緊張と恐怖《きょうふ》と……その二つがない交ぜになっているのだろう。

だからレオハルトは、ルカの肩にそっと手を置いてやり、

「ルカ……たとえ年の上ではまだ若くとも、お前が魔導《まどう》研究者として積んできた研鑽《けんさん》は、この魔界中に誇《ほこ》れるものだ。この俺も、バルフレアやラースも、それこそあのガルドですらお前の事を認めている」

「…………っ」

真実を語る重みを込めて告げたレオハルトに、
ルカはぶるっと身体《からだ》を震わせた。それは無駄《むだ》な緊張を掻《か》き消しながら、しかし気負いすぎる事のない程良い力みによるもの——武者震《むしゃぶる》いだ。

そしてこちらと視線を合わせてきたルカに、レオハルトは言ってやる。

「ここまで俺達の信頼《しんらい》を得ているお前の力が……先代魔王の力を受け継《つ》いだだけの少女に劣《おと》るなどという事があるか？」

「………いいえ。いいえレオハルト様」

こちらの問いに、一度目の否定は静かに……二度目は確かな強さで発せられた。そして顔を上げて武舞台を見据《みす》えた時には、既《すで》にルカの表情は見違《みちが》えるものになっていて、

「絶対に勝ってきます……！」

そう言って、武舞台へと向かって歩き出すルカはもう少年ではなかった。

ひとりの立派な戦士が、確かな足取りで戦場へと向かってゆく。

3

成瀬澪は、武舞台へと上がってくる己の対戦相手を——現魔王派の先鋒を見た。

それは万理亜《まりあ》と同じくらいの幼い容姿の少年だ。

——とはいえ、外見で相手を侮《あなど》ったりする事はない。魔族は見た目と年齢《ねんれい》が必ずしも一致《いっち》してはいないし、それ以上に幼く可愛《かわい》い姿をしているからといって弱いとも限らない。

しかし——こちらの視線の先に立った少年からは、戦闘に長《た》けた者が持つ佇まいや雰囲《ふんい》気《き》といったものがまるで感じられなかった。両手で大切そうに抱えている辞書のような巨大な本が武器なのかと思ったが、少し重そうにしているのを見るに武器として使えば動きが阻害《そがい》され、かえって隙《すき》を作ってしまうだろう。そうした分析《ぶんせき》を無意識に行ないながら、それでも現魔王派が先鋒として選んでいる事実に、

「……貴方《あなた》があたしの相手？」

警戒《けいかい》しながら澪が尋《たず》ねると、相手の少年は「はい」と肯定《こうてい》して、

「——だけど、戦うのは僕ではありません」

そう宣言するなり、持っていた本を開いて右の手の平をかざした——と同時、少年の目と鼻の先——武舞台の床面《ゆかめん》に魔法陣が展開された。そして、魔法陣の中からゆっくりと浮《う》かび上がってくるものに、観客席で見ている者達から上がったのはどよめきの声だ。

最初に現れたのは巨大な頭部……次いで厚い筋肉を纏《まと》った肩《かた》から上半身が出現する。そしてそれ以上に鍛《きた》え上げられた下半身から爪先《つまさき》までもが浮かび上がると、澪の眼の前に『対戦相手』が完全に姿を現した。それが何なのかを澪は知っていた。姿や大きさこそ違《ちが》うが、似たものを先日のウィルダートで繰《く》り広げた現魔王派との市街戦で見ていたからだ。

「英霊《えいれい》……」

呟《つぶや》くように言った澪に、

「はい。ただし、この英霊は先日の貴女方《あなた》との戦いで投入されたものとは異なるタイプのものです。勿論《もちろん》、枢機院から派遣《はけん》された者が後から使用した上位英霊とも違う。受動した命令を実行するのではなく、状況《じょうきょう》に合わせた戦術を思考し、実行できる完全自立型……魔神《まじん》戦争時代でも数体しかその存在が記録に残っていない高度戦術用英霊です」

と、巨大な英霊の傍《かたわ》らに立つ少年が答えた。

「僕の持つ知識と、経験の全《すべ》てを費《つい》やして再契約《けいやく》しました……自分で戦わない事を卑怯《ひきょう》と思われるかもしれませんが」

そう言って僅《わず》かに瞳《ひとみ》を伏《ふ》せた少年に、澪は言った。

「別に良いわよ……それが貴方の持つ力で戦うって事なんでしょうしね」

刃更がスピードで、万理亜がパワーで、柚希《ゆき》が多才な技《わざ》で戦うように、澪は己の魔力《まりょく》を駆使《くし》した魔法《まほう》で戦う。そして眼《め》の前の少年は、彼の知識を武器にして戦おうとしているだけだ。それを卑怯と言うなら、異能の力を使った戦いそのものを否定する事になる。

だから澪は構わない。

そして——互《たが》いを相手として認めた事で戦う準備が整うと、マドニスのルール説明の通りに武舞台《ぶぶたい》が澪と巨大《きょだい》英霊の戦闘に相応しい疑似《ぎじ》空間へと切り替わっていった。

それは澪にとってよく見慣れた街。普段《ふだん》の日常の中にありながら、かつて勇者の一族とも戦いを繰り広げた場所——東城家や聖《ひじり》ヶ坂《がさか》学園の最寄《もよ》りにある駅前だ。

時刻は夕暮れ。実際に戦わないルカを省き、澪と駅前のビルと並ぶ背丈《せたけ》の巨大英霊以外は完全に無人の空間。しかし自動車やバイクは人形《ひとがた》のような影を乗せて車道を行き交《か》っているなど、展開されたのは駅前の空間というよりも、状況と言った方が正しいだろう。

「……成る程《ほど》ね」

成瀬澪は理解の呟きを放った。ある意味、澪と英霊が戦うのにこれほど相応しい場所はない。平穏《へいおん》な日常を手に入れたいと願う澪と、澪が受け継いだウィルベルトの力を狙《ねら》い、そして今は澪を脅威《きょうい》として排除《はいじょ》しようとしているであろう現魔王《まおう》派とが戦う場所としては。

そうして澪が納得《なっとく》した直後、現代的な駅前には不似合いな音が鳴り響《ひび》いた。それは闘技《とうぎ》場の武舞台の脇《わき》に設置されていた大きな銅鑼《どら》のもの——戦闘開始を告げる合図だ。そして、

「————————」【————————】

澪と巨大英霊は、ほぼ同時に動いていた。強力な攻撃《こうげき》魔法を唱える時間を得るため、巨大英霊から距離《きょり》を取りたい澪が選んだ一手目は飛行魔法。対する巨大英霊は当然のように、初手からその巨体を最大限に活《い》かした攻撃《こうげき》を——巨大な拳を振《ふ》り抜《ぬ》いてくる。

——だが、英霊の放った拳は真っ直《す》ぐ澪へと振り下ろされるストレートではなかった。

曲線を描《えが》く軌道《きどう》のフックだ。すると生じたのは、直線での最短距離を犠牲《ぎせい》にした刹那《せつな》の時間ロスと、それを補って余りある二次攻撃。

「っ――――」

飛行魔法の発動態勢に入りかけていた澪は息を呑《の》む。

英霊のフックが命中していた――澪にではなく、駅前の高層ビルに対して。

すると破砕《はさい》音と共に破壊《はかい》されたビルが、大量のガラス片《へん》と土砂《どしゃ》を含《ふく》んだ衝撃波《しょうげきは》となって、澪もろとも周囲一帯を呑み込む勢いで押し寄せた。

そして、その凄《すさ》まじい範囲《はんい》攻撃の後からは――英霊の巨大《きょだい》な右拳が追い掛けてきている。

戦闘空間内に取り込まれなかったルカは、武舞台の袖《そで》からその瞬間《しゅんかん》を見た。

武舞台の直上に投射された戦闘空間内の映像では、大量の土砂に呑み込まれる澪が映し出されており、そんな彼女へ追い打ちを掛けるように英霊が拳を振り下ろすと、大地を揺《ゆ》るがす轟音《ごうおん》と共に人間界の市街地――その一帯が吹《ふ》き飛んだ。まるで隕石《いんせき》でも落ちたかのような衝撃《しょうげき》に、迫力《はくりょく》の映像を見ていた観客達がわっと沸《わ》き上がる。そんな中、

「…………………」

ルカだけは厳しい表情を崩《くず》さなかった。直接戦う力は持っていないが、それでもルカは眼は良い方だ。その眼が確かに捉《とら》えていた──英霊が振り下ろした拳の衝撃で駅前が吹き飛ぶ直前、破壊された建物の土砂の中から何かが飛び出していったのを。

すると映像が爆心地《ばくしんち》のように吹き飛んだ大地に拳を振り下ろしている状態の英霊から、遠く離《はな》れた空中へと切り替《か》わり──茜色《あかねいろ》の空を高速で飛ぶ成瀬澪の姿が映し出される。

ビルを破壊した土砂を含んだ衝撃波に呑まれたにも拘《かか》わらず、澪の身体に傷はなかった。それどころか、彼女が着ている服に僅かな汚《よご》れすら見る事はできない。

どうやったかは解《わか》らないが、完全に無傷で回避《かいひ》されたらしい。しかし、

「──まだです」

そうルカが呟くと同時、映像が英霊へと戻《もど》った。振り下ろしたまま地面に突《つ》き刺《さ》さっていた拳を抜くと、ゆっくりと立ち上がった英霊は、北東の方角へ顔を向けた。そして、

【────────】

スッと眼を細め──その瞳が視線の先、空を飛ぶ敵の姿をはっきりと捉えると、英霊は屈《かが》むようにしてその巨体を縮めた。

追撃《ついげき》の態勢に入ったのだ。

成瀬澪は疾風《しっぷう》と共に空を飛んでいた。

破壊されたビルの土砂を含んだ衝撃波から澪を救ったのは、やはり飛行魔法だ。

——だが、巻き込まれる前に逃《に》げられた訳ではない。

あの時——一瞬《いっしゅん》で押し寄せた衝撃波は広範囲に亘《わた》っていて、澪は荒《あ》れ狂《くる》う土砂の中を抜けなければならない状況だった。もし、そのまま普通《ふつう》に飛行魔法を使っていたら、破壊されたアスファルトや割れた窓ガラスの破片などで服はおろか全身がズタズタになっていた筈《はず》だ。とはいえ一旦《いったん》飛行魔法を中止して、防護障壁《しょうへき》に切り替えて展開——その後で再び飛行魔法を使用したというのも違う。そんな悠長《ゆうちょう》な真似《まね》をしていたら、続けざまに振り下ろされた英霊の拳《こぶし》で跡形《あとかた》もなく吹き飛ばされてしまっていただろう。あんな僅《わず》かな時間で張れる障壁では、とてもじゃないがあの巨大英霊の攻撃を受けきる事はできない。

だから澪は飛行魔法の詠唱《えいしょう》を続行し、発動させた——ただし自分にではなく、周囲の大気に対して。そして一陣《いちじん》の風となった周りの大気もろとも、風の防護壁《ぼうごへき》に覆《おお》われたような状態で離脱《りだつ》する事に成功した澪は、無傷であの衝撃波の中を抜けられたのである。

「っ……どうにか上手《うま》くいったわね」

大きく息を吐《は》きながら澪が降り立つ場所に選んだのは、英霊が駅前を吹き飛ばした時の衝撃の範囲外《はんいがい》──三つ先の駅を発車したばかりの電車の上だ。

飛行魔法と並行で強力な攻撃魔法を唱えようとすればそれだけ余計に時間が掛《か》かってしまうし、集中力も分散して本来の威力《いりょく》を出し切れない。だが走行中の電車の上なら、英霊と距離を取りながら攻撃魔法だけに集中ができる。しかも運の良い事に、澪が降り立った電車は上りの特急列車だった。この空間内は、本来の世界の状況を忠実に再現している。よってここから先、次の特急停車駅は六つ先になる。普通列車よりも速い速度で、長い距離を英霊から離れる事ができる。

このチャンスを逃《のが》す訳にはいかない。だから、

「────」

成瀬澪は即座《そくざ》に攻撃魔法の詠唱に入った。しかし視線の先、どんどん遠ざかってゆく英霊の巨体が、まるで蹲《うずくま》るようにして縮こまったのが見えた。

一体何を……そんな疑問はすぐに氷解した。己《おのれ》の体の中に溜《た》め込んだ力を一気に足下《あしもと》で爆発《ばくはつ》させて最大の瞬発《しゅんぱつ》を得る、獲物《えもの》に飛び掛かる肉食獣《にくしょくじゅう》と同じだ。

ゾッとなったのも束《つか》の間、澪の予想通りの事が起こった。脚《あし》の力は腕《うで》のそれを遥《はる》かに上回る……そして片手で駅前を吹き飛ばして辺り一帯を更地《さらち》にできる英霊が、脚力《きゃくりょく》を全開にして地面を蹴《け》った瞬間、巨大な質量の塊《かたまり》がロケットより凄まじい勢いで射出された。

その巨体は衝撃で吹き飛んだ更地をあっという間に駆《か》け抜けると、線路の南を平行して流れる一級河川《かせん》を水溜まり程度に踏《ふ》み抜き、その先にある街並みを突進《とっしん》で薙《な》ぎ払《はら》いながら澪が乗っている特急電車へと迫《せま》ってくる。

「っ……このっ！」

とっさに澪は爆炎《ばくえん》魔法を唱えた。魔法陣《まほうじん》から解き放たれた巨大な炎《ほのお》の塊が周囲の大気を燃焼《ねんしょう》させながら宙を走り、英霊《えいれい》の頭部に直撃《ちょくげき》──激しい爆音《ばくおん》と共に英霊の巨体を灼熱《しゃくねつ》の炎が包み込んだ。しかし、

「────っ？」

澪は驚愕《きょうがく》に眼を見開いた。頭に直撃したにも拘わらず、英霊は微塵《みじん》も速度を落とす事なく澪の炎を抜けてきていた。無論、足止めが目的で放った魔法だが、だからといって威力を抑《おさ》えた訳ではない。現に英霊の頭部は半分くらい吹き飛んでいる。ところが、

【────】

疾走《しっそう》を続ける内に、吹き飛んでいた英霊の頭部が、まるで時間を巻き戻すかのようにあっという間に修復されてしまう。

「そんな……っ⁉」

信じられないような自己修復能力。ウィルダートを襲《おそ》った英霊達は、頭部を吹き飛ばせ

ば無力化する事ができていた。だから今も頭を狙ったというのに……あの状態から回復できるなんて、あれでは最早《もはや》不死身である。だが、驚愕している暇《ひま》はなかった。英霊は幹線道路沿いにある巨大競馬場をブチ破るように突っ切ると、あっという間にこちらへと迫ってきて——とうとう列車の最後尾《さいこうび》に追い付くと、放ってきたのは薙ぎ払う軌道の裏拳だ。

「っ、はあぁ——っ！」

とっさに澪は、背後へ跳躍《ちょうやく》しながら風の魔法を足下へと放った。生み出された風の刃《やいば》は、甲高《かんだか》い金属音と共に車両の連結部分を切断——直後、それまで澪が立っていた五両目以降の後続車両が、バギャンっ！　と、くの字にひしゃげながら真横へと吹っ飛んだ。

間一髪《かんいっぱつ》。だが同時に英霊との距離が僅かに開いた——だから澪は即座に攻撃魔法の詠唱を開始して、

【————】

しかし英霊は、手足を伸《の》ばしても澪のいる列車に届かない距離にも拘わらず動いた。指を軽く開いた左手で、地面を掬《すく》い上げるような振り上げの一撃《いちげき》を放ち——しかし地面を抉《えぐ》る瞬間、英霊の左手ががっちりと摑《つか》んだものがあった。

電車のレールだ。いけない、と思った時にはもう遅《おそ》かった。レールが一気に地面から引き剝《は》がされ、澪は走行していた特急列車もろとも宙へと吹き飛ばされて、

「っ――――」

とっさに攻撃魔法《まほう》を飛行魔法へと切り替え、さらに反射的に先程と同じく自身ではなく周囲の大気を対象として発動させられた事が澪の命を救った。英霊が地面を掬い上げた衝撃が、まるで津波《つなみ》のように宙の澪へと押し寄せていて――巻き込まれた土砂の衝撃波の中から、澪が脱出《だっしゅつ》に選んだ方向は真上だ。

今は攻撃ではなく退避《たいひ》を優先しなくては。だから澪は飛行魔法のみに集中し、一気に上空数千mまで飛んで英霊との距離を取ろうと空を駆け上ろうとして、

【――――】

しかし、眼下の英霊が再びぐっと身を縮めた次の瞬間――英霊が魔法を使う事なく空を飛んだ。アスファルトを深く抉る程《ほど》の強さで地面を蹴り、跳躍したのだ。そして澪の飛行魔法以上の速さで大地から射出された英霊の巨体が、ぐんぐんと迫ってきて、

……何か手は……っ。

自分は決して負ける訳にはいかない――澪は思考を焦《あせ》らせた。無論、これはチーム戦だ。たとえ自分が負けても、他《ほか》の皆《みな》が勝ってくれれば、それは澪にとっても勝利となる。

……でも。

刃更達を巻き込んだ自分が敗北し、それで今度も彼らに助けて貰《もら》ったりしたら……自分

はずっと刃更や皆と一緒《いっしょ》にいたいのに、堂々と胸を張って彼らの傍《そば》にいられなくなる。

焦燥《しょうそう》に駆《か》られた澪は、とっさにウィルベルトの力を解放する事を考えるが、

……それだけは駄目《だめ》っ。

レオハルトに啖呵《たんか》を切ったように、これは澪自身の戦いなのだ。もしここでウィルベルトの力を使ってしまったら、その瞬間にこれは穏健《おんけん》派と現魔王派の——先代魔王と現魔王との戦いの構図を強調してしまいかねない。皆は澪を先代魔王の娘《むすめ》という宿命から、魔界《まかい》の政治的な思惑《おもわく》から解き放つために力を貸してくれているのだ……命懸《いのちが》けで。

それを澪自身が台無しにしてしまう訳にはいかない。

……刃更……っ。

澪は迫る英霊の巨体を前に、自分にとって誰《だれ》よりも大切な青年を想《おも》う。

——刃更は昨夜遅く、ゲスト用の居館から一人で抜《ぬ》け出したきり戻っていなかった。

敵地で単独行動を取り、それを相手側に気付かれたらどうなるかなど、火を見るより明らかだ。そうした危険性を心配した澪達が、せめて自分らの誰かを一緒に連れて行って欲しいと訴《うった》えたが、刃更は最後まで自身が単独で動く事を譲《ゆず》らなかった。

『この決戦のために、どうしてもやらなければならない事があるんだ』

そう言って、万理亜が魔法で精神を操《あやつ》った見張りのメイド達からレンドヴァル城内の

構造や警備の状況《じょうきょう》を詳《くわ》しく聞き出すと、「なるべく夜明け前には戻る」と夜の闇《やみ》に紛《まぎ》れて出て行って——しかし、そのまま刃更が戻ってくる事はなかった。

朝になっても——この決戦の時刻になっても。

万理亜の話では、主《あるじ》の刃更が死ねば主従契約《けいやく》が無効化されてしまうため、配下である澪達にもそれが解るという。よって、少なくとも刃更が生きている事だけは間違《まちが》いない。

シェーラが言ったように主従契約による位置把握《はあく》も、澪達の服従度が上がっているため、主である刃更が拒《こば》んでいるのか澪達からは彼の居場所を感じる事ができずにいる。それは刃更の意識が無事でいるという安心材料ではあるものの、ゾルギアの館《やかた》の時のように特殊《とくしゅ》な結界の内と外とでは主従契約の効力が断絶されてしまう場合があり、絶対の無事を保証するものではない。現に枢機院《すうき》のマドニスという男は、刃更がいない事を知っていた。《無次元の執行《バニシングシフト》》を使う刃更は、彼らにとっては間違いなく脅威《きょうい》の筈だ。刃更が勝手に外へ出たのに気付き、これ幸いと襲撃《しゅうげき》を仕掛《しか》けた可能性は幾《いく》らでもある。だが、

……刃更は絶対に大丈夫《だいじょうぶ》！

成瀬澪は、微塵も揺《ゆ》らぐ事なく東城刃更を信頼《しんらい》した。

もし刃更が戻らなかった時はどうするかについても、澪達は予《あらかじ》め刃更から言われている。刃更を大将に据《す》える事も、澪が先鋒《せんぽう》を務めた事も全《すべ》てはこちらの作戦通りだ。

だから――今までもそうだったように、今回も彼はきっと来る。

信じてる。

それなのに、刃更が駆け付けてくれた時に、もし自分が負けたりなんてしていたら、

「情けなくって、合わせる顔がないじゃないのよ……っ！」

いざという時は、この戦いの意味よりも澪自身の命を優先して、ウィルベルトの力を使ってくれと刃更からは言われていた。どんな事があっても生きろ、と。

だから――成瀬澪は叫《さけ》びながら、己の中にある力を解放した。


上空で追い付いた澪に向かって英霊が拳を繰《く》り出した瞬間《しゅんかん》、ルカは勝利を確信した。

……これで詰《つ》みです！

英霊の質量と筋力から繰り出される攻撃《こうげき》の前では、澪の防護障壁など紙切れにもならない。仮に何かで一撃目を凌《しの》いだとしても、そうなれば英霊は連続攻撃で畳《たた》み掛けるだけだ。そう何度も回避《かいひ》や防御《ぼうぎょ》ができる筈はないし、もし反撃《はんげき》を受けたとしてもルカの英霊なら一瞬でダメージを修復できる――それこそウィルベルトから受け継《つ》いだ重力魔法で肉塊《にっかい》レベルにまで押し潰《つぶ》されようとも。そして反撃に転じた事で生じた隙《すき》を突《つ》き、英霊の方が澪

を肉塊へと変えるだろう。

……できる事なら。

ルカとしては、そうなる前に澪に降参して貰いたかった。確かにレオハルトは澪を狙《ねら》っていたが、それは何も彼女を殺すためではない。表向きはウィルベルトの力を受け継いだ一人娘という脅威を見過ごす事はできないから、と勢力内では伝えられているが、真の目的は枢機院に対して最強と謳《うた》われた先代魔王の力というカードを持つ事と、枢機院の打倒《だとう》を果たした暁《あかつき》には、穏健派を吸収する形での魔界統一を睨《にら》んでいたからだ。

そして後者を果たすためには、澪が生きている事は必須《ひっす》であり、だからこそゾルギアが暴走した時は彼を即座に更迭《こうてつ》し、新しい監視《かんし》役には穏健派からスパイとして送り込まれ、澪の護衛任務も帯びていたラースを選んだのである。澪を新たな魔王として迎《むか》える事で穏健派が力を増してしまうリスクが上がる中、枢機院の命令で英霊を使ってウィルダートを攻《せ》めなければならなくなった時も、ガルドに可能な限り澪を生け捕《ど》りにするよう頼んでいた。レオハルトは――先代魔王の娘として生まれたせいで、平穏《へいおん》な日常と育ての両親を奪《うば》われた澪に、自分と同じ復讐《ふくしゅう》の道を歩ませてしまった事に苦い想いを抱《いだ》いていた。

しかし、枢機院の見ている前で戦いの手を抜く事はできなかった。ここまで来て、枢機院にこちらをあげつらえるような材料をくれてやる訳にはいかない。

だから――ルカは英霊を止めなかった。

そして澪を跡形《あとかた》もなく吹《ふ》き飛ばす威力《いりょく》で英霊の右拳《みぎこぶし》が振《ふ》り抜かれ、

「え――……？」

その瞬間、ルカは呆然《ぼうぜん》の声を上げていた。

英霊の巨大《きょだい》な拳が澪に命中する寸前――手の先から肘《ひじ》の辺りまでが、まるで気化するように一瞬《いっしゅん》で蒸発してしまったのだ。

「あれは……」

戦闘《せんとう》空間内を映す映像の中、成瀬澪はその身体《からだ》から真紅《しんく》のオーラを立ち上らせていた。

そして即座《そくざ》に英霊の再生が始まるのだが、

「――そんなっ⁉」

英霊の再生が間に合わない……英霊が肉体を修復するより先に、まるで澪の発した紅の波動に侵蝕《しんしょく》されるかのように、英霊の巨体がどんどん蒸発して消えてゆく。

【―――――】

とっさに英霊は逆の拳を振り抜いた。だがそれも澪に当たる事はなく、直前で蒸発するかのように消滅《しょうめつ》し、続けざまに蹴撃《しゅうげき》を放った右脚《みぎあし》も消し去られた英霊は、巨体のバランスを崩《くず》すと、轟音《ごうおん》と共に市街地の真ん中へと墜落《ついらく》した。

その時には、もうルカにも何が起きているのか理解する事ができていた。

「英霊の肉体を、自己修復能力の効果もろとも蒸発させた……？」

その映像に愕然《がくぜん》とルカが呟《つぶや》いた時には、澪はゆっくりと英霊の前へと降り立っている。


追い詰められた澪が使う事を選んだもの。

それはウィルベルトの重力魔法ではなく、己《おのれ》自身が持つ力だった。

――前にも澪は、この力を発動させた事があった。ゾルギアの右腕《みぎうで》を消し去った時だ。

そして、最早《もはや》あの時とは比べものにならないほど刃更との主従関係を深め、力を格段に増していた澪が、己《おのれ》の持つ本来の力を一気に解放した。

その結果が、澪の眼《め》の前で倒《たお》れたまま立ち上がれずにいる英霊だった。

真紅のオーラを纏《まと》った澪は、周囲の空間さえも揺らめかせながら、

「……そっちにも負けられない理由があるのは解《わか》ってるわ」

眼の前にある巨大な英霊の顔面へ向かって右の手をかざしながら、外の武舞台《ぶぶたい》上からこの空間の様子を視《み》ているであろうルカへと向けて、

「でも生憎《あいにく》だったわね――あたしは、刃更と胸を張って会いたいの」

そう告げると同時、澪が解き放った紅の波動が英霊の頭から爪先《つまさき》へと駆《か》け抜けて――その巨体を跡形もなく消し去った。

4

澪達とは別に、もう一つ用意された穏健派の代表者用の控《ひか》え室。

戦闘空間内で繰り広げられていた澪の戦いの行方《ゆくえ》の一部始終を見ていたルキアは、

「――どうやら、勝負あったようですね」

と、初戦の決着を口にした。現在、映像投射装置で控え室の壁面《へきめん》に映し出されているのは、武舞台上にぺたんとへたり込んだまま動けずにいるルカの姿と、戦闘空間内から出てきた澪の無事な姿だ。しかし、

「…………」

ルキアの主であるラムサスは、澪の映像を見詰《みつ》めて黙《だま》ったままでいて、代わりに、

「良かった……まずはこれで一勝、先鋒戦を取れたのは大きいですよね」

行き場をなくしかけたルキアの言葉に、ホッとしたように応《こた》えた者がいる。現魔王派の本拠地《ほんきょち》へ赴《おもむ》くルキアとラムサスに、志願してついてきた少女――メイドのノエルだ。ノエ

ルは、ラースと同じ孤児院《こじいん》で育った幼馴染《おさななじ》み……そんな彼女は、まだラースが現魔王派へ付いた事が信じられなくて、どうか自分も連れて行って欲しいとルキアに頼み込んできた。

本来なら、穏健《おんけん》派の重鎮《じゅうちん》のひとりであるクラウスの下に付いているノエルに便宜《べんぎ》を図《はか》ってやる必要はない。クラウスは澪の扱《あつか》い方を巡《めぐ》り、ラムサスと対立した立場にあるからだ。

だが、ノエルがクラウスの下に配属されたのは彼女が望んだ事ではないし、ラースを想うノエルの気持ちは純粋《じゅんすい》なものだ。また澪達からも仲良くなったノエルの事を頼まれていた事もあり、ラムサスの許可とクラウスとの合意を得た上で、ノエルの所属を一時的にルキアの下へ変更《へんこう》し、穏健派の代表者とラムサスの世話役を兼《か》ねているルキアの補佐《ほさ》として同行させていた。そんなノエルが、ラムサスのカップに淹《い》れ直したお茶を注ぐのを視界の脇《わき》に入れながら、ルキアは壁面の映像を見る。

既《すで》に映像は、控え室へと続く通路へ戻ってゆく澪を映したものへと切り替《か》わっていた。

だから、

「何か、お声を掛《か》けて差し上げてはいかがですか……?」

返事はないであろう事を承知で、それでもルキアは進言した。すると、

「……その必要はない」

一言だけだったが、重みのある声でラムサスは言葉を返してくる。

確かに、ラムサスの立場としては表立って澪と接するべきではないのだろう。しかし澪の戦闘中、お気に入りのお茶を注いでも一切《いっさい》口を付けないほど彼女の戦いに見入っていたというのに、

……残酷《ざんこく》ですね。

これが『彼』の選んだ道なのだ。

ルキアがいない場所でも、迅やシェーラと色々と話していたようだったが——一体ラムサスは、この決戦の先にどのような結末を見ているのだろう。

そうルキアが思案を深めていると、壁《かべ》の映像から眼を離《はな》さないままラムサスが言った。

「…………あの男の息子《むすこ》は戻ったのか？」

「いえ……特にそのような連絡《れんらく》は受けておりません。恐《おそ》らくまだかと……」

刃更の行方が解らなくなってしまっている事は、既に澪達から聞かされて知っている。7対7の決戦になった時点で、ルキアが代表のひとりとして戦う事はほぼ決まっていたが、これで場合によってはラムサスにも出て貰《もら》う事になるかもしれないと。

「そうか……色々と偉《えら》そうな事を言っていたが、どうやら口だけだったようだな」

フンと不快そうに言ったラムサスに、

「……刃更殿《どの》に対する評価に結論を出されるのは、もう少ししてからでも遅《おそ》くはないので

はありませんか？」

ルキアは珍《めずら》しく、ラムサスに反対する提言をした。ラムサスの立場では、刃更について良い感情を抱けないのは当然だが、

「少なくともあの少年は、これまでずっと澪様を守ってきています……あのゾルギアを相手にし、さらに先日の現魔王《まおう》派の英霊との戦いにおいても。その事だけは、認めて差し上げても構わないのではないかと」

すると、

「……………そして、マリアも……か」

ポツリと呟くように言ったラムサスに、ルキアは頷《うなず》きを返して、

「はい……あの娘《こ》もまた、刃更殿に救われたひとりです。柚希殿や胡桃《くるみ》殿、ゼストもそうでしょう。彼女達は刃更殿が不在の今も、我々穏健派の代表として立派に戦おうとしています。そして澪様は、先鋒《せんぽう》という大役を見事に果たし勝利を収められました。今の澪様があるのは刃更殿のお陰《かげ》でもあります。彼に対する結論を下すのは、この決戦の後でも遅くはないかと思われます」

そう言ったこちらに、今度はもうラムサスが言葉を返してくる事はなかった。

ただ黙って、壁面に投射されている映像を眺《なが》める。

すると澪に続いて、敗北したルカも自分達の控え室へと続く通路に姿を消した後——入れ替わりのタイミングで穏健派の次鋒が姿を現した。

幼い外見のサキュバスに、会場中のブーイングが注がれる中、ルキアは画面を見詰めながら心の中でそっと告げる。

頑張《がんば》りなさい、マリア——と。

そしてマリアが武舞台へ上がった後——程《ほど》なくして相手も姿を現した。

現魔王派の次鋒を務めるのは、人間界では滝川《たきがわ》八尋《やひろ》と名乗っていた青年。

ここに居る誰《だれ》もが知る存在。そんな青年を最もよく知るノエルが、

「ラース……」

画面に映し出された幼馴染みに、そっと彼の名を悲しげに呟いた。

5

武舞台上では、穏健派と現魔王派の次鋒同士が顔を合わせていた。

「私の相手は貴方《あなた》ですか……」

「みたいだな。お手柔《てやわ》らかに頼《たの》むぜ」

眼前、肩《かた》の力を抜《ぬ》いた軽い口調の青年を、成瀬万理亜は油断なく見据《みす》えた。

——穏健派の中には二つの勢力がある。澪にウィルベルトの力を手放させようとしているラムサス派と、澪を新たな魔王にして穏健派を復興させようとしているクラウス派だ。

そして姉のルキアと同じくラムサス派に属している万理亜は、クラウス派の隠し球《だま》だった滝川の——ラースの存在を知らなかった。無論、現魔王派へのスパイという極秘《ごくひ》任務の性質を考えれば、澪の護衛役とはいえ現場の戦闘員でしかない万理亜がラースについて知る事ができなかったのは当然だ。それに、万理亜は知らなくてもトップのラムサスや副官であるルキアは知っていただろうし、上に立つ彼らが必要と判断したら万理亜にも情報を下ろしていただろう。だから、万理亜は別に騙《だま》されていたとは思わない。むしろゾルギアの件では刃更と協力して囚《とら》われの身だったシェーラを助け出してくれたし、それこそ感謝や恩義すら感じてもいる。

……でも。

こうして敵同士として戦う事になったら話は別だ。ゾルギアとの戦いの後に魔界《まかい》へ戻って以降、ラースは穏健派との交信を断っていた。そして先日のウィルダートにおける対英霊戦後にようやく姿を現すと、こちらが捕虜《ほりょ》にしていたガルドを牢《ろう》から逃《に》がすという暴挙を行なっている。もはや弁解の余地など存在しない。しかし、

「貴方が私たち穏健派を裏切って現魔王派へ付いたのは、ゾルギアへの復讐《ふくしゅう》を果たしたからですか？」

それでも万理亜はラースへと尋《たず》ねた。ラースの幼馴染みであるノエルからは、彼の事を想《おも》う気持ちを託《たく》されている。ラースが現魔王派へ付いたのには、きっと何か理由がある筈《はず》だと。そんなノエルの気持ちを受け取った万理亜の問い掛けに、

「おいおい、この期《ご》に及《およ》んでそんな事を聞いてどうすんだ？　何か考えがあっての事だって言ったら、手を抜いてくれんのか？　それなら余計な労力が省けて、こっちとしては大助かりなんだがな」

「…………………」

肩を竦《すく》めて言ったラースに、万理亜は無言を返した。

解りきっていた事だ。最終決戦とも言うべきこの戦いに、現魔王派として戦う事を選んでいる時点で、眼の前の青年はもはや敵以外の何者でもない。幼馴染みのラースを想うノエルの気持ちは理解できるが、こちらも澪を大切に想う気持ちは譲《ゆず》れぬものだ。

——だから、万理亜がギュッと右の拳《こぶし》を握《にぎ》り締《し》めると、武舞台が様変わりを始める。

万理亜とラースの戦闘《せんとう》空間に選ばれた環境《かんきょう》——それは夜の雑木林だった。そして、

「ここは……」「……そう来たか」

見覚えのある光景に、万理亜とラースは同時に呟いた。

ふたりが立っていたのは、かつて刃更や澪、柚希を巻き込んで死闘《しとう》を繰《く》り広げた場所。

東城家の近くにある、都立公園内の雑木林だ。あの時は、4対1でどうにか万理亜達がラースを撃退《げきたい》したものの、実際はラースに逃げられる形で上手《うま》くあしらわれている。

……成る程、あの時の決着を付けるという訳ですね。

だから、万理亜は軽く跳躍《ちょうやく》をしながら深呼吸を始め、ラースはその場に悠然《ゆうぜん》と構えて。

そして戦闘開始の銅鑼《どら》が鳴り響《ひび》いた瞬間《しゅんかん》――ふたりは同時に動いていた。


澪が開始と同時に距離《きょり》を取ったのに対し、万理亜が取ったのは真逆の作戦だった。

地を這《は》うような全力疾走《しっそう》で前へと出たのだ。

それは互《たが》いの戦闘スタイルを考えれば当然の選択《せんたく》。力《パワー》タイプで肉弾格闘士《ハード・ストライカー》という万理亜の戦闘スタイルの真価は接近戦でこそ発揮されるものだが、それ以上に闇《やみ》色の魔力球《まりょく》を操《あやつ》るラースの能力に対し、距離を取ればそれだけこちらは不利に追い込まれてしまう。

――特に厄介《やっかい》なのは、ラースの魔力球は数や威力《いりょく》、サイズや速度を操れる事だ。

恐らく魔力の範囲《はんい》内で、生み出す魔力球の威力やサイズを調整でき、また分割《ぶんかつ》する事も可能なのだろう。さらには攻撃《こうげき》だけでなく防御《ぼうぎょ》にも利用できるなど、汎用《はんよう》性の高さも凄《すさ》まじい。だが、そんなラースの能力の長所を奪《うば》う方法があった――それが距離を詰《つ》める事だ。懐《ふところ》にまで入ってしまえば、下手《へた》にこちらを攻撃しようとすればラース自身も巻き込まれる事になる。要は刃更が撃退した時の方法が、ラース攻略《こうりゃく》の最善解なのだ。

――至近距離で一気に畳《たた》み掛ける。

だから成瀬万理亜は行った。低い体勢での疾走を開始したこちらに、

「――予想通り過ぎにも程があるだろ」

ラースは無数の魔力球を生み出し、万理亜へと向かって一斉《いっせい》に解き放つ。

相対速度であっという間に迫《せま》ってくるのは、こちらに対する足止めの弾幕《だんまく》だ。しかし、

「――――っ！」

万理亜は木々の間を不規則にジグザグ走行する事でこれに対応。枝や幹を自然の盾《たて》に、疾走を緩《ゆる》める事なくラースへと迫る。そして、拳の間合いまで残り五mの所まできた瞬間、万理亜はラースへと向かって一気に跳躍した。そのまま拳を振《ふ》り上げた万理亜に、

「そこで跳《と》ぶなよ……袋小路《ふくろこうじ》に突《つ》っ込むぜ？」

そう言ったラースは後方へ跳びながら、万理亜と彼との間に、こちらの視界を埋《う》め尽《つ》くすほど巨大《きょだい》な魔力球をまるで障壁《しょうへき》のように生み出してきた。地面を蹴《け》って跳躍している

万理亜に、回避《かいひ》は不可能。かといって拳打で迎撃《げいげき》しようものなら、恐らくこちらを吹《ふ》き飛ばす大爆発《ばくはつ》が起きるに違《ちが》いない。拳を宙で振り抜いて衝撃波《しょうげきは》を飛ばす『遠当て』もできるが遅すぎる。宙で止まれない以上、自分から爆発に突っ込む事になるだけだ。

だが、成瀬万理亜は構わない。ラースが、万理亜が接近戦を仕掛《しか》けるしかない事を読んでいたように。万理亜もまた、ラースがこう来る事は解《わか》っていた。

無数の魔力球を弾幕にして足止めを狙《ねら》ってくる事も——こちらが早すぎるタイミングで跳べば、そのまま自爆《じばく》するように応じてくる事も。だから右の拳撃を繰り出した万理亜は、

「やあああああああぁぁぁぁぁ——っ！」

しかし振り抜く事なく、途中《とちゅう》でその拳を止めた——、、、まるで宙を撃《か》つ、、、ように。

直後、撃たれた大気がそのまま放射状に広がる衝撃波となって駆け抜け、ラースの生み出した巨大な魔力球と激突《げきとつ》。近くに生えていた木々を薙《な》ぎ倒《たお》す程の大爆発を巻き起こす。

しかし、吹き飛んだのは魔力球の左右にあった木々だけ。面状に走った衝撃波がそのまま障壁となって万理亜を爆発の衝撃から護《まも》っていた。

——それは、かつて戦った巨漢《きよかん》の魔族《まぞく》が使っていた技《わざ》。同じ力タイプの自分なら使えるようになるのではと想い、密《ひそ》かにマスターしていた万理亜の隠し球だ。そして、

「——そこですっ！」

　そのまま突き破るように爆煙《ばくえん》の向こうへ飛び出すと、その先にいるラースはもはや眼《め》の前。だから万理亜は腰《こし》を先に捻《ひね》る回し蹴りを放ち、容赦《ようしゃ》なくラースへと浴びせた。狙うのは右の側頭部。ズドン！　という重低音と共に右の踵《かかと》に確かな感触《かんしょく》が返り、

「……………まさかヴァルガの技を使うとはな」

　しかし、万理亜は余裕《よゆう》の声を聞いた。するとラースは、軽く上げた右手の甲《こう》に魔力球を障壁のように展開してこちらの蹴撃《しゅうげき》を防いでいる。前に戦った時は、万理亜の拳撃でラースの障壁を破る事ができた。だが、それはラースが手を抜いていたからだ。しかしあの時から万理亜は成長しているし、一昨日《おととい》も刃更達と媾《まぐわ》った事で興奮や快楽を吸収して力を上げている。それでも今、ラースの障壁を破れていないという事は、答えは一つしかない。

　ラースの本来の力が、まだ万理亜を上回っているのだ。しかし、

「はあぁっ！」

　万理亜は、防がれた右足を支点にさらに腰を下へと縦方向に捻転《ねんてん》。その勢いで振り上げた左の踵でラースの顎《あご》のかち上げを狙う。しかし、

「――おっと」

　ラースは軽く上体を反らしただけでこちらの踵をあっさりと避《よ》けた。

　――だが、接近戦の読み合いなら負けない。万理亜は最初に防がれていた右足で、ラー

スの右手を巻き込むようにロック。そのまま強引《ごういん》に下半身の力でラースを地面に転がすと、マウントを取って一気に拳撃の連打へと繋《つな》げようとして、

「っ――――?」

しかし、とっさにラースの身体《からだ》の上から後方へと跳んだ――と同時、それまで万理亜のいた場所を真下からラースの魔力球が抜けてゆく。

……あの距離で攻撃してくるなんて……っ。

万理亜は己《おのれ》の見込みの甘さを呪《のろ》った。ほんの僅《わず》かな隙間《すきま》さえあれば、ラースは自身の魔力球の爆発に巻き込まれないための障壁を張れるのだろう。恐らく直撃《ちよくげき》を与《あた》えてから一気に連撃へと繋げない限り、ラースに防御や反撃《はんげき》の隙《すき》を与えてしまい攻めきれない。

以前は、万理亜の不意打ちに刃更がスピードを活《い》かして攻撃を連ならせる事でどうにか押し切れたが、万理亜だけでそれをやるのは至難だ。苦い表情になったこちらに、

「良いのか――せっかく詰めた距離を自分から開けて」

服についた砂埃《すなぼこり》を払《はら》いながら立ち上がったラースがそう言うと同時――距離が開いてしまったツケを万理亜は払う羽目になった。無数の魔力球が万理亜の周囲をぐるりと取り囲むように生じ、一斉に襲《おそ》ってきたのだ。接近中や至近距離では、こちらが避ければラース自身が無駄《むだ》な回避や防御を強《し》いられる背後からの攻撃も、万理亜が後ろへ跳んでしまっ

た今なら何のリスクもなく行なえる。対する万理亜は、ヴァルガの技で迎撃しようにも、あれは面攻撃のため防げても正面方向のみ。真横から背後に掛《か》けては防ぎきれない。しかし、

「————っ！」

万理亜は構う事なく右の拳打を繰り出した——己の足下《あしもと》に対して。

ラースは、万理亜が右の拳で地面を撃つのを見た。

と同時、万理亜の拳で穿《うが》たれた地面が、その衝撃で大量の土砂《どしゃ》を巻き上げる。

——本来なら、ラースの魔力球は土砂の壁《かべ》程度では防ぎきれない。

しかし、万理亜は地面へのインパクトの瞬間に拳を止めていた。生じた面状の衝撃波が、地面にぶつかり弾《はじ》けた事で、舞《ま》い上がった土砂と同じく万理亜の周囲を覆《おお》って——その結果、ラースの魔力球を全《すべ》て防ぐ事に成功していた。

……だが。

その間、ラースは黙《だま》って立っていた訳ではなく、万理亜からさらに距離を取っていた。

それは互いの能力や速度、戦闘スタイルを考慮《こうりょ》すれば、こちらが一方的に万理亜の間合いの外から攻撃できる安全距離だ。だから、その通りにしようとした時だった。万理亜が巻

き上げていた土砂が、内側から発せられた桜色の輝《かがや》きで吹き飛んだ。何事かと見れば、宙に浮《う》かんでいる万理亜の胸の辺りに、鍵《かぎ》のようなものが差し込まれており、

「んっ……」

甘い吐息《といき》を漏《も》らす万理亜に構わず、その鍵はひとりでに回ると、キンという硬質《こうしつ》な開《かい》錠《じょう》音が響いた——と同時、万理亜の身体が薔薇色《ばらいろ》の光に包まれる。

そうして己の眼の前で起きている現象が何なのかを、ラースは理解していた。だから、

「おいおい……そんな変身が終わるまで、馬鹿正直《ばか》にこっちが待つと思ってるのか？」

馬鹿にしたように言うや、ラースは容赦なく攻撃を放った。万理亜の頭上に巨大な闇の魔力球を生み出し、それを一気に落下させたのだ。繰り出したのは全力の一撃《いちげき》——しかし、

「ええ勿論《もちろん》……そんな単純な考えをする輩《やから》への対策は万全《ばんぜん》です」

万理亜が余裕の声を上げると、ラースの放った魔力球が彼女の周囲を覆っていた薔薇色のオーラに衝突《しょうとつ》するや、粉々に弾《はじ》かれて霧散《むさん》した。それを目の当《ま》たりにして、

「何、だと……？」

思わずラースが驚愕《きょうがく》の声を上げた時にはもう、万理亜の姿は美しくも妖艶《ようえん》な大人のサキュバスへと変わっていた。そして、

「——ふふっ」

そうこちらへ向かって笑った瞬間——万理亜の姿がふっと掻《か》き消える。

だからラースは反射的に己の前面へ障壁を張った。距離を取っていた事もあり、障壁の展開は充分に間に合い、

「つがあああぁぁ————っ」

しかし次の瞬間、ラースは激しい衝撃を喰《く》らって吹き飛ばされていた。

万理亜の拳《こぶし》がこちらの障壁をあっさりと破り、そのままラースへと叩《たた》き込まれたのだ。

ラースへ拳撃をクリーンヒットさせた万理亜は、そのまま即座《そくざ》に追撃《ついげき》を行なった。

向こうはこちらの速度に対応できず、また攻撃を防ぐ事もできていない。

……ここで決めます！

そう己に言い聞かせるようにして、万理亜は一気に前へ出た。こちらの攻撃を受けたラースは、何本もの木を薙《な》ぎ倒し、やがて背中から大木の幹へと激突して止まった。そんなラースへ、飛び込むようにして距離を詰めた万理亜が放ったのは、最短距離で繰《く》り出す左ストレートだ。疾走の勢いそのままに姿勢を前傾《ぜんけい》しながら繰り出したこちらの拳撃《けんげき》を、

「くっ……！」

しかし、ラースはとっさに身体を横に捻って回避。しかし万理亜の拳がラースの背後にあった木へとブチ込まれると、パァン！　と弾かれたように幹が破裂《はれつ》し、その衝撃で横へ跳んでいたラースの体勢が宙で崩《くず》れた。だから万理亜は即座に地面を蹴って後を追い、そのまま左右の拳撃でラースを狙う。一撃でも当たれば充分すぎる程《ほど》の拳打のラッシュだ。ラースの障壁でも防ぎきれない。そしてスピードもこちらが上回っている以上、もはや勝負は決まったようなものだ。しかし、

「っ………？」

最初の一撃こそ当たったが、それ以降の攻撃《こうげき》を全て避けられてしまい、追い詰《つ》めている筈《はず》の万理亜の心に、明らかな焦《あせ》りが生じ始める。すると、

……どうしてっ⁉

「──確かに、成体へと変身したお前さんのパワーの上昇《じょうしょう》は凄《すさ》まじい」

こちらの攻撃を完全に見切ったように避けながら、ラースが言った。

「だが、当のお前自身がその強大なパワーを扱《あつか》いきれていない。恐らくこれまで変身したのは最初に成瀬を助けるために人間界でしたのと、バサっちが既《すで》に結界を消しちまった後のゾルギアの館《やかた》でした二回のみ。ただでさえ成体の状態になっている回数が少ないのに、魔族本来の力が発揮できるこの魔界《まかい》でお前が変身するのはこれが初めてだろう。そんな慣

れない力をぶっつけ本番で使って、どうにかしようってのはムシが良すぎるぜ」

おまけに、と声が背後へと回り、

「どうせこの戦いに勝つために、バサっち達の主従契約《けいやく》の強化に参加して力を蓄《たくわ》えようと欲張《よくば》ったんだろうが、それが駄目押《だめお》しだ。スピード自体は速くても、初動に繋がる反応速度が遅《おそ》ければ避けるのはそう難しくない」

「っ――はあぁぁっ！」

とっさに万理亜は、声のした方へと裏拳を振《ふ》り抜《ぬ》いた。

だが、その不用意な一撃が命取りだった。万理亜の放った拳は、ラースの生み出していた魔力球《まりょく》へと命中し――次の瞬間《しゅんかん》、万理亜の眼前で轟音《ごうおん》と閃光《せんこう》が弾けた。

ラースが万理亜へ見舞《みま》ったのは、己の魔力球を使ったスタングレネードだった。

たとえ成体化でどれだけ力が上昇したところで、不意打ちへの意識の対応や防御《ぼうぎょ》までもが備わる訳ではない。むしろ視力や聴力《ちょうりょく》も通常時よりも上がっているため、とっさに視界を灼《や》かれ、鼓膜《こまく》を衝撃波《しょうげきは》で打たれては一溜《ひとた》まりもないだろう。

「――それでも、そうやって立っていられるのは見上げた根性《こんじょう》だけどな」

苦笑《くしよう》しながら言ったラースの視線の先では、

「っ……く、ぅ……っ！」

こちらの魔力球によるスタングレネードの直撃を受け、三半規管を揺《ゆ》らされてフラフラの状態になりながら、それでも必死に戦おうと厳しい表情で両の拳を構えているサキュバスの姿があった。しかし、その瞳《ひとみ》は最早《もはや》ラースの姿を捉《とら》える事はできておらず、また声も届いてはいないようだった。だから、

「成瀬の後に続きたかったんだろうが……残念だったな」

そう告げると同時、ラースは万理亜の首の後ろへと手刀を叩き込んだ。

身体が大きくなれば、それだけ脳は揺れやすくなる――だから。

「――――」

ラースの一撃を受けた万理亜は、膝《ひざ》から崩れるように地面へと倒《たお》れていった。

6

古代闘技場《とうぎ》での決戦の模様を、ガルドは遠く離《はな》れたレンドヴァル城で見ていた。

場所は西塔《にしとう》の頂上に設けられた空間――レオハルトの姉リアラの部屋だ。

レオハルトが用意した映像投射装置で、次鋒戦の決着を見届けたガルドに、

「うんうん、やっぱりラースは流石《さすが》だね～。安定感が違《ちが》うもんね？」

リアラが満足げな笑《え》みと共に同意を求めてくる。だからガルドは「ああ」と頷《うなず》いて、

「あの男は、勝つために必要な戦い方というものを心得ている」

と、戦闘《せんとう》空間が解けて武舞台《ぶぶたい》へと戻《もど》ったラースが、倒れて気絶している万理亜を置いて悠然《ゆうぜん》と控《ひか》え室へと戻ってゆく姿を見ながら冷静に評した。戦闘力ではガルドやレオハルトにこそ及《およ》ばないものの、ラースには戦闘において重要な『余裕《よゆう》』が——懐《ふところ》の深さのようなものが常に感じられる。ルキアによって抱《だ》きかかえられて武舞台を下りる万理亜に、

……たとえあのサキュバスが成体化した力を使いこなせていたとしても。

恐らく結果は変わらない筈だ。ラースは別のやり方で彼女を倒していただろう。すると、

「ねえガルド……貴方《あなた》だったら、ラースに勝てる？」

「……どうだろうな」

もしガルドが万全の状態で戦ったとしたら、恐《おそ》らくラースに負ける事はないだろう。

だが、それでも勝てると断言する事はできない。恐らく追い詰める事まではできても、
ギリギリのところで逃《に》げきられてしまう……それがガルドのシミュレーションだ。

そして逃走《とうそう》は、実力で上回る相手との戦いにおいては、勝利に等しい引き分けである。

恐らくラースはどのような相手や場所からであろうと、最低でも逃げおおせて生き延びる事ができる気がする……そう思わせる余裕こそが彼の一番の強みだろう。

明瞭《めいりょう》な答えを避《さ》けたガルドに、

「そっかあ……ガルドでも難しいんだぁ」

リアラは嬉《うれ》しそうに眼《め》を弓のように細めて、

「わたしね、ラースには昔『レオ君と仲良くしてね』って頼《たの》んでおいたんだぁ……えへへ、こういうの『慧眼《けいがん》』って言うんだよね？」

「そうだな……」

無邪気《むじゃき》に笑う純粋《じゅんすい》な乙女《おとめ》に、ガルドもまた自然と穏《おだ》やかな笑みを返していた。

レオハルトはこの笑顔を守るために、魔王《まおう》となって魔界を統《す》べる決意をしたのだ——たとえそれが、枢機《すうき》院の手の平の上で踊《おど》らされる羽目になると解《わか》っていても。

そして、だからこそガルドはこうして今ここに居る。

——本来なら、レオハルト以外の男がリアラの部屋へ入る事は許されていない。

にも拘《かか》わらず、ガルドがこの場所に居るのは万一の事態に備えた『保険』だ。

この決戦を機に、レオハルトが両親の仇《かたき》にして魔界にとって害悪となっている枢機院を一掃《いっそう》しようとしているのに対して、枢機院もまた自分達では御《ぎょ》し難《にく》くなったレオハルトを始末しようと企《たくら》んでいる。よってこの決戦の後か、或《ある》いは最中かに、事態は現魔王派と穏《おん》健《けん》派との決戦という枠《わく》を超《こ》えて大きく動き出す事は避けられない。

そんな中、かつて戦場に出ていた間に枢機院によって両親を殺されてしまっているレオハルトは、この決戦の最中に今度はリアラが狙《ねら》われてしまう可能性を考慮《こうりょ》し、ガルドに穏健派との決戦が終わるまでリアラと共に居て欲しいと依頼《いらい》してきた。そしてガルドも、それでレオハルトが心置きなく戦えるならとこれを了承《りょうしょう》したのである。

まだ治療《ちりょう》途中《とちゅう》のガルドは片腕《かたうで》が失われた状態のままではあるものの、それでも何かあった時にはリアラを連れて安全な場所へと退避《たいひ》する事くらいは可能だ。

「──あ、次が始まるみたいだよ」

リアラが発した言葉にガルドが闘技場の映像へと視線を戻すと、双方《そうほう》の三番手が武舞台上にその姿を現していた。穏健派はまだ幼さの残る人間の少女。

勇者の一族の精霊魔術師《エレメント・マスター》──野中《のなか》胡桃だ。そして、

「ふーん、あれが枢機院が入れてきたメンバーのひとりなんだ……ガルド知ってる？」

胡桃と相対するようにして佇《たたず》んでいる中性的な青年を見たリアラに尋《たず》ねられ、

「……ああ、知っている」

同じく映像を見ていたガルドは頷いて言った。

武舞台の中央、胡桃に向かって笑顔を浮《う》かべて握手《あくしゅ》を求めているのは、

「アドミラス……枢機院の一柱、『強欲《ごうよく》』のマドニスの側近だ」

7

武舞台上で、野中胡桃は戦闘相手の高位魔族《まぞく》と対峙《たいじ》していた。

「アドミラスと申します……どうかお見知りおきを」

美しく整った顔立ちの青年が笑顔でこちらに手を差し出し、握手を求めてくるが、

「……戦う前に敵と馴《な》れ合うと思ってんの？」

冗談《じょうだん》ではないとばかりに背を向け、距離《きょり》を取るため歩き出すと、

「——ああ、落としましたよ」

「何を言って……——っ⁉」

ふと背後から投げられた声に、振り返った胡桃はギョッとなった。振り向いたこちらのすぐ眼の前に、アドミラスが立っていたからだ。そして不意打ちのように手を握《にぎ》られ、

「ジン・トージョーの息子《むすこ》が戻らず、さぞ心配かと思いますが、よろしく、お願い、します」

「…………？」

仕方なく応じた握手の中で、胡桃は何か硬《かた》い物を渡《わた》された。何だろうと手の中を見て、

「っ――――」

思わず息を呑《の》んだ。アドミラスがこちらへ握らせたのは、刃更の着ている聖ヶ坂学園の制服のボタンだったからだ。そうして固まった胡桃の耳元へ囁《ささや》くように、

「こちらの要求は解ると思いますが、くれぐれも周囲に手を抜いているとは思われないよう上手《うま》くやって下さいね……彼がどうなるかは貴女次第《あなたしだい》です」

そう告げると、踵《きびす》を返して悠々《ゆうゆう》と開始位置へと下がってゆくアドミラスに対し、

「…………っ」

胡桃からは一気に余裕が失われ、表情も苦しいものになる。

……どうしよう……っ。

このタイミングでの脅迫《きょうはく》だ。こちらを騙《だま》すための嘘《うそ》だとは思うが、刃更がまだ戻っていないのは事実である以上、彼が枢機院の手に囚《とら》われてしまっている可能性は否定できない。

そして、もしアドミラスの言葉が真実だとしたら、

……あたしの戦い方次第で、刃更が……っ。

刃更からは、もしも彼が捕《つか》まった時は構わず戦うようにと言われているし、自分達はそれを了承してもいる。ここでの正しい選択《せんたく》は、眼の前の敵としっかり戦う事だろう。

それは解っている……痛い位に解っているのだが、

「――――っ」

胡桃はとっさに霊操術《れいそう》の籠手《こて》を具現化し、闇《やみ》色のエレメントを通じて魔界《まかい》の精霊《せいれい》達に刃更の無事を確認《かくにん》できないか頼んだ。しかし、精霊達からは不可能の思念が返ってくる。刃更が明け方に戻ってこなかった段階で既《すで》に何度も試《ため》してみた事だし、それこそ主従契《けい》約《やく》を結んだ澪達でも感じられないのだ。刃更の方で拒《こば》んでいるにせよ、どこかへ監禁《かんきん》されているにせよ、今さら精霊達に見つけて貰《もら》おうというのはムシが良すぎる話だろう。

……でも、お願い……っ。

しかし、野中胡桃はギリギリまで刃更の無事を確認できないか精霊達に頼み続けた。それだけが刃更や、この決戦の結果如何《いかん》で未来を大きく左右されようとしている澪のために、胡桃にできる唯一《ゆいいつ》の事だった。

――この決戦には何があろうと負ける訳にはいかない。

だがたとえ勝てても、刃更が無事でなければそんなものは何の意味もない。

東城刃更という青年は、自分達にとってそれ程《ほど》までにかけがえのない存在なのだから。

だけど。どれだけ胡桃が願っても、精霊達が刃更を見つける事はできなくて。

そして試合開始の銅鑼《どら》が打ち鳴らされ、胡桃とアドミラスの戦闘空間が展開した。

8

控え室で武舞台の映像を眺《なが》めていたレオハルトは、構築された空間に、見覚えのある雄大《ゆうだい》な風景の名を口にした。険しい断崖《だんがい》を伴《ともな》う巨大《きよだい》な岩壁《がんぺき》群がそびえ立つ

「ガラリエル渓谷《けいこく》か……」

その場所は、長い魔界の歴史の中で何度となく戦場となった場所だ。

「あそこは遮蔽《しやへい》物がほとんどない土地です。攻撃《こうげき》レンジと機動性とがかなり重視されます。ルカがいれば、あの場所の地層がどのような特性を有しているか解るのでしょうが」

と、バルフレアが言った時、

「──どうする？　救護室まで行って聞いてくるか？」

からかうような口調と共に、戦闘を終えて戻ってきたラースが言った。

ルカは自分の上位英霊《えいれい》が負けてしまった事に完全に意気《いき》消沈《しようちん》していたため、レオハルトが少し休むように命じて下がらせているところだ。ルカが負けてしまった以上、枢機院が選んだ者にも最低一名は勝って貰わない限り、穏健派に勝利する事はできなくなっている。レオハルト自身は、配下の誰《だれ》かが負ける可能性についても考慮していたが、負傷した

ガルドの代わりにと意気込んでいたルカのショックが大きいのは無理もない。

「その必要はない。今は地学や歴史を学ぶ時間ではないだろう」

と、映像から目を離さずにレオハルト。

「それに、どちらかに大きく有利となるような戦場が展開された訳ではない」

「そうですね。あの少女は魔力《まりょく》タイプの精霊魔術師《エレメント・マスター》という話ですが、アドミラスの戦闘スタイルを考えれば、別段ハンデとはならないでしょう」

そんなバルフレアの言葉を証明するかのような事が映像の中で起こった。

戦闘開始と同時に即座《そくざ》に風の魔法《まほう》を発動して宙へと舞《ま》い上がった胡桃に対し、アドミラスは右腕《みぎうで》を真横に一閃《いっせん》──すると大地に展開した魔法陣《まほうじん》から、不気味な髑髏《どくろ》の頭部を持った巨大馬が姿を現した。それは背に二枚の翼《つばさ》を生やしたペガサスだ。

そしてその背中に飛び乗ったアドミラスは、さらに自身の武器を具現化する。左手から放たれた光の粒子《りゅうし》が、長い間合いを持ちながら斬撃《ざんげき》を行なえる武具へと変わってゆき、あらゆる命を刈《か》り取れる──死の大鎌《おおがま》が出現した。

そしてペガサスの背で、悠然《ゆうぜん》と笑《え》みを浮かべた青年魔族を見ながら、

「…………」

レオハルトは、枢機院が強引《ごういん》に代表へと送り込んできたメンバーについて思案していた。

現魔王派と穏健派は、互《たが》いに対戦相手について事前に知らせないというルールにしているが、レオハルトら現魔王派内ではレオハルト側と枢機院側とで代表メンバーについての情報を共有していなかった……否《いな》、正確には「できなかった」だ。枢機院がレオハルト達に対し、自分達が選んだ代表を教える事を拒んだからである。控《ひか》え室も別々だ。

……ひとり目は、アドミラスか。

とはいえ、レオハルトの側近の中で戦闘《せんとう》に長《た》けた者が限られている以上、こちらのメンバーだけが向こうに知られ、反対に枢機院が誰を送り込んできたのかは全く解らない。

予《あらかじ》め解っているのは、連中が何番目に出るかという戦闘の順番だけである。

アドミラスは、かつてレオハルトの対抗馬《たいこうば》として魔王候補に挙げられた高位魔族。その実力は折り紙付きだ——だからこそ枢機院もアドミラスを選んだのだろう。

そのアドミラスが三番手。そして他《ほか》の枢機院推薦《すいせん》メンバーは、四番手と五番手を担《にな》っている。恐《おそ》らくひとりは今頃《いまごろ》次の出番に備えて通路で待機をし、もうひとりは別の控え室でこの戦いの模様を見ている事だろう。だが、

……残るふたりも、相応の者達を用意しているのだろうな。

レオハルトは確信する。自分達にとってこの決戦が負けられないのと同じように。

追い詰《つ》められている枢機院もまた、間違《まちが》いなくこの決戦に懸《か》けているのだからと。

9

精霊魔術師の胡桃と、ペガサスに乗ったアドミラス。

両者の戦闘は、開始と同時に必然とも言うべき形へと突入《とつにゆう》していた。

大空を駆《か》ける空中戦だ。飛行魔法で宙を大地と平行に高速滑空《かつくう》しながら、胡桃は右手の人差し指と中指を揃《そろ》えて立たせて銃《じゆう》の形にし、霊操術の籠手を纏《まと》った左手を添《そ》えると、

「はああああああぁぁっ！」

その指先から大気を圧縮したものを、斜《なな》め下前方へ向かって連続で射出した。

降り注ぐ乱れ撃《う》ちのような空気の弾丸《だんがん》に対し、胡桃の視線の先、ペガサスで宙を駆けていたアドミラスは笑みを浮かべた——と同時、宙を踏《ふ》みしめるペガサスの蹄《ひづめ》に魔法陣が展開。一気に速度を上げると、胡桃が放った空気の弾丸が下の岩場へと降り注ぎ、轟音《ごうおん》と共に砂煙《すなけむり》を巻き上げる。そしてペガサスが大きく翼をはためかせるや、急旋回《きゆうせんかい》して一気にこちらへ向かって飛翔《ひしよう》してきた。そのスピードは、胡桃の飛行魔法よりも上だ。

「————っ」

迫《せま》るアドミラスに対し、胡桃は射撃《しやげき》を止《や》めて回避《かいひ》を行なった。左右に避《よ》ければ大鎌の斬

撃が来るし、上に逃《に》げれば飛翔中のペガサスに追い詰められるだけ。

よって胡桃は急降下。すると胡桃の頭の上ギリギリの所を、アドミラスが振《ふ》るった大鎌の刃が斬《き》り裂《さ》いた。対する胡桃は急降下しながら、腰《こし》を捻《ひね》って振り返りざまに左手を一閃。すると、アドミラスの進行上に無数の火花が舞った。爆炎《ばくえん》魔法のチャフを撒《ま》いたのだ。スピードが乗っているペガサスは止まれない。アドミラスを乗せた状態で突《つ》っ込み——直後、連鎖《れんさ》した爆発《ばくはつ》が大空に、大気を振動《しんどう》させる無数の爆炎の大輪となって咲《さ》いた。しかし、

「——この程度ですか」

余裕《よゆう》の声と共に、ペガサスに爆炎を突き破らせたアドミラスがこちらへ向かってくる。

ペガサスの前面には半円状の魔法陣が展開されており、

「防護障壁《しょうへき》……魔力タイプなのっ？」

「いいえ？　ただ、魔法も苦手としてはいないだけです」

相手が技《わざ》タイプと睨《にら》んでいた胡桃が驚愕《きょうがく》の声を上げると、アドミラスは至極《しごく》当然の事のように言い放ち——そこから二人はさらに急降下の速度を上げてゆく。

「…………っ」

視線だけで背後を追ってくるアドミラスを見ながら野中胡桃は歯噛《はが》みした。

よくも「この程度か」などと言えたものだ。刃更を人質《ひとじち》に取っていると脅《おど》されて、その

真偽《しんぎ》を知る術《すべ》のないこちらが本気を出せる筈《はず》がないだろう。

……だけど。

それでも胡桃は、まだ勝負を捨ててはいない。

――アドミラスから脅迫を受けた胡桃は、時間を稼《かせ》ぐ事を選んでいた。

刃更が敵に捕まっているにせよ、自分の意思で姿を消したままになっているにせよ、少なくとも今は魔力や気配が感じられない結界の中のような場所にいる可能性が高い。

だが精霊を操《あやつ》れる胡桃なら、刃更がこちらへ駆け付けるよりも前に――結界か何かの外へ出た時点で、その気配を察知して無事を教えて貰える。つまり、

……たとえ捕まっていても。

刃更なら必ず脱出《だっしゅつ》を試みる筈。よって胡桃は「上手《うま》く手を抜《ぬ》け」と言ってきたアドミラスの脅しを逆手に取って、刃更を信じて時間を稼ぎ、無事だと解《わか》るまで何としてでも粘《ねば》ろうとしていた。八百長《やおちょう》を疑われないよう、アドミラスもまたこちらに対して決定的な攻撃を放つ事は避けていたからだ。とはいえ大前提として、刃更が囚《とら》われの身になっている可能性がある以上、その無事が確認できるまでヘタな手出しはできない。

「…………………」

恐らく実力はアドミラスの方が上――ただでさえ分の悪い戦いを最悪なものにしながら、

それでも胡桃は諦《あきら》める事なく前を向いた。もし自分が負ければ、次に戦うのはゼストだ。しかし刃更の無事が確認できていなければ、彼に忠誠を誓《ちか》っているゼストもまた胡桃と同じ脅迫《きょうはく》に屈《くつ》してしまうだろう。或《あ》いは——脅迫を受けた時点で、胡桃の敗北は覆《くつがえ》せないものになっているのかもしれない。だが、たとえそうだとしても……せめて次のゼストが心置きなく戦えるように繋《つな》げたかった。

……そうだよ。

胡桃はギュッと己《おのれ》の拳《こぶし》を握《にぎ》り締《し》めた。

絶対に、ただでは負けてやるものか。ギリギリまで抗《あらが》ってやる。

それが今の自分の——野中胡桃の戦いなのだから。

10

穏健《おんけん》派の控え室で、野中柚希は妹の戦いを見守っていた。

澪が気絶した万理亜の見舞《みま》いへ穏健派用の医務室へと行っており、四番手のゼストは既《すで》に出番に備えて通路で待機をしているため、こちらの控え室にいるのは柚希一人だ。

——胡桃とアドミラスの戦闘は現在、激しいドッグファイトへと突入している。

間合いでは魔法を使える胡桃が有利なものの、スピードではアドミラスの方が上だ。

アドミラスは強力な防護障壁を展開する事もできるため、その障壁を破れるほど強力な魔法を使おうとすれば、それだけ詠唱《えいしょう》に時間が掛《か》かってしまい接近を許してしまう。よって二人の戦いは、強力な魔法を詠唱しようとする胡桃と、その隙《すき》に胡桃との距離《きょり》を詰めて仕留めようとするアドミラスとの、互いの刹那《せつな》を懸けたものになる——筈だった。だが、

「……胡桃？」

戦闘の模様を視《み》ていた柚希は、怪訝《けげん》に眉《まゆ》を顰《ひそ》めた。

——胡桃の回避のタイミングが早すぎる気がする。最初はスピードが上の相手に安全策として距離を取ろうとしているのかと思ったが、そういう訳ではない。攻撃の威力《いりょく》よりも回避を優先するなら、せめて手数を増やしそうなものだがそれもしていない。

まさかという想《おも》いが口をついて出る。

「力を……抑《おさ》えてる？」

11

「……妙《みょう》だな」

その頃《ころ》、レオハルト達もまた戦いの模様に違和感《いわかん》を覚え始めていた。

アドミラスが胡桃の魔法攻撃《こうげき》を旋回で避け、或《ある》いは大鎌で斬り裂きながら愛馬での突撃《チャージ》を行なっているのだが、どれもギリギリの所で避けられてしまっている。というより、

……わざと、辛《かろ》うじて避けられるようにしているのか？

彼と彼の愛馬の本気の突撃の速度や威力は、本来はあんな生易しいものではない。

……だが。

それ以上におかしいのは胡桃の方だ。アドミラスの戦闘スタイルを考えれば、胡桃はまず機動力を奪《うば》う作戦に出るのが定石である。だが胡桃はアドミラスを狙《ねら》った攻撃《こうげき》しか行なわない。しかも唱えるのはどれも見た目こそ派手なものの、いずれも単調な魔法ばかりだ。

それは観客の眼《め》はそれで誤魔化《ごまか》せても、一定以上の力を持った者なら気付ける違和感。

普通《ふつう》に考えて、澪のために魔界《まかい》にまでやって来ている勇者の一族が、そのような消極的な姿勢を取る理由はない。もしあるとしたら、

「——恐らく東城刃更が不在でいる事について、何か適当な事を吹《ふ》き込んだな」

ラースが一つの可能性を口にした。

「有り得ない話ではないですね……どう致《いた》しますか、レオハルト様」

バルフレアの口調は、試合を止めて枢機院《すうきいん》の所業を追及《ついきゅう》する事も可能だと言っていた。

確かにそれも手だ。この決戦は枢機院による主催《しゅさい》という体裁《ていさい》を取っている。もし八百長が公《おおやけ》になりでもしたら、いよいよ枢機院への信頼《しんらい》は総崩《そうくず》れになるだろう。自分の目的を果たすためには、本来の計画とどちらが良いのかレオハルトが思案していると、

「別に――このまま見てれば良いだろ」

と、鼻を鳴らしてラースが言い放った。

「枢機院が何か仕組んだっていう証拠《しょうこ》はないんだ。よしんばそうだとしても、これは試合じゃない。互いの未来と正義を懸けた戦争だ。だからこそ正々堂々とやりたいっていう気持ちも解らなくはないが、戦闘中は心理戦もまた戦いの一部だ。向こうが何を言われたのか、枢機院やアドミラスが何をしたのかは知らないが、心を惑《まど》わせた時点でそれはそいつの弱さが原因だ。敵の弱さに、そこまで同情してやる必要はないだろ」

大体、

「奴《やつ》は枢機院の飼い犬だ。連中が仕掛《しか》けた心理戦の矛先《ほこさき》は、穏健派ではなく俺達へ向けられている可能性だってある。下手《へた》に動けばこっちが追い込まれるかもしれない」

「確かにな……だが、ならば枢機院共が何を企《たくら》んでいるのかは知っておきたい」

「解りました――では、少し様子を探《さぐ》って参ります」

レオハルトの言葉に、バルフレアが頷《うなず》いて言った。

「私の出番までには、まだしばらく時間がありそうですから」

そう言って彼が控《ひか》え室を出て行った直後――アドミラスと胡桃の戦いが動いた。

空を飛ぶふたりが、切れ目のように走っている巨大《きょだい》な岩場の谷間へと突入したのだ。

12

巨大な岩と岩の間を、迷路《めいろ》のように走る細長い空間。

複雑な構造のため、一瞬《いっしゅん》の判断の遅《おく》れやミスが命取りの激突《げきとつ》へと繋がるその場所を、野中胡桃は精霊《せいれい》達からのアドバイスを得て高速飛行で抜けてゆく。

――だが、背後のアドミラスを引き離《はな》す事はできない。

先行するこちらが通った後を付いて来られないよう、胡桃は幅《はば》が広い場所だけでなく自分ひとりがギリギリ通れる隙間《すきま》を選ぶなどしながら飛んでいるのだが、アドミラスはこちらのフェイントに引っ掛かる事なく自分とペガサスが通れる最短ルートで胡桃の後を追ってくる。恐《おそ》らくあのペガサスが、風の流れを読んで谷間の形状を感じ取っているのだろう。

……ゼストだったら……っ。

こういう時――自身の翼《つばさ》で飛行できるゼストなら、得意の土系統の魔法《まほう》で周囲の岩壁《がんぺき》を操って様々な牽制《けんせい》や足止めが可能だろう。上位魔法士《ハイ・ウィザード》の澪も、風系魔法と土系魔法を同時に発動させる事はできる筈だ。——だが、胡桃にはそれはできない。

胡桃の魔法は精霊の力を借りる事で発動するものである。そして土系魔法は、飛行魔法の風系魔法と対極をなすものだ。相反する魔法を同時に使用しようとすれば、互いの力を打ち消しかねず、よくて飛行魔法の速度低下……最悪、落下してしまう可能性もある。ならば同じ風系魔法か、もしくは炎か水——だが乾燥《かんそう》した大地のこの渓谷《けいこく》では、有効な攻撃力が出せる程《ほど》の水を操るのは難しい。爆炎魔法は先ほど足止めにもならなかった。

「それなら……っ！」

胡桃は前方へ向かって巨大な空気の刃《やいば》を放つと、一拍《いっぱく》の後に無数の小さな空気の刃を生み出してその後を追わせた。すると前方——岩壁から突き出ていた数十m級の巨大な岩が根元から断《た》ち断られ落下を開始。さらに後を追った無数の空気の刃があらゆる方角から巨大な岩を斬り刻むと、一m程の岩石が滝《たき》のように落下を始める。だが足止めが目的ではない。胡桃はその落石群をギリギリのところで通り過ぎると、上体を捻って背後へと向いて、

「はあぁぁ——っ！」

両手を前に突《つ》き出すと、落下する大量の岩石群の側面へ向かって豪風《ごうふう》を叩《たた》き付けた。

大気の塊《かたまり》に弾《はじ》かれた岩石群が、大砲《たいほう》の弾丸《だんがん》以上の速さでアドミラスへと射出された。

空気を破るうなりを上げながら飛来する岩石群に対し、

「やれやれ……」

アドミラスが苦笑《くしょう》と共に大鎌《おおがま》を一閃《いっせん》すると、生み出された衝撃波《しょうげきは》が岩石を吹き飛ばし、さらに展開された防護障壁《しょうへき》が上からの落石からアドミラスとペガサスの身を守った。

吹き飛ばした岩石群が左右の岩壁へとぶつかり、巻き起こった大量の砂煙《すなけむり》が行く手を阻《はば》むように前方の視界を奪ったが、微塵《みじん》も意に介《かい》さない。この先の地形や空間がどのようになっているかはペガサスが知っている。だからアドミラスはそのまま前へと突っ込み、

「……………おや？」

しかし砂煙を抜けた先で、僅《わず》かに意表をつかれた。前を飛んでいた筈の胡桃の姿が、ほぼこちらの真下……谷底の地面にあった。そして霊操術《れいそう》の籠手《こて》を纏《まと》った左手の甲《こう》に右の手の平を重ねた胡桃の前面には、五連の魔法陣《まほうじん》が展開している。そんな胡桃の狙いを悟《さと》り、

「…………ほう」

僅かに感嘆《かんたん》の呟《つぶや》きを漏《も》らした瞬間《しゅんかん》——甲高《かんだか》い炸裂《さくれつ》音と共に迸《ほとばし》った雷撃《らいげき》が、真下からアドミラスへと向かって駆《か》け抜けた。

13

雷撃魔法を解き放った胡桃は、自分の作戦が上手くハマった瞬間を見た。

胡桃が放ったのは、威力ではなく速度重視の稲妻《いなずま》だ。大したダメージは与《あた》えられないものの、命中すれば相手の動きを鈍《にぶ》らせる事ができる。それは刃更の件で脅迫を受け、時間を稼《かせ》ぐ事を主眼とした胡桃にとって、最も効果的な攻撃だった。ただし——当たれば。

「えっ——……？」

その瞬間、野中胡桃は両眼を見開いた。宙を駆け抜《ぬ》けた稲妻が下からペガサスへと当たる直前、アドミラスが無造作に下方向へと大鎌を振《ふ》るったのだ。するとそれが避雷針《ひらいしん》となり、強引《ごういん》に捻じ曲げられた稲妻が大鎌へと直撃《ちょくげき》する。だが、アドミラスにダメージはなかった。胡桃の放った稲妻を、大鎌に帯電させて刃部分を蒼白《あおじろ》く発光させながら、

「どうぞお返しします」

笑《え》みと共に、アドミラスが胡桃へと大鎌を振り下ろした——と同時、激しい雷鳴《らいめい》と共に何倍にも増幅《ぞうふく》された稲妻が胡桃へと降り注いだ。

「————っ！」

胡桃はとっさに防護障壁を生み出した。するとギリギリのタイミングで展開が間に合った防護障壁に稲妻が激突し、激しいスパーク音と共に周囲の全《すべ》てが真っ白に染まる。

雷撃は防いだものの、眩《まばゆ》い稲光《いなびかり》に瞳《ひとみ》を灼《や》かれてしまい、

「くっ……！」

顔を顰《しか》めながら胡桃は急ぎ視力を取り戻《もど》そうとし、

「――遅《おそ》い」

しかしアドミラスの声がすぐ眼前からした瞬間、野中胡桃は激しく吹っ飛ばされた。

「っあああぁぁあぁぁぁ――っ！」

胡桃の小さな身体《からだ》は弾《はず》むように何度も左右の岩壁に激突。ぶつかる度《たび》に少しずつ高さが落ちてゆき、最後は地面を砂煙を巻き上げながら転がった。そして、

「っ……は……う、ぐ……っ！」

全身がバラバラになったかのような激痛に、顔を苦悶《くもん》に歪《ゆが》めながら胡桃は顔を上げた。

するとペガサスに乗ったアドミラスが、ゆっくりとこちらへ近付いてきており、

「っ…………」

野中胡桃は自分に何が起こったかを理解した。稲光に胡桃が視界を奪われていた一瞬の間に、アドミラスはこちらとの距離を詰《つ》めてペガサスでの突撃《チャージ》を喰《く》らわせてきたのだ。

恐らく稲妻を放つと同時に動いていたのだろう。

……やられた……っ。

己《おのれ》の策を逆手に取られた事で、反射的に防護障壁を展開する事しかできなかった自分のミスだ。湧《わ》き上がる悔《くや》しさにギリッと奥歯を噛《か》んだ胡桃は、

……あ……。

そこで己の眼の前に転がっているあるものに気が付いた。

それはこの戦いの前にアドミラスから渡《わた》されたもの――刃更の制服のボタンだ。

……刃更、兄ちゃん……っ。

アドミラスが最早《もはや》すぐそこまで迫《せま》る中、

「っ……う……！」

胡桃は必死に左手を伸《の》ばして、どうにか刃更のボタンを摑《つか》んで――その手をペガサスの前脚《まえあし》が容赦《ようしゃ》なく上から踏み潰《つぶ》した。ぐしゃり、と下の硬《かた》い地面まで割れる程の衝撃《しょうげき》に、

「あああああああああああああっ！」

仰《の》け反るように顔を上げ、悲鳴のような絶叫《ぜっきょう》を上げた胡桃に、

「こちらの裏を搔《か》こうとされては困りますね……私は上手《うま》く負けるようにお願いしたつもりだったんですが」

胡桃にだけ聞こえる声でアドミラスが言った。

「まあお陰《かげ》で戦いは盛り上がりました。ならばフィナーレも、それに相応《ふさわ》しいものにしなくてはいけないでしょうね――きちんと止《とど》めを刺《さ》して差し上げますよ」

酷薄《こくはく》な笑みを浮《う》かべながら大鎌を振り上げる。

――この決闘《けっとう》のルールでは、降参した相手への攻撃《こうげき》は禁止されている。

しかし、胡桃はまだ降参していないのだ。そしてこちらが何か言葉を発するよりも、アドミラスの大鎌が胡桃の首を刎《は》ねる方が間違《まちが》いなく早い。自分が助かるために負けを認めて他《ほか》の皆《みな》の足を引っ張るような真似《まね》はしたくなかったが、命を落としそうになった場合は降参しようと澪達と約束していた――『絶対に皆で生きて帰ろう』と。

だがアドミラスは、胡桃に降参という選択肢《せんたくし》さえ許さない。

「よく踊《おど》ってくれました。感謝しますよ……幼い女勇者さん」

「――――っ」

とっさに胡桃は刃更の名を呼ぼうとしたが、それは声にはならなくて。

アドミラスの大鎌が、横薙《よこな》ぎに胡桃の首元へと目掛《めが》けて振り下ろされた。

胡桃はその斬撃《ざんげき》で頭を刎ねられ、あっさりとその命を散らした――その筈《はず》だった。

しかし次の瞬間、ガキィイイイイン！　と甲高い金属音が鳴り響《ひび》いた。

胡桃の頭を飛ばしたには硬質《こうしつ》すぎる音だ。

「…………？」

死を覚悟《かくご》してギュッと瞼《まぶた》を閉じていた胡桃がゆっくりと眼《め》を開くと、激痛に歪む視界の中、胡桃を守るようにして展開されているものがあった――黒曜石の防護障壁だ。

胡桃との間に割り込むようにして立ち、アドミラスの強力な振り下ろしの一撃《いちげき》を、ものともせずに受け止めた防護障壁を展開したのは、褐色《かっしょく》の肌《はだ》をした美しい女魔族《まぞく》。

ゼストだった。姉のような存在になった彼女の背中を見て、とっさに胡桃が得たのは安堵《あんど》だった。だから再び瞳をゆっくりと閉じると、そのまま胡桃は全身の力を抜いた。

気を失ったのだ。

「おや……これは一体何の真似ですか？」

馬上のアドミラスに笑みを含《ふく》んだ声で言われ、

「――もう勝負は付いた筈です」

ゼストは静かに事実を述べた。胡桃はもう戦える状態ではないと。しかし、

「いいえまだですよ――彼女が降参をしていない以上、戦いはまだ続いています」

「では穏健派《おんけん》代表の一員として胡桃さんの敗北を認めます。それならば良いでしょう」

嘲笑《あざわら》うように言ってくるアドミラスに、ゼストは胡桃に代わって降参を告げた。すると、

「そんなルールは……」

それでもアドミラスが何かを言ってこようとしたところで、

『──良いだろう、穏健派側の降参を認める』

戦闘《せんとう》空間に枢機《すうき》院マドニスの声が響いた……と同時、戦闘空間が解かれて元の武舞台《ぶぶたい》へと戻る。胡桃の命が助かった事に、ゼストが胸を撫《な》で下ろしていると、

『だが──仲間の命を助けるためとはいえ、まだ勝負がついていなかった決闘に割って入ったのだ。この決戦の真剣《しんけん》勝負を汚《よご》すような蛮行《ばんこう》を、そのまま許す訳にはいかんな』

「…………」

アリーナの観客が同意に沸き上がる中、沈黙《ちんもく》する事しかできずにいるゼストに、

『この反則は、野中胡桃というそこの少女ではなく、ゼスト──お前が犯《おか》したものだ』

マドニスが笑みを含んだ声で言ってくる。

『ならばお前が出る筈だった次の第四戦は、穏健派の反則負けとするのが最も公平かと思うが……どうかな？』

「…………っ」

ゼストは唇《くちびる》を噛み締《し》めた。反論してやりたい気持ちは山のようにあるが、自分が重大なルール違反《いはん》を犯したのは事実である以上、ここでこれ以上抵抗《ていこう》すればそれだけこちらの立場が悪くなってしまう。下手《へた》をすれば胡桃に危険が及《およ》ぶ流れにまで発展しかねない。

「……解《わか》りました」

ゼストが己の反則負けを受け入れると、アリーナがさらに沸き上がった。

悪意の歓声《かんせい》が上がる中、ゼストは胡桃を抱《だ》き上げると武舞台を下りてゆく。そして控《ひか》え室へと続く通路へと入ってしばらく行ったところで、こちらの視線の先に佇《たたず》む者がいた。

それはゼストの次を担《にな》う五番手——柚希だ。そんな柚希に対し、ゼストは瞳を伏《ふ》せて、

「すみません……どうしても我慢《がまん》できませんでした」

これでゼストの反則負けを含めて、こちらは三連敗だ。本当なら、胡桃を助けるべきかどうか、仲間である柚希や澪に相談すべきだったかもしれない。この戦いは1対1の決闘の形式を取っているが、その実態は魔界《まかい》の二大勢力による戦争だ。皆で無事に戻るために最善をつくすと全員で約束を交《か》わしてはいたものの、それでも最悪の場合は命を落としてしまう可能性がある事ついては胡桃も覚悟はしていた筈だ。

——だが、ゼストはどうしても我慢できなかった。

妹のように愛らしい胡桃を、眼の前でむざむざ死なせてしまう事だけは。すると、

「……胡桃は？」

柚希からの静かな問い掛《か》けを受けて、

「大丈夫《だいじょうぶ》です……少なくとも命に別状はありません」

抱きかかえた腕《うで》の中、ボロボロになりながらも確かな呼吸をしている胡桃を見せると、

「…………ありがとう、胡桃を助けてくれて」

「いえ……」

僅《わず》かに表情を緩《ゆる》めた柚希にゼストが短く答えた──その時だった。

ふと胡桃の手から何かが零《こぼ》れ落ち、乾《かわ》いた音を立てて石造りの床《ゆか》へと転がったのは。

見れば、それは刃更が着ていた聖ヶ坂学園の学生服のボタンで、

……なぜ胡桃さんが？

こんなものを……そう疑問を得たゼストの眼の前で、小さな円を描《えが》くようにして床を転がっていたボタンがその動きを止めた。そして、胡桃を抱いていて両手が塞《ふさ》がっているゼストの代わりに、柚希が腰《こし》を落としてそのボタンを拾おうと手を伸ばし──しかし柚希が触《ふ》れる直前で、ふっとその形状を保てなくなったかのように塵《ちり》となって崩《くず》れた。

「──────」

それを見た瞬間《しゅんかん》──ゼストは全てを理解した。胡桃の戦いぶりがなぜ精彩《せいさい》を欠いてい

たのか。アドミラスが、枢機院の手の者が、胡桃に何を仕掛《しか》けていたのかを。

「卑怯《ひきょう》な……っ！」

ギリッと奥歯を噛み締めたゼストは、抑《おさ》えきれない激情に背後を……武舞台の方を振《ふ》り返った。そしてアドミラスの卑怯な真似を糾弾《きゅうだん》するため、元来た道を戻ろうと足を踏み出そうとして——しかしゼストは踏み止まった。だがそれはゼストの意思ではない。こちらを引き止めるように、右肩《みぎかた》にそっと手が置かれたのだ。本来なら——その程度の制止で収まるような怒《いか》りでは断じてなかった。隣《となり》に立ち、振り払《はら》おうと思えば、それは簡単にできた筈だ。

だが——ゼストはできなかった。隣に立ち、ゼストの右肩にそっと手を置いた少女から発せられる気配が、凍《い》てつくように冷たくなっている。

——大切な妹が、刃更やゼストら仲間への想《おも》いを利用され、さらには踏みにじられた。決して許す事のできないその怒りを、凍てつくような絶対零度《れいど》の殺気に変えて。

薄暗《うすぐら》い通路の先——柚希は武舞台を見据《みす》えたまま、

「……胡桃の事、お願い」

それだけを言うと、胡桃を抱いたゼストを残してゆっくりと歩き出した。

14

武舞台を最も高い場所から見下ろせる、古代闘技《とうぎ》場の特別観覧室。

求められていた勝利という結果を収めた事を報告に来たアドミラスに対し、枢機院の面々はすっかり満悦《まんえつ》して彼を喝采《かっさい》していた。

「いやいや素晴《すば》らしい……流石《さすが》はマドニス殿《どの》が信頼《しんらい》する腹心ですな」

「全くだ。ただ勝つだけではなく、計画通りに次の相手まで反則負けにしてみせるとは」

主《あるじ》であるマドニスの前で、配下のアドミラスが口々に称賛《しょうさん》されてゆく。すると、

「お褒《ほ》めに預かり光栄です。そのまま戦ってもあの少女には勝てましたが、どうせならば皆様《みなさま》に楽しんでいただけるよう趣向《しゅこう》を凝《こ》らしてみようと思いまして」

称賛を浴びたアドミラスが笑《え》みと共に言った。

「ジン・トージョーの息子《むすこ》が不在である事を利用し、彼を人質《ひとじち》に取ったと吹《ふ》き込んでやったところ、可愛《かわい》いくらいに動揺《どうよう》してこちらの思い通りに動いてくれました」

欲《よく》を言えば、

「反則負けを誘発《ゆうはつ》するため相手に介入《かいにゅう》させるという都合上、止めを刺せなかった事が心

残りではあります……どうせなら絶望した彼女をこの手できちんと殺してやりたかった」

などと枢機院の面々に告げてから、ようやくこちらへとやって来た配下に、

「――良くやった、アドミラス」

マドニスが深い笑みと共に称《たた》えてやると、アドミラスは恭《うやうや》しく頭を下げてくる。

そんな配下に至福にも似た満足感を得ながら、

……これで、四戦が終わって三勝一敗。

その内の二勝は枢機院の――それも自分の配下であるアドミラスによってもたらされたものだ。この功績は枢機院ではなく、間違いなくマドニス単独の手柄《てがら》である。

またレオハルトの配下が足を引っ張ってくれた事も嬉《うれ》しい誤算だ。これで自分たち枢機院がいなければ、穏健派との決戦には勝てなかった事になる。その事実はレオハルトへの求心力を低下させ、逆に枢機院の必要性を改めて認識《にんしき》させられる事だろう。そして、

「素晴らしい……これで計画通りにアレを温存できた」

と、他《ほか》の枢機院メンバーが口にした言葉がマドニスをさらに満足させた。

これで自分達の計画で最も重要なものを、穏健派は勿論《もちろん》の事、レオハルトらにも見せずに済んだ。この事は、後で必ず大きな意味を持ってくる。

そしてベルフェゴールが不在の今、この計画の指揮を執るのはマドニスなのだ。最後ま

で上手《うま》くいけば、枢機院内での立場を一気に押し上げる事ができる。

……見ていろ。

自分とて、いつまでもベルフェゴールの後塵《こうじん》を拝して、枢機院の二番手に収まっているつもりはない。この決戦で穏健派ともどもレオハルトとその側近達を始末し、その功績をもとにレオハルトの任命責任と、この大事な決戦を女達と遊んでいて不在にしたベルフェゴールを隠居《いんきょ》という形で穏便《おんびん》に退かせれば、その後の魔界を統《す》べるのはこのマドニスだ。

レオハルトに代わる新たな魔王《まおう》にはアドミラスを据《す》えて、表向きの政治は彼に行なわせれば良い。ベルフェゴールは、ゾルギアの遊戯《ゆうぎ》場という新たなオモチャに夢中になっている。長らく魔界の政治を裏で操《あやつ》り続けてきたあの好色は、もはや政治などには飽《あ》き飽きしている筈《はず》だ。あれこれと陰謀《いんぼう》を巡《めぐ》らせるよりも、何も考える事なくひたすら女達との遊びに溺《おぼ》れている方が楽しいだろう。

……あの遊戯場など幾《いく》らでもくれてやる。代わりに魔界はこの私が貰《もら》う。

マドニスが己《おのれ》の野望を想いながらそっと暗い笑みを零していると、

「――だが実際のところ、ジン・トージョーの息子はどこへ消えたのでしょうなあ？」

いつの間にか他の枢機院メンバーの話題は刃更の行方《ゆくえ》へと移っていた。

刃更の所在については穏健派だけでなく、枢機院の方でも押さえられていない。レオハルト達も居場所を摑《つか》めてはいないらしく、完全に行方不明の状態だ。

「尻尾《しっぽ》を巻いて逃《に》げ出したのだとしたら面白《おもしろ》いが、恐《おそ》らくそれはあるまいよ」

「とはいえ彼奴《きやつ》の相手は恐らくレオハルトだ。例の消去技は確かに脅威《きょうい》だが、それでも正面から戦ってあのレオハルトに敵《かな》うとは思えん。当人にその自覚があるのなら、今頃《いまごろ》はどこかで人知れず戦術の最終確認でも行なっているのかもしれんな」

「成る程《ほど》、その線は有り得ますな。勇者の一族は隠密《おんみつ》行動用の結界具を持っている……あれを使えば、こちらも霊子《れいし》反応の追跡《ついせき》を行なえませんしな」

「何にせよ、そんなものは悪足掻《わるあが》きに……いや、無駄《むだ》な足掻きに過ぎんな」

「ああ、全くだ」

他の面々が口々に言いながら笑い合って肩《かた》を揺《ゆ》らす中、

「――――――」

アドミラスがふと、観覧室の扉《とびら》を開けて廊下《ろうか》の様子を確認した。

「どうした？」

配下の行動の意図を尋《たず》ねたマドニスに、

「いえ、何でもありません……ただの気のせいだったようです」

そう言って、アドミラスはそっと扉を閉めた。

そして静まり返った廊下に、

「やれやれ……色々と陰謀を巡らせてくれて、楽しそうな事ですね」

虚空《こくう》からフッと姿を現したのは、枢機院《すうき》の様子を探《さぐ》りにきたバルフレアだった。

案の定というべきか、やはり枢機院は何かを企《たくら》んでいるらしい。気になったのは、

「……アレを温存できた、ですか」

廊下を歩き出しながら、バルフレアは己が耳にした言葉の意味を想った。あの口ぶりからみるに、どうやら枢機院の切り札のようだが……流石に何を指しているのかまでは解らない。考えられる可能性としては、アドミラスが隠《かく》しているジョーカー的な特殊《とくしゅ》能力か、

「それとも……次に出る筈だった者でしょうね」

枢機院が選んだ代表の素性《すじょう》については、一切《いっさい》こちらに情報は来ていない。武舞台《ぶぶたい》に姿を現すまで、どのような者が選ばれているか知る術《すべ》はないのだ。

「念のため、調べておきますか……」

不戦勝になった以上、このままだと四番手で出る筈だった者の素性は解《わか》らずじまいになる。だがその不確定要素を残して、このまま決戦を続けては、いつそれが致命的《ちめいてき》なリスク

となってこちらへ牙《きば》を剝《む》くか解らない。

……枢機院が選抜《せんばつ》したメンバーの控え室は、確か南の別室でしたね。

そう思った瞬間、ふとアリーナで歓声が沸《わ》き上がった。足を止め、壁《かべ》を切り取るようにして作られた窓から武舞台の様子を見たバルフレアは、既《すで》に武舞台へ上がっている穏健《おんけん》派の五番手の少女と、そして枢機院が選んだ五番手の代表が通路から姿を現したのを見た。

穏健派は、勇者の一族の少女……アドミラスに敗北した娘《むすめ》の姉だ。そして、

「あれは――ベナレス卿《きよう》の配下の」

そう呟《つぶや》いたバルフレアの視線の先では、巨体《きよたい》の魔族《まぞく》が武舞台へと上がろうとしている。

15

姿を現した対戦相手に、野中柚希は眉《まゆ》を顰《ひそ》めていた。

丸太よりもなお太い腕。疑いようのない程の頑強《がんきよう》さを持っているであろう巨大《きよだい》な体軀《たいく》。

しかし、それ自体には特に驚《おどろ》くような事はなかった。人と比べれば異常ではあるものの、魔族の中にはもっと異様な姿をした者もいる。

引っ掛かる事があるとすれば、その魔族の外見が柚希の知っているもので、さらにその

魔族は以前、柚希の見ている前で死んでいるという事だ。

すると、分厚い唇《くちびる》をめくるようにして巨体の魔族が口を開き、

「勇者の一族なんだってな。それにその顔……さては兄貴を殺してくれた連中ってのは、テメエらだな？」

聞き覚えのある声で、こちらへ向かって言ってくる。

「──兄貴？」

「おう。テメエらが以前ぶっ殺してくれたのは俺の兄貴だ」

眉を顰めた柚希に、巨漢《きょかん》の魔族は肩を揺らして笑いながら、

「ああ勘違《かんちが》いするな……別に恨《うら》んじゃいねえ。アイツは背格好こそ俺と似ているが、中身は口だけの落ちこぼれだ。このヴォルガ様を、あんな出来損《できそこ》ないと一緒《いっしょ》にするなよ」

「…………………」

ヴォルガの言葉に、しかし柚希は無言を返した。

ただ黙《だま》って『咲耶《さくや》』を具現化すると、静かに戦いが始まる合図を待つ。しかし、

「愛想《あいそ》のねえ女だな。あれか？　妹が無様なやられ方したせいで恥《は》ずかしいのか？」

あァ？　と嘲《あざけ》るように問われた柚希が、

「…………」

無言のままピクっと肩を震《ふる》わせ、冷たく細めた瞳《ひとみ》でヴォルガを見据えた。すると、

「おう何だ……そんな顔もできるんじゃねえかよ」

こちらの視線を受け止めたヴォルガが、ふふんと笑って、

「俺様はアドミラスみたいな退屈《たいくつ》な戦いはご免《めん》だからな……あんなクソ弱《よえ》ぇガキと姉妹のテメエでも少しは力が出せるように、良い事を教えてやる」

そう言うと、手の平を上に向けたゴツイ右手をこちらへと掲《かか》げて見せてきて、

「――――」

そして野中柚希は眼《め》を見張った。ヴォルガが小さな竜巻《たつまき》のような魔力《まりよく》波を手の平の上に生み出し――やがて、それがあるものを形作ったのを見たからだ。

刃更の制服のボタンだった。恐らく魔力を物質へと変換《へんかん》する類《たぐ》いの能力なのだろう。

「…………」

だが柚希にとって、能力の原理などはどうでも良かった。問題は、胡桃を卑怯《ひきょう》な手で欺《あざむ》いた――その原因をヴォルガが作ったという事だ。

「俺様は、こういう繊細《せんさい》な真似《まね》もやれてな……どうだ？　よくできてるだろうが。単純なガキを騙《だま》すなんざお手の物って訳よ」

肩を揺らし、せせら笑うように言ってくるヴォルガに、

「…………そう」

野中柚希はそれだけを言った。よく解った——完全に納得《なっとく》した。胡桃をあんな眼に遭《あ》わせたのはアドミラスという男だが、その原因を作ったのは眼の前の魔族だ。そして、これは自分に対する安い挑発《ちょうはつ》……だから柚希は、そんなものには乗らない。

ただし、ヴォルガが口にした真実と、胡桃に対して吐《は》いた侮辱《ぶじょく》の言葉——それらを、柚希はしっかりと心に刻んだ。そして、それ以上は何も言わずに佇《たたず》むこちらに、

「フン……」

ヴォルガは作り出したボタンをギュッと握《にぎ》り潰《つぶ》し、砂のように粉々になった残骸《ざんがい》を虚空へと撒《ま》いて——直後、その瞬間《しゅんかん》は訪《おとず》れた。

——この決闘《けっとう》は戦う者同士が相対し、両者に相応《ふさわ》しい戦闘《せんとう》空間が展開する事で始まる。だが今回は違《ちが》った。まるでこの闘技《とうぎ》場自体が柚希とヴォルガが戦うのに相応しいかのように、空間が切り替《か》わる事のないまま戦闘開始を告げる銅鑼《どら》が打ち鳴らされた。

まるで不意打ちのようなイレギュラーに、

「————」

しかし野中柚希は、一切構う事なく動いていた。

武舞台の地面を蹴《け》るや、ヴォルガへ向かって一直線に駆《か》け出した。

ヴォルガの視線の先で、勇者の一族の少女が弾《はじ》かれたように前へ出た。

イレギュラーな状況《じょうきょう》をものともせず、こちらの機先を制するつもりなのだろう。だが、

「ハッ、甘《あめ》えな……！」

その程度の事などこちらも想定済みだ。だから突《つ》っ込んでくる柚希に対し、

「ぬぅうあぁぁぁぁぁぁぁぁあ！」

気合いの咆哮《ほうこう》と共にヴォルガは己の全身に力を込めた。すると、ぶわっと膨《ふく》らんだ巨体を紫《むらさき》の粒子《りゅうし》が覆《おお》い尽《つ》くし——そして次の瞬間、ヴォルガの姿は全くの別物へと変容する。

己の魔力を武装へと変化させ、頑強な魔獣《まじゅう》べヒーモスの装甲《そうこう》を纏《まと》ったのだ。

これが、ヴォルガが兄ヴァルガを出来損ないと切って捨てた理由——『霊魔装《れいまそう》』。

腕力《わんりよく》、脚力《きゃくりよく》、体力、防御力《ぼうぎょりょく》。あらゆる身体能力を劇的に飛躍《ひやく》させたヴォルガは、さらに柄《え》の長い巨大戦斧《せんぷ》までをも具現化する。

しかし、ヴォルガが己の武器を両手持ちで振《ふ》り上げた時には、既に柚希はこちらの懐《ふところ》へと入り、横薙《よこな》ぎの斬撃《ざんげき》の体勢へと入っていた——だが、ヴォルガはまるで構わない。

この霊魔装状態に入った時点で、既に防御は終了《しゅうりょう》している。だから、

「────────」

居合いのように霊刀を抜《ぬ》き去りそのまま斬撃へと転化させた柚希に対し、

「うおおぉぉぉるぁぁぁぁぁああああっ！」

ヴォルガはカウンターで巨大戦斧を振り下ろした。

──直後、生じたのは闘技場全体を揺るがすような轟音《ごうおん》と震動《しんどう》だ。

ヴォルガの放った一撃《いちげき》は武舞台を一発で破壊《はかい》していた。その衝撃《しょうげき》に巻き込まれた柚希は跡形《あとかた》も残らない。それどころか、ヴォルガ自身は斬撃を胴《どう》に受けた感覚すらなかった。

恐らく、こちらが放ったカウンターに怯《ひる》み、攻撃《こうげき》と回避《かいひ》を一瞬《いっしゅん》迷ってしまったのだろう。その結果、そのままこちらの攻撃だけを食《く》らう羽目になってしまったのだ。

「ハッ……たった一発で木《こ》っ端微塵《ぱみじん》か？　ショボすぎんぞオイ！」

嘲笑《あざわら》うように吐き捨てたヴォルガは、武舞台を叩《たた》き壊《こわ》した己《おのれ》の斧《おの》を持ち上げようとして、

「うお……っと」

何故《なぜ》か前へとつんのめりかけ、とっさにその場へ踏《ふ》ん張った。

しかし──それでもヴォルガは斧を持ったまま前のめりに倒《たお》れてしまう。

「あァ？　何だこりゃ……」

霊魔装モードになったのは久方ぶりの事だった。その状態で全力の一撃を放つなど、も

しかしたら初めての事かもしれない。あまりに気合いを入れた結果、少しばかり力を振り絞《しぼ》りすぎて足に来てしまったのだろうか。

そう思い、何気なく振り向きの動作で己の下半身の状態を見たヴォルガは、

「お――…?」

ふと眉を顰める。ヴォルガの下半身は立っていた。膝《ひざ》と腰《こし》の状態もしっかりしたものだ。にも拘《かか》わらず、現在ヴォルガは倒れていて――だが、その二つの状況は矛盾《むじゅん》しない。

上半身と下半身が別々になっていれば。

「――――」

そしてヴォルガは見る――今もなお立ったままでいる己の下半身の向こうに。

こちらへ背中を向けたまま、霊刀《れいとう》を手に静かに佇む少女の背中があるのを。

16

巨体を水平に断《た》たれたヴォルガは、それでもなお柚希と戦い続けようと上半身を暴れさせていた。しかし、大量の出血で程《ほど》なくして意識を失い、そのまま動かなくなる。

「おいおい……出来損ないの兄貴よりも気持ちの良いやられっぷりだな」

　ヴォルガの呆気《あっけ》ない敗北に、控《ひか》え室でその様子を見ていたラースは苦笑《くしょう》した。

　すると映像の中、柚希が霊刀『咲耶』をキンと鞘《さや》に納めると、ヴォルガの一撃で破壊された武舞台が一瞬で修復された。どうやら戦闘空間に切り替わらなかった訳ではなく、武舞台を模したものが展開されていたらしい。

　そんな中、柚希は倒れているヴォルガを一瞥《いちべつ》さえせずに武舞台を降りていっていた。

　胡桃がアドミラスにやられた怒《いか》りがまだ収まっていないのだろう。その迫力《はくりょく》に、アリーナの観客達は野次《やじ》一つ飛ばせずにいる。そして控えていたスタッフがヴォルガを台車のようなものに乗せて運び出してゆく中、

「──で、この後はどうするよレオハルト？」

　穏健《おんけん》派の控え室に続く通路へ戻《もど》ってゆく柚希の映像から、視線を移してラースが問うと、

「…………」

　レオハルトがこちらへ返してきたのは重い無言だった。枢機《すうき》院が推薦《すいせん》したヴォルガの敗北に、少しばかり溜飲《りゅういん》を下ろした……などという訳ではない。次の六番手を務める副官のバルフレアが、先ほど枢機院の様子を探《さぐ》りに行ったきり戻ってきていないのだ。

「流石《さすが》にそろそろ用意しないとマズイぞ。通話魔法《まほう》で呼び掛《か》けても駄目《だめ》なのか？」

「……ああ。バルフレアの霊子反応がどこにも感じられない」

それは通話以前に、バルフレアとのチャンネル自体が構築できないという事だ。

レオハルトの一番の忠臣であるバルフレアが、この状況で自分から姿を消すとは考えにくい。だとすれば最も考えられる可能性は、

「東城刃更が姿を消したと思ったら次はバルフレアか……まさかどっちも、枢機院に捕《つか》まるような事になってやしないだろうな」

「……考えたくはないが、その可能性がないとは言い切れん」

厳しい表情のまま言ったレオハルトに、ラースは嘆息《たんそく》交じりに、

「やれやれ……このままだと、また枢機院に付け込まれちまうぞ」

「とはいえ——こちらには今、他《ほか》に出せる要員はいない」

バルフレアの不在が伝われば、枢機院は間違《まちが》いなく自分達の配下を代わりに出そうとしてくるだろう。現状こちらはラースの一勝とルカの一敗。一方の枢機院は、ヴォルガこそ一敗を喫《きっ》したものの、胡桃に勝ったアドミラスと反則を犯《おか》したゼストから手にした不戦勝とを合わせて二勝を得ている状況だ。ただでさえこちらが不利なのに、これでバルフレアの不在まで枢機院にカバーされ、さらに勝たれでもしたら——たとえ最後にレオハルトが勝ったとしても、現魔王《まおう》派が得た五勝のうち三勝が枢機院によってもたらされた事になる。

これは実質的には枢機院が勝利を収めたのと同義だ。

「なら——このまま黙って見ているしかないって事かよ？」

眉《まゆ》を顰《ひそ》めてラースが問うと、若き魔王は首を横に振って立ち上がり、

「まさか。これ以上、枢機院共の好きにさせるつもりはない」

そしてレオハルトは言った。

「たとえこちらに戦闘要員はいなくても——奴《やつ》らの介入《かいにゅう》を防ぐ方法はある」

17

「棄権《きけん》……？」

穏健派の控え室で、場内に流れたアナウンスを聞いた澪は思わず眉を顰めていた。

六番手の副将戦を、現魔王派が棄権すると言ってきたのだ。

……どういう事？

何かのトラブルか、それともこちらへの罠《わな》か……それでもルキアが出る予定だった戦いをこちらが取った形になり、これで勝敗は互《たが》いに三勝三敗でイーブンだ。

決着は最後の大将戦へと委《ゆだ》ねられる事になる。

滝川に実力負けしてしまった万理亜はともかく、刃更の不在に付け込まれて動揺《どうよう》させら

れてしまった胡桃の敗北や、ゼストの反則負けといった卑怯な手での黒星を経てもなお、ここまで互角の勝ち数で来られた事は上出来と言っても構わない結果だ。

……でも。

成瀬澪の表情は晴れない——刃更がまだ戻ってきていないのだ。

想像以上に速いペースで試合が進んでいってしまった事もあるが、そんな言い訳が通じる筈《はず》もない。そして澪は、アリーナにひときわ大きな歓声《かんせい》が巻き起こったのを耳にした。壁《かべ》に投射されている映像を見れば、既《すで》にレオハルトが武舞台《ぶぶたい》に上がっている。

「どうしよう……このままじゃ」

今度はこっちが不戦敗だ。そして、それは穏健派の敗北を意味する。

焦燥《しょうそう》を露《あら》わにした澪が一人呟《つぶや》いていると、控え室へと入ってきた者がいた。

副将戦が不戦勝となったため戦う事なく帰ってきたルキアだ。彼女は室内に澪しかいない状況を認めると、

「刃更殿《どの》はまだ戻っていないようですね……ならば、ラムサス様に出ていただきますが問題ありませんね？」

「ルキアさん、お願い待って……まだ」

刃更が来ないと決まった訳では——そう澪が言い掛けたところで、映像装置に映る武舞

台が戦闘空間へと変わり始めた。イーブンで大将戦を迎《むか》え、穏健派と現魔王派の決戦に相応しいものへと作り替えられたのだろう。戦闘空間は、古い造りの都市へと変貌していて、

「……これは、いよいよラムサス様が出るしかなくなりましたね」

「どういう事？」

スッと眼《め》を細めて言ったルキアに澪がその意味を問うと、

「あれは、三代目の魔王レゾナスが治めていた古代都市ラーダです。初代魔王の血を引いていた彼は、二代目の魔王との戦いに勝利し、新たな魔王となりました……その戦いの場となったのが、あの古代都市です。そして現在、あの場所は歴史的価値の高さから上位魔法によって保存されており、魔王の血を引く者しか足を踏み入れる事ができなくなっています。空間自体は擬似《ぎじ》的な複製でしょうが、同様の特性があると見るべきでしょう」

「そんな……それじゃあ」

聞かされた説明に、澪は愕然《がくぜん》となって映像を見る。

これではたとえ刃更が来たとしても——レオハルトとの戦いの舞台には立てない。

18

戦闘《せんとう》空間として再現された古代都市。

その中央にそびえる高層建築物の屋上に、レオハルトは佇《たたず》んでいた。

この建物は第三代の魔王となったレゾナスが後に王城としたものだ。

対戦相手が姿を現す前に、武舞台が魔王の血を引く者しか入れないこの古代都市へと変貌を遂《と》げたという事は、レオハルトの戦う相手はラムサスになったという事だろう。

少なくとも残る穏健派のメンバーで、この舞台に立てる者は他にいない。そして、

……東城刃更は、結局戻って来なかったか。

僅《わず》かな失望を抱《いだ》きながら、それでもレオハルトはこの巡《めぐ》り合わせを仕方がないと思う。

枢機院の様子を探っていたバルフレアが、僅かな時間で消息を絶ってしまったのだ。

刃更もまた連中によって囚《とら》われるなどしてしまった可能性は充分《じゆうぶん》に考えられる。

……まあ良い。

最終的に持ち込めたこの状況《じようきよう》は、レオハルトにとって決して悪くはないものだった。

ネブラの上位英霊《えいれい》を一撃《いちげき》で葬《ほうむ》り去ったという話だし、何よりラムサスはあのウィルベルト

の兄だ。自分達と穏健派の決戦の最後を飾《かざ》るには相応《ふさわ》しいカードだろう。

欲《よく》を言えば、ウィルベルトの血と力を受け継《つ》いでいる澪と戦って勝利した方が、過去の亡霊《ぼうれい》の——歴代最強と謳《うた》われた先代魔王の影《かげ》を断《た》ち切り、現魔王としてのレオハルトの存在をより強く示す事ができたのだろうが、あちらが自分と澪との対戦を避《さ》けてきた以上、そこまでを望むのは流石《さすが》に欲張《よくば》りがすぎる。

……もう少しだ。

もう少しで、自分はこれまでずっと抱いてきた悲願を達する事ができる。

逸《はや》る気持ちを抑《おさ》えるように、レオハルトはそっと瞳《ひとみ》を閉じて対戦相手が来るのを待った。

その十秒後だった——甲高《かんだか》い鳴動音と同時に、僅かに周囲の空間に揺《ゆ》らぎが生じたのは。

「…………………」

レオハルトはゆっくりと両眼を開いた。すると見下ろす視線の先——大通りを挟《はさ》んで建っている高層建築物の屋上に、いつの間にか一人の青年が佇み、静かにこちらを見上げていた。その手に握《にぎ》られているのは、巨大《きょだい》な銀の魔剣《まけん》。それが誰《だれ》かなど言うまでもない。

「そうか……」

恐《おそ》らく魔王の血を引く者しか入れない結界を、例の消去技で消し去ったのだろう。

静かな呟きを放ったレオハルトは、自身もまた魔剣ロキをその手に具現化して告げる。

「——始めるぞ」

「ああ……」

こちらの呼び掛けに、かつて勇者の一族だった青年——東城刃更は頷《うなず》きを返して。

だからもう、それ以上の言葉はいらなかった。

——そして、戦いの始まりを告げる合図が生じた。

だが、今回はこれまでにあった銅鑼《どら》の音ではない。

古代都市中の鐘《かね》が一斉《いっせい》に鳴り始めたのだ。

それは、間もなく誕生する新たな魔界《まかい》の訪《おとず》れを祝福する鐘か。

ふたりが屋上の床《ゆか》を蹴《け》ったのは同時。

そのまま前方の空間へと飛び、互いに魔剣を振《ふ》るって繰《く》り出したのは全力の斬撃《ざんげき》。

東城刃更と現魔王レオハルトが、己《おのれ》の全《すべ》てを懸《か》けた一撃を激しくぶつけ合った。

第4章　見果てぬ夢のその先に

1

三代目の魔王《まおう》レゾナスが治めていた古代都市ラーダ。

魔界《まかい》の歴史の転換《てんかん》点となったかつての王都を模して展開された空間に響《ひび》く音がある。

連続して鳴り響く甲高《かんだか》い剣戟《けんげき》の嵐《あらし》と、時おり大気を震《ふる》わす衝撃《しょうげき》と振動《しんどう》。

それは激突《げきとつ》の凄《すさ》まじさを物語る戦闘《せんとう》音だ。

音の発生源は一箇所《いっかしょ》に留《とど》まらず、絶え間なく動いていた。そして——その音の先に、歴史的建造物群の屋根や屋上を踏《ふ》み台にして、絡《から》み合う風のように宙で交差し続ける二つの影《かげ》がある。銀の魔剣《まけん》を振《ふ》るう人間の青年と、黒の魔剣を振るう魔族《まぞく》の青年。

東城《とうじょう》刃更《バサラ》と現魔王レオハルトだ。互《たが》いに全力の初撃をぶつけ合った後、ふたりの戦い

は空間を大きく使用した高速戦へと突入《とつにゅう》していた。

……速いな。

自らも風と変わらぬ速度の中に身を置きながら、レオハルトは相手のスピードを想《おも》った。

純粋《じゅんすい》な腕力《わんりょく》や剣技《けんぎ》は、間違《まちが》いなくこちらの方が上。だが視線の先、次々と建物の屋根を蹴《け》りながら先を行く刃更のスピードは、明らかにレオハルトよりも速い。先の大戦で何人もの勇者の一族と剣を交えたし、バルフレアやラース、八魔将といった戦闘力に秀《ひい》でた仲間達を数多く見てきたが、ここまでの速さは正直記憶《きおく》になかった。ガルドの報告では、炎龍《えんりゅう》と合一した状態では刃更を速度で上回る事ができたという話だったが、

……間違いない。

今の刃更は、ガルドと戦った時よりもスピードを上げてきている。あの状態のガルドの力は確かに凄まじいが、それでも速さならレオハルトに軍配が上がる。そんなレオハルトが今は完全に追う立場に回っており、そして追い付けない。しかし、スピードで上回っている刃更がレオハルトからひたすら逃《に》げ回ってばかりかというと、そうではなかった。

行く手を阻《はば》むような広い通りを前に、刃更は加速を一つ入れて跳躍《ちょうやく》した。スピードで劣《おと》る分、脚力《きゃくりょく》で補って跳《と》んだこちらの先、宙の刃更は腰《こし》を捻転《ねんてん》。広げた両脚《りょうあし》で虚空《こくう》を掻《か》くように身体《からだ》を旋回《せんかい》させ、後を追うレオハルトと向かい合う体勢で、赤い屋根瓦《やねがわら》を撒《ま》き

散らしながら滑《すべ》るようにして着地すると、そこから一気にこちらへと向かってきた。

「…………！」

着地の体勢に入っていたレオハルトは、己《おのれ》へと繰《く》り出された右の斬《き》り上げに対し、振り下ろしの一撃《いちげき》を放った。相手の剣を受けるのではなく、こちらから強引《ごういん》に当てに行く。

直後、生じた激突による剣戟音が響く中、互いの刃《やいば》が重なった場所を支点に、相手の剣撃を受ける事で生じた反発の力を利用したレオハルトは、刃更の上を大きく飛び越《こ》えるように宙を前へと回転。そのまま隣接《りんせつ》する建物の屋上を着地点へと選び……しかし、そのまま降りず、横薙《よこな》ぎの軌道《きどう》で腰を回転させて後方へとロキを振り抜く。

次の瞬間《しゅんかん》、生じたのは軋《きし》むような金属音。飛び越えたこちらに対し、一瞬《いっしゅん》で背後にターンした刃更が斬撃《ざんげき》を放ってきたのだ。それを見越《みこ》しての回転斬《ぎ》りを繰り出したレオハルトがようやく着地すると、そこからふたりは息をつかせぬ近接戦闘へと移行した。

こちらの周囲数歩の範囲《はんい》の空間を高速移動しながら連撃を放ってくる刃更に対し、レオハルトはその場で剣撃を繰り出す事で対応。すると、レオハルトを取り囲むように無数の剣戟音が生まれ始める。

絶え間なく響く激突音。すると程《ほど》なくレオハルトの眼《め》の前で、ある現象が起きた。

こちらへと斬り掛《か》かってくる刃更が増殖《ぞうしょく》したのだ。

「これは……」

それは、ごく短距離《たんきより》の高速移動を繰り返し行なう事によって迎《むか》える到達点《とうたつ》。レオハルトの眼の前で、東城刃更の残像が生まれ始めている。

2

ついに始まった刃更とレオハルトによる大将戦。

その模様は、遠く離《はな》れた穏健《おんけん》派の本拠地《ほんきよち》であるウィルダートの城でも流れていた。穏健派にも自分達の代表が戦う様や、決戦の結果この魔界がどのような道を進む事になるかを見届ける権利を認めたレオハルトが、今回の決戦を映している映像投射装置の魔《ま》力《りよく》波動をウィルダートへ送る事を許可。そこでシェーラがあちらにいるルキアを通じて、向こうとこちらの映像投射装置の魔力波動のチューニングを合わせ、完全なリアルタイムで戦いを視聴《しちよう》できるようにしているのだ。

大広間や自室など至る所で、クラウスを始めとした多くの者達が固唾《かたず》を呑《の》んで戦いの行《ゆく》方《え》を見守る中。ウィルダート城の中庭——そこに植えられている木と木の間に勝手にハンモックを吊《つ》るし、網《あみ》の上に仰向《あおむ》けに寝転《ねころ》がってくつろいでいる者がいた。

アイマスク代わりに文庫サイズの本を顔の上に置いた東城迅《じん》だ。そんな迅の下へ、彼によってこの城まで連れてこられた現魔王派の少年兵フィオは歩み寄り、

「ねえ、アンタの息子《むすこ》とレオハルト様の戦いが始まってるよ……見ないの？」

呆《あき》れたように問い掛けると、迅は「ああ」と本を顔からどけて、

「ここまで来たら、別にもう見る必要はないだろうよ……」

「何それ……三勝三敗での大将戦で、この戦いの結果で魔界の未来が決まるんだよ？」

まあ、とフィオ。

「人間のアンタからすれば、オレら魔族がどうなろうと知った事じゃないのかもしれないけどさ……ならせめて自分の息子が心配じゃない訳？　結局こっちに残っちゃってさ」

「やる事はもうやったからな」

かつて戦神と呼ばれた男はさらりと言う。

「俺にできる事は、アイツが戦い始める前に稽古《けいこ》を付けてやる事と、戦い終わった後のケツ持ちくらいだ。アイツが勝とうが負けようが、やる事は同じ……勿論《もちろん》どう動くかは勝敗によって変わるが、今はここでこうしていれば充分《じゅうぶん》だよ」

大体、と迅。

「俺がホイホイ向こうへ行ったら、それこそ色々と厄介《やっかい》な事になっちまうのがオチだ。実

はこう見えて、魔界《こっち》でも結構面倒《めんどう》な因縁《いんねん》を抱《かか》えている身なんだよ」

「こう見えても何も、どうやってもそんな風にしか見えないよ」

と、フィオは嘆息《たんそく》。

「ねえ、アンタの見立てはどうなのさ？　息子さんはレオハルト様に勝てるの？」

「さてな。父親としては、可愛《かわい》い息子の勝利を信じてやりたいところだが……」

こちらの問いに、迅は肩《かた》を竦《すく》めて言った。

「そう簡単に勝てたら苦労はない。刃更が勝つ可能性は──二割が関の山だろうな」

3

レオハルトの前では、速度を上げ続けた刃更の残像がとうとう十体を超《こ》えていた。

大幅《おおはば》な緩急《かんきゅう》を生むストップ&ゴーなど、残像はスピードの認識《にんしき》差によって生じるものだ。

しかし、刃更は確かにこちらより速いものの、レオハルトは彼の姿を視認する事ができていた。にも拘《かか》わらず生じる残像──その理由をレオハルトは悟った。

……例の香水はこのためか。

最初に斬り結んだ時にすぐ気が付いたが、刃更の身体はこちらが彼の要望を受けて用意した香水の匂《にお》いを強烈《きょうれつ》に発していた。本来なら、己の位置をわざわざ敵に教えるような愚行《ぐこう》だが、スピードを長所としている者であれば話は別だ。

大量の香水を浴びた状態で高速の体捌《たいさば》きやストップ&ゴーを行なえば、ほぼ同じ形をした残香《ざんこう》が生じる。それがこちらに、刃更の姿として誤認識させているのである。

——そして、この香水にはもう一つ別の効果もあった。

レオハルトへの挑発《ちょうはつ》と攪乱《かくらん》だ。刃更がこちらへ用意させた、ゾルギアの死後に発売中止になった香水。それは新たに色欲《しきよく》の遊戯《ゆうぎ》場の支配者となったベルフェゴールが、ゾルギアの色を消す目的で、ゾルギアが遊戯場の女達に使わせていた物だと思っていた。

——だが違《ちが》った。ラースが購入《こうにゅう》して持ち帰ったものの中身を分析《ぶんせき》して解《わか》った事だが、刃更のオーダー通りに手に入れた香水は、一昨日《おととい》レンドヴァル城へと登城したベルフェゴールから香《かお》っていたのと同じ物だったのだ。恐《おそ》らく遊戯場の女達を完全に自分のものにするため、新たにベルフェゴールが選んだ物なのだろう。市場での流通を止めたのは、彼のものとなった遊戯場の女達に、魔界で唯一無二《ゆいいつむに》の香《かお》りを纏《まと》わせる目的からか。

とはいえ一昨日の時点ではまだ、刃更がゾルギアとベルフェゴールの、どちらの香水を欲しがっていたのかは解らなかった。だが最初の代表者同士の顔合わせをした時の澪《みお》からは匂わず、今の刃更から香ってくるという事は、レオハルトの心を乱すのが目的だろう。

「――――」

刃更から絶え間なく繰り出される攻撃《こうげき》に、一瞬の判断ミスが即《そく》致命となりかねない状《じょう》況《きょう》下で、レオハルトは瞬間的に攻撃と防御《ぼうぎょ》と回避《かいひ》の判断を続けながら思う。ここまで何度となく刃更と斬り結んできているが、それらのほとんどは刃更のタイミングだと。

攻撃の主導権を握《にぎ》られている形。スピードで上回られるというのはそういう事だ。

……だが。

レオハルトは、焦《あせ》りや動揺《どうよう》を抱《いだ》かない。確かに刃更のスピードは凄まじく、香水の効果による残像も厄介ではある。しかし今、レオハルトはその全《すべ》てに対応できていた。

それは刃更が放つ攻撃の質によるもの――刃更の剣撃は、どれも軽いのだ。この戦闘空間の外でこちらの戦闘を見ている者の眼には、スピードを活《い》かした連撃を放っている刃更の方が押しているように見えるのだろうが、しかしその派手な華《はな》やかさは見かけだけ。

これは腕力の問題ではなく、明らかに刃更が本来の力を出せていない事によるものだ。

……今までどこへ行っていたのかは知らないが。

恐らく、今の刃更はかなり手負いの状態なのだろう。得意の速度だけは辛《かろ》うじてトップスピードを保ててはいるが、この状態ではそれもそう長くは続くまい。ベルフェゴールの香水などという攪乱や挑発は、今の刃更にできる精一杯《せいいっぱい》の悪足掻《わるあが》きなのだろう。

──わざと時間を掛け、刃更を自滅《じめつ》させる事はできる。

だがそれは、下らない小細工を仕掛《しか》けてきた刃更と同じ土俵に立つ行為《こうい》だ。

刃更が香水をこちらへ用意するように言ってきたのは一昨日、そして刃更が姿を消したのは昨夜の遅《おそ》くだった。つまり、刃更は最初からレオハルトとの決戦で香水を使う作戦を立てていた事になる。そんな刃更と同じ土俵に立つような真似《まね》を、レオハルトは選ばない。

別に小細工を否定はしない。ただ自分は、あくまで魔王《まおう》として相応《ふさわ》しい戦い方を貫《つらぬ》く。

「──啼《な》けロキ」

レオハルトがそう発すると同時、手の中の黒の魔剣《まけん》が応《こた》えるように周囲に風を巻き起こした。それは辺りに滞留《たいりゅう》していた香水の匂いを一瞬で吹《ふ》き飛ばし、

「────」

残像を消された動揺で一瞬固まった刃更に、レオハルトは小細工なしの一撃を放った。

全力の袈裟《けさ》懸《が》けだ。

「っ────」

とっさに刃更がブリュンヒルドで受けようとしたが、しかしそれは失策だ。レオハルトは構う事なくロキを振《ふ》り下ろし、ブリュンヒルドもろとも刃更を強引に薙ぎ払《はら》った。

一切《いっさい》の手加減を排《はい》したレオハルトの剣撃《けんげき》は、容赦《ようしゃ》なく眼の前の敵を弾《はじ》き飛ばす。

遥《はる》か先に建つ、巨大《きょだい》な超高層《ちょうこうそう》の双塔《そうとう》へと向かって。

「つがああああああああああああぁぁ――くっ！」

レオハルトの一撃で、激しく後方へと吹っ飛ばされた刃更は、

……やばい、このままじゃっ！

衝撃《しょうげき》で仰《の》け反り天地が逆転した視界の中、宙を吹き飛ばされている自分の向かっている先に巨大な建造物がある事を確認。そして巨大な双塔の壁面《へきめん》がぐんぐん迫《せま》る中、

「っ――はあぁあっ！」

刃更は強引にブリュンヒルドを振り抜《ぬ》いた。すると生じた風の刃が先行する形で塔の壁面を吹き飛ばし、続けざまに塔の内部へと突《つ》っ込んだ刃更は、床《ゆか》にブリュンヒルドを突き立てて止まろうとするが、硬《かた》い石造りに床を剣先で搔《か》く事しかできず、

「ぐっ……こ、の……止まれえええええっ！」

それでも刃更は諦《あきら》める事なく己《おのれ》の全体重を掛けると、やがてブリュンヒルドの切っ先が床を抉《えぐ》り、耳障《みみざわ》りな音と共に激しい火花を撒《ま》き散らして――その状態のまま数十ｍを要しながらも、刃更はどうにか己の制動に成功する。そして薄暗《うすぐら》いフロアに無数のテーブルや

椅子《いす》の残骸《ざんがい》が転がった、議事堂か何かだったと思われる空間の床へと降り立ち、

「っ……はぁ、はぁ……くっ――っ」

荒《あら》い息を吐《は》いていた刃更は、ふと脇腹《わきばら》に走った激痛に顔を苦悶《くもん》で歪《ゆが》めた。

どうやら強引《ごういん》にブレーキを掛《か》けようと力を込めすぎた事で、腹の傷が開いたらしい。

……こっちの状態は、間違《まちが》いなく気付かれているだろうな。

血の臭《にお》いは香水で誤魔化《ごまか》せてはいると思うが、あれだけ斬り結んだのだ。レオハルト程《ほど》の実力の持ち主ならば、とっくに刃更の状態など見破っているだろう。

――だが仕方がない。刃更の腹部の傷は、一人でこの決戦のために必要な『準備』をしていた時に負ったものだ。そして、その『準備』は絶対にやらなくてはいけない事だった。

だから、東城刃更は己の負傷を後悔《こうかい》していない。その上で、

……何とかしないと。

今の自分で、あのレオハルトと渡《わた》り合うにはどうすれば良いかを必死に考える。

ベルフェゴールの香水を使った挑発と、匂いを利用した残像での攪乱は通じなかった。

この状態では、先程まで出せていたトップスピードも不可能だろう。

自分に残されているカードの枚数とその中身から、急いで次の作戦を練っていた刃更は、
そこでふとある音を聞いた。それはガキィン！　と鈍《にぶ》く響《ひび》き渡るような金属音で、

「っ……何だ……？」

思わず眉《まゆ》を顰《ひそ》めた刃更が次に感じたのは、地鳴りのような音と塔全体が揺《ゆ》れる震動《しんどう》。

地震の二文字を思い浮《う》かべた刃更は、少し離れた窓から見える双子《ふたご》の塔を見て、

……違う……っ！

そこでようやく自分の立っている場所に——巨大な塔に何が起こっているかを理解し、戦慄《せんりつ》した。外の景色が斜《なな》め上に動いていっている……つまり先程の金属音は塔自体が壁《かべ》や柱ごと切断された音で、恐らくこの塔は刃更の立っている所から数フロア下辺りを横方向へ抜ける形で斜めに断《た》たれて、斬《き》られた上の部分が切断面に沿って滑落《かつらく》を始めている。

誰《だれ》がそんな真似をしたかなど解りきっている。戦闘《せんとう》はまだ続いているのだ。

だから刃更は即座《そくざ》にその場を離脱《りだつ》しようとした——だができなかった。こちらが塔の内部へ突っ込む際に吹き飛ばした壁の穴から、黒衣の青年が飛び込んで来たからだ。そして、

「————」

レオハルトは刃更の姿を認めると、一足飛びでこちらへと向かってきて、

「っ……くそっ！」

今のスピードで逃《に》げても、背中から斬られて終わりだ。だから刃更は立ち向かうように自分からもレオハルトへと向かって——そして互《たが》いに斬り結んだ瞬間《しゅんかん》、それは起きた。

刃更達のいる塔の上部分が、とうとう切断面の端《はし》まで滑落してしまい——そのまま地面へと落下を開始したのだ。フロア全体が横向きになった瞬間、壁が天井《てんじょう》へと変わり、床に転がっていた椅子や机の残骸が一斉《いっせい》に降ってくる中、

「おおおおおおおおおおおおおっ！」

「はああああああああああああっ！」

刃更とレオハルトは混乱の中で戦闘を続けていた。リアルタイムで変動する空間の安全地帯を縫《ぬ》うように移動し、或《あ》いは残骸を切り捨てながら、互いに魔剣を振るって次々に剣撃を放ってゆく。剣戟の度《たび》に生じる火花が、暗いフロアの中に二人の姿を浮かび上がらせる一瞬《いっしゅん》の照明だ。天井・床・壁の全てを互いの足場にして戦場を立体的にして斬り結ぶ中、

「——せあっ！」

先に動いたのは刃更だ。斬撃《ざんげき》の途中《とちゅう》で一旦《いったん》ブリュンヒルドの具現化を解除。しかし即座に再具現化を行ない、次元の境界を鞘走《さやばし》りにした居合いの『次元斬《じげんざん》』を放つ。

狙《ねら》うのは武器破壊《はかい》——レオハルトの魔剣ロキを断つ。しかし、

「具現化を鞘走りとして斬撃の鋭《するど》さを増す、その技《わざ》の事は聞いている——」

そう言うなり、レオハルトは刃更の『次元斬』を防いだ。迅が刃更の腕《うで》の振り抜きを止める事で発動前に止めたのに対し、レオハルトは自らもまた魔剣の具現化を解き、再度の

具現化を実行。するとロキの具現化による次元の歪みで刃更が鞘走りに使おうとしていた次元の境界が干渉《かんしょう》を受け――結果『次元斬』をただの斬撃にしてあっさりと受け止められ、

「なっ……!?」

驚愕《きょうがく》するこちらに、

「流石《さすが》に真似はできないが、防ぐだけならこれで充分《じゅうぶん》だろう」

そう言うなり、レオハルトは足場にした壁を削《けず》るようにして斬り上げを放った。すると衝撃が壁を這《は》うようにして一気に刃更へと迫ってきて、

「くっ――」

とっさに横へ跳《と》んで回避した刃更は、しかしその一瞬の隙《すき》にレオハルトの姿を見失い、そして横から回り込んできていた彼の姿に刃更が気付いた時にはもう遅かった。

向こうは既《すで》に大上段からの振り下ろしを放っていて、

「――――っ！」

辛うじてブリュンヒルドでの防御が間に合うが、とっさに踏《ふ》ん張った刃更の足下《あしもと》――戦闘の衝撃で脆《もろ》くなっていた壁が抜け、そのままレオハルトに剣を振り抜かれた刃更は、落下中の塔の真下へ突き落とされるように吹っ飛ばされた。

「ぐあああぁっ――……っ！」

地面までまだ百m以上ある——そのまま落ちれば墜落《ついらく》死は避《さ》けられない高さだが、幸いにも刃更はある場所へ降り立つ事ができた。それは並んで建っているもう片方の塔と、刃更達のいた塔とを結ぶようにして宙に掛けられていた連絡《れんらく》通路だ。

だが、その上にどうにか着地したものの窮《きゅう》地《ち》は続いていた。刃更の眼《め》の前に、先程までいた落下中の塔が迫っている。そして別の窓から外へと飛び出したレオハルトは、しかし、刃更のように足場を必要とはしなかった。

「————」

宙のレオハルトの背に黒い粒子《りゅうし》が集まりだし——次の瞬間《しゅんかん》、巨大《きょだい》な黒い翼《つばさ》がバッと生え広がったのだ。そしてレオハルトは、二枚の黒翼であっさりと空中へと浮遊《ふゆう》してみせて。

対するこちらが生き残れる方法は一つだけ——だから刃更はある技《わざ》を放った。

それは、迅から授《さず》けられていた二つある切り札の内の一つ。両手で握ったブリュンヒルドを振り抜き、東城刃更は《無次元の執行《バニシングシフト》》の力を消滅《しょうめつ》エネルギーとして放出する。

「っ——おおおおおおおおおおおおおおっ！」

刃更が繰《く》り出した消滅剣閃《しょうめつけんせん》は、扇状《おうぎじょう》に広がる波動となって眼前まで迫っていた塔の上層部分を一瞬で粉々にして吹き飛ばした。大量の砂塵《さじん》がまるで地上へと吹き下ろす風のように、刃更の横を抜けてゆくがそれだけだ。

……やった……っ。

確かな手応《てごた》えと共にどうにか命を拾った刃更が宙を見上げると、既にレオハルトはその剣身《けんしん》に闇《やみ》を纏《まと》ったロキを腰《こし》だめに構えていて、

「大した威力《いりょく》だ……ならば今度はこちらの番だな」

一息、

「——喰《く》らい尽《つ》くせロキ」

レオハルトが黒の魔剣《まけん》を振り抜いた瞬間——轟《ごう》っと大気を巻き込みながら空間を歪ませる闇の奔流《ほんりゅう》が刃更へと押し寄せてくる。脇腹に走る激痛に刃更は一瞬顔を歪めながら、

「うおおおおおおおおおおおおっ！」

それでも《無次元の執行》を繰り出した。当然ながら完全消去ではない。弾き散らす事だけを考えた強引な一撃《いちげき》で、レオハルトが放った闇の奔流を迎《むか》え撃《う》つ。しかし、

……っ、重い……っ⁉

レオハルトの闇の波動の余りの出力に、両手で持ったブリュンヒルドが押し込まれて持って行かれそうになり、刃更は己の両腕《りょううで》に力を込めた。

脇腹から血管が弾《はじ》けたように出血するが構わない——振り抜く。

「があああああああああああああああっ！」

獣《けもの》のような咆哮《ほうこう》を上げながら、刃更はどうにか《無次元の執行》を繰り出した。

そして──辛《から》うじてレオハルトの闇の奔流を弾き散らす事に成功し、

「──その消去技の事も聞いている」

不意に、刃更の眼の前から声がした。見れば、こちらの右斜め前──身を沈《しず》めているレオハルトがいた。既に魔剣ロキの斬撃を繰り出す体勢に入っており、

「っ──」

両手持ちの状態でブリュンヒルドを全力で振り抜く事で繰り出す《無次元の執行》。

その発動後に生じる一瞬の隙を狙われた。ブリュンヒルドを振り抜いた事でガラ空きとなった刃更の右の脇腹に、レオハルトの放った斬撃が吸い込まれ、

「────っ！」

とっさに刃更は両手持ちしていたブリュンヒルドの柄《つか》から装甲《そうこう》化している右手だけを離《はな》すと、そのまま前腕《ぜんわん》部分でロキの斬撃を受けた。

──この装甲は、ブリュンヒルドの具現化によって生じるものだ。

その強度も、ブリュンヒルドの剣身と同じ──ただし、明らかに異なるものがある。

厚みだ。魔剣本体と同じ厚さの装甲では、右腕《みぎうで》が重くなりすぎて刃更の腕力《わんりょく》ではブリュンヒルドを振《ふ》るえなくなる。そして軽くした分だけ右腕の装甲は薄《うす》くなっており、耳障

りな金属音と共に刃更の右前腕部の装甲——その外殻《がいかく》部分が縦に断ち切られて剝《は》がれ、内部構造が露出《ろしゅつ》した。それは刃更自身でさえ初めて目《ま》の当たりにするものだった。

しかし——感慨《かんがい》や何かの感想を抱《いだ》く暇《ひま》はなかった。レオハルトの剣閃がこちらの腕の主要な血管を断っていたのか、走った亀裂《きれつ》部分から真っ赤な鮮血《せんけつ》が吹《ふ》き出したのだ。

さらにレオハルトの剣撃の衝撃によって横へと飛ばされた刃更は、連絡通路から放《ほう》り出される形で宙を舞《ま》っており、

「……あ……」

呆然《ぼうぜん》となった時にはもう——東城刃更は地面へと落下していた。連絡通路の縁《ふち》に立ち、こちらを見下ろすレオハルトの姿が一気に遠ざかってゆく。そして、

『————』

刃更は遠い視線の先で、レオハルトが踵《きびす》を返してこちらへと背中を向けたのが見えた。

まるで勝負は付いたと言わんばかりに。

「…………」

地面への激突《げきとつ》が迫《せま》る中、東城刃更は一つの事を思う。このまま自分が死んだら、一体どうなるだろうかと。まず、この決戦では穏健《おんけん》派の負けが確定する事になる。

——だが、恐《おそ》らく澪達の安全は問題ない。何故《なぜ》なら、もし刃更が負けるような事があっ

たら、あの迅が大戦時の因縁《いんねん》に構わず動くと言っていたからだ。

刃更の自慢《じまん》の父親だ。迅ならば、刃更にはとても真似《まね》できないようなやり方で魔界《まかい》のいざこざを解決し、澪の自由と安全を確保するに違《ちが》いない。柚希《ゆき》や胡桃《くるみ》、万理亜《まりあ》やゼストもきっと大丈夫《だいじょうぶ》だろう。悔《くや》しいけれど、そう思わせるだけの力が迅にはある。そして、刃更の身体《からだ》はもうロクに動かなくて……だから、後の事は迅に任せて自分の敗北と死を大人しく受け入れてしまおう。そうすれば、このまま楽になれる――それなのに、

「…………っ！」

東城刃更は諦《あきら》められない。自分には大事な存在がいて、彼女達と交《か》わした大切な約束がある。それを嘘《うそ》にはしたくなかった。裏切りたくなかった。だから絶対に譲《ゆず》れない。

譲らない。

よって――東城刃更は今こそ、己《おのれ》に残された最後のカードを切る。

――ウィルダートを発《た》つ前、刃更はシェーラに頼《たの》んで用意して貰《もら》った薬があった。

一つは澪達との主従関係を深めるための強壮剤《きょうそうざい》。そしてもう一つ――命懸《いのちが》けの稽古《けいこ》の後に、迅から自分の母親について聞かされた刃更は、あるものを頼んだ。それは刃更の中に流れている、二人いる母親の血――その内の一方を強力に呼び醒《さ》ます起爆剤《きばくざい》だ。

東城刃更には譲れないものがある。そして、その大切なものを守るために必要ならば、

どんな事でもやると決めた。たとえその手を血で汚《よご》そうとも——そして。

たとえ自分が、これまでの自分と変わってしまおうとも構わない。

だから刃更は、奥歯の裏側に仕込んでいた錠剤《じょうざい》を舌で外し、

「————」

ゴクンとそれを呑《の》み下した。

魔力《まりょく》を帯びたその薬は食道を過ぎた瞬間、即座に分解と吸収が行なわれて、

「…——荒《あ》れ狂《くる》え、ブリュンヒルド」

刃更がそう呟《つぶや》いたのは——地面まであと十mを切ったタイミングだった。

4

これで現魔王《まおう》派と穏健派の決戦はこちら側の勝利だ、とレオハルトは思った。しかし、

……まだ倒《たお》さなければならない連中がいる。

枢機《すうき》院という名の老害達を始末するまでは、自分達の戦いは終わらない。

そうして次なる戦いへと意識を向かわせていたレオハルトは、

「っ————？」

突如《とつじょ》、己の真下で生じた激しい衝撃《しょうげき》と揺《ゆ》れに息を呑んだ。敵とはいえ死闘《しとう》を繰り広げた相手が、地面に激突して無残に死ぬ様を見るような事はしないと思っていたのだが、

「何だと……？」

連絡通路の上から地面を見下ろしたレオハルトは、思わず声を上げる。

この高さから落ちたにも拘《かか》わらず、刃更が生きていた。それどころか、地面に立ってこちらを見上げている——その全身に真紅のオーラを立ち上らせながら。

……あれは……。

そのオーラの色をレオハルトは知っていた……否《いな》、知らない訳がない。

この魔界全土を統《す》べる求心力を得るため、自分がずっと手に入れようとしていた、歴代最強と謳《うた》われた先代魔王ウィルベルトと同じオーラなのだから。

だとしたら、魔王の血を引く者しか足を踏み入れる事のできない古代都市ラーダを再現したこの空間に刃更が入る事ができたのは、《無次元の執行》で結界を消したのではなくて、

……まさか。

刃更のオーラの色に眼を奪《うば》われ呆然を得ていたレオハルトは、そこでようやく刃更の変化に気が付いた。刃更の身体が、レオハルトに近い黒を基調とした戦闘用装束の装甲《そうこう》によって覆われていた。さらに刃更の手に握《にぎ》られているブリュンヒルドも、戦乙女《ヴァルキリー》が翼《つばさ》を広げ

たかのように剣身の形状を変え、その大きさも倍以上になっている。まるで自己防衛本能を全開にし、自らの姿を覚醒《かくせい》状態へと変えたかのように。そして、

『────』

そんなブリュンヒルドを、刃更が無造作に振り下ろした──その瞬間《しゅんかん》、

「ぐっ──あああああああああああああぁぁぁっ!?」

真上から重い紅色の波動を受けたレオハルトは、連絡通路ごとその衝撃を浴び──そのまま一気に地面へと叩《たた》き付けられた。刃更の眼の前の地面に這いつくばる体勢になったレオハルトは、気を抜《ぬ》けば押し潰《つぶ》されそうな圧力にそれでも必死に耐《た》えながら、

……じゅ、重力魔法《まほう》だと……いや、違う……っ！

力の源は同じかもしれないが魔法ではない。刃更はこちらに対し、ブリュンヒルドを振るった──その動きが魔法発動のキーとなった可能性もゼロではないが、レオハルトがロキに内蔵された魔力炉《まりよくろ》を全開にして闇の奔流を放つように、刃更もまた、あの重力魔法を象徴《しようちよう》する紅のオーラをブリュンヒルドの斬撃《ざんげき》に乗せてこちらへと放ってきたと考えた方が自然だ。そうでもなければ、あの異様な形状へと変化したブリュンヒルドの説明がつかない。そうして推測を走らせる間にも激しい重力の奔流に晒《さら》されたレオハルトの周りは、いつしか地面を深く抉《えぐ》るように巨大《きよだい》なクレーターが穿《うが》たれており、

……っ、迂闊《うかつ》な……っ！

刃更を甘く見ていたつもりはないが、枢機院を倒すという最終目標に囚《とら》われていた事は事実だ。もはや身動きも取れない中、レオハルトはこの形勢逆転を許してしまった己の拙速《せっそく》を呪《のろ》った。だが戦場で命を落とすには、一瞬《いっしゅん》の油断や一度の後悔《こうかい》で事足りる。

必死に歯を食い縛《しば》りながら顔を上げると、

「────────」

刃更は冷たく無機質な瞳《ひとみ》でこちらを見下ろしており、そして右手で握ったブリュンヒルドをさらに振り下ろす動作を見せた。と同時、

「がっ……ぁ、っ……ぐ……っ！」

全身の筋肉があり得ない程《ほど》に拉《ひしゃ》げ、まるで悲鳴を上げるように骨が軋《きし》んだ。

そうやって悶《もだ》え苦しむレオハルトに、それでも刃更は手を止めない。

「────────」

黙《だま》ってブリュンヒルドを握る手に力を込めると、そのまま一気に押し切ろうとしてくる。

それはレオハルトを完全に押し潰すための動作で、

……っ、姉上……っ！

このままでは自分達が抱《いだ》き続けてきた悲願と、夢見た魔界の未来、そしてリアラの笑顔《えがお》

と温《ぬく》もり——その全てをレオハルトは失う事になる。そして枢機院が陰《かげ》から支配する魔界の体制は変わる事無く、未来永劫《みらいえいごう》続いていってしまうだろう。それだけは何としても避《さ》けなければならないのに、今のレオハルトには己の命を救うための手立てがなかった。

だから。刃更がそのままブリュンヒルドを振り下ろし、レオハルトの肉体を魂《たましい》もろとも押し潰す——その瞬間、

「……——駄目よ」

突如発せられた声と共に、刃更を止めた少女がいた。

——だが、それはリアラではなかった。もしリアラがレオハルトを助けるなら、彼女は刃更からレオハルトを守るように、こちらを背に庇《かば》うようにして立ちはだかっただろう。

しかし——その少女は、刃更を背後から抱き締《だし》める事で止めていた。

刃更の身体の前に回した両腕にギュッと力を込め、その背にそっと頬《ほお》を寄せているのは、

「成瀬《なるせ》……澪……——っ？」

そう。そこに居たのは魔王の娘《むすめ》に生まれながら、人として生きる事を選んだ少女だった。

突然《とつぜん》の介入《かいにゅう》に思わず呆然の声を漏《も》らしたレオハルトは、そこでハッと気が付く。

声が出せる……レオハルトを襲《おそ》っていた激しい重力波の嵐《あらし》が弱まっていた。

——その理由を、魔王として生きてゆく事を選んだレオハルトは見た。

澪の纏《まと》う紅のオーラが、同じ色をした刃更のオーラを優《やさ》しく覆《おお》い包んでいる。

5

自身の決闘《けっとう》では、最後まで使う事のなかった先代魔王ウィルベルトの力。

成瀬澪はその力を、自分が戦うためではなく刃更を止めるために使っていた。

――刃更がなぜ、自分と同じ重力系の力を使えているのか澪には解《わか》らない。

だが今の刃更を止めるには、他《ほか》に方法がないと思った。こちらの重力魔法で刃更の重力系の力へと干渉《かんしょう》し、沈静《ちんせい》化させる以外には。

――昨夜、ゲスト用居館を出ようとしている刃更から、澪達はある頼み事をされた。

あくまで可能性は低いとしながらも、もしも刃更が何かでレオハルトを殺してしまいそうになったら――その時はどうか自分を止めて欲しいと言われたのだ。

理由は解らない。だが刃更には何か狙《ねら》いがあるのだろう。よって刃更に頼まれた澪達は、すぐに頷《うなず》いた。刃更から本気で頼まれれば、拒《こば》む事はできない。

少なくとも澪にとって、刃更は絶対的な主《あるじ》であり――何より大切な家族なのだから。

そして――自分達の中で、現在この空間に入る事ができるのは澪だけで。

だから今、その約束を果たすのは澪の役目だった。レオハルトを助ける訳ではなく、刃更の暴走を止める。とはいえ自分まで力を暴走させて、意識を失ってしまうような真似は絶対にしない。あくまで相手は刃更で、自分は彼を止めるだけで良いのだから。

よって澪は、己の中でしっかりと魔王の力を制御《せいぎよ》する。

——滝川《たきがわ》には以前、いざという時に刃更を殺せる位に強くなれと言われた事があった。

だが澪は、結局そうした強さを最後まで得る事ができなかった。

……でも。

それで良いと澪は思う。その代わり、自分達はもっと深い関係を作る事ができたのだから。たとえ何があろうと切れる事のない強い絆《きずな》。自分達はそれを信じて、皆《みな》で一緒《いっしょ》に大切にしながら生きてゆくと決めた。だから——何としても止める。

「刃更……もう充分《じゅうぶん》だから」

澪は彼の名前を呼ぶと、己の胸を刃更の背中へと押し付けた——自分の心臓の鼓動《こどう》を、刃更の鼓動へと重ね合わせるように。

一番に伝えるのは、自分がここにいる事だ。

今までも、そしてこれからも、成瀬澪は東城刃更の傍《そば》に寄り添《そ》い続けると。

そして——澪は背伸《せの》びをすると、刃更にだけ聞こえるように彼の耳元へそっと囁《ささや》いた。

「──お願い、お兄ちゃん」

主従契約《けいやく》の呪《のろ》いは発動していない──それでも澪は、刃更をそう呼んだ。

成瀬澪は知っている。自分がそう呼んだ時、刃更は絶対に応《こた》えてくれると。

……そうよ。

そんな刃更だから、澪は妹として、下僕として──一人の女の子として、彼の事を好きになったのだ。そうやって抱《いだ》き続けた強い想《おも》いは、決して澪を裏切らない。

「…………」

刃更がふと、ブリュンヒルドを下ろした。振《ふ》り下ろしたのではない……込めていた力を抜いて、ゆっくりと下ろしたのだ。そして眼《め》の前で長い嘆息《たんそく》が生まれた後、刃更の身体《からだ》の前へと回していた澪の手に、彼の左手がそっと重ねられて、

「…………澪」

そうこちらを呼びながら振り返ってきたのは、もういつもの刃更だった。

出逢《であ》った頃《ころ》とは違《ちが》う──でも出逢った時よりもずっと好きな今の刃更だ。だから、

「────」

もう我慢《がまん》できなかった。戦闘《せんとう》空間の外で誰《だれ》に見られていようと構わない。

成瀬澪は、今度こそ刃更へと抱き付いた。

——そして見ている全ての者達へ、たった一つの真実を教える。

自分は穏健《おんけん》派のものでも、現魔王派のものでも、ましてや枢機《すうき》院のものでもない。

成瀬澪は、もうずっと前から——東城刃更のものなのだと。


刃更達のいる戦闘空間の外は、シンと静まり返っていた。

空間内の様子を映像で見守っていた観客達が、言葉を失っていたからだ。

——澪が行なった介入は、刃更とレオハルトの決闘を邪魔《じゃま》する行為《こうい》である。

だが、ゼストの時のように刃更を反則負けにしろと即座《そくざ》に言い出せる者はいない。

理由や意図はどうあれ、澪の行為は結果的に、刃更に殺され掛《か》けていたレオハルトの命を救っていたのだから。そして、

『————』

映像の中、起き上がろうとしたレオハルトへ刃更がそっと手を差し伸《の》べて、

『…………………』

対するレオハルトは長い沈黙《ちんもく》の後――やがて、ゆっくりとその手を取った。
そして現魔王《まおう》と、先代魔王の娘と、戦神と呼ばれた勇者の息子《むすこ》が並び立つ。
それは現魔王派と穏健派の決戦の果てには訪《おとず》れる事がないと思われていた光景。
その光景に――闘技場《とうぎ》にいた誰もが一瞬、争いのない魔界《まかい》という名の未来を見た。
だが――この展開と状況《じょうきょう》が訪れる事を、別の意味で待ち侘《わ》びていた者達がいた。
戦神ジン・トージョーの息子にして、《無次元の執行《バニシングシフト》》の使い手の東城刃更。
史上最強と謳《うた》われた先代魔王ウィルベルトの一人娘の成瀬澪。
そんなウィルベルト亡《な》き後、新たな魔王として台頭した若き英雄《えいゆう》レオハルト。
この三名を、まとめて始末できる状況――それを待っていたのは、
「――生け贄が揃ったぞ。好きに喰らえケイオス」
枢機院の特別観覧室。刃更とレオハルトの戦いの状況を見ていたマドニスがそう告げる
と同時、『それ』は行動を開始して。
『――――』
次の瞬間《しゅんかん》――刃更達のいる戦闘空間を白の閃光《せんこう》が駆《か》け抜《ぬ》けた。
大地を激しく震動《しんどう》させる爆発《ばくはつ》が起きたのは、直後の事だった。

6

「素晴《すば》らしい……あれが、かつてあった極北の永久氷土を消滅《しょうめつ》させた煉獄《れんごく》の灼焔《しゃくえん》か」

映像で刃更とレオハルトの戦闘《せんとう》空間の様子を観覧していた枢機院達は、戦闘空間で巻き起こった大爆発《ばくはつ》に興奮を露《あら》わにしていた。戦闘空間とこちらとの間には次元断層が生じているというのに、それでもなお爆発の余波がこちらへ震動として届いている。

「まるで天地創造だ。魔界の歴史が変わる今日という日の終焉《しゅうえん》に相応《ふさわ》しい」

メンバーのひとりがそう言うと、映像が戦闘空間で起きた爆発の上空へと切り替《か》わった。

すると、そこに『それ』はいた。

——つい最近、西域で見つかった旧ディアボラ期の遺跡《いせき》。

そこから発掘《はっくつ》されたのは、先のウィルダート侵攻《しんこう》の折に投入された巨大英霊《きょだいえいれい》だった。レオハルト達はそれらの再調整をし、契約《けいやく》が間に合った英霊をガルドに指揮させた。またレオハルトとは別口で遺跡の調査・発掘を行なった枢機院が、ウィルダート侵攻に見届け役として派遣《はけん》していたネブラに与《あた》えたのは、密《ひそ》かに発掘していた上位英霊だった。

そして今回の決戦に、現魔王派の先鋒《せんぽう》を務めたルカが投入したのは、ネブラに与えてい

たものよりもさらに上位の英霊だ。だが、

「所詮《しょせん》、英霊はどこまで行っても英霊にすぎん……」

英霊とは、旧ディアボラ期に使用されていたとされる霊体《れいたい》兵器の一種である。

そう――兵器だ。ならば、かつてそれを司《つかさど》っていたのは一体誰《だれ》か？

それは、枢機院が前身の『七罪大公』と呼ばれ、まだ魔界全土に支配力が及《およ》んでいなかった頃《ころ》。魔精《ませい》界の深層域と偶然《ぐうぜん》コンタクトできたベルフェゴールが、この次元へ呼び寄せる事ができた超《ちょう》高次の存在だ。ベルフェゴールはそれを操《あやつ》り、抵抗《ていこう》勢力を一蹴《いっしゅう》した事で魔界を一気に掌握《しょうあく》するに至った。

その余りの力の凄《すさ》まじさから、後の時代になってその存在はこう呼ばれる事になる。

『魔王』よりもさらなる高みに位置する絶対の存在――『魔神《まじん》』と。

「ケイオス……いやはや、あれの姿を見るのは何千年ぶりでしょうな」

と、枢機院のひとりが感慨《かんがい》深そうに言った。

――マドニスを始め、枢機院の五名が実際に動くケイオスを見るのはこれが初めてだ。

ここにいる者達の中に、当時の『七罪大公』にその名を連ねていた者はいない。

この場の五名いずれもが――今は亡きゾルギアを含《ふく》めれば、ベルフェゴール以外の六名全員が、魔神戦争と呼ばれた当時の大戦後に選ばれた者達だからだ。

それは裏を返せば、七大罪の内ベルフェゴール以外の六席が空いたという事。

——その原因こそが、魔神ケイオスだった。

魔神を操るには、膨大《ぼうだい》な魔力《まりょく》と霊子エネルギーを捧《ささ》げる必要があった。

だが——当時のベルフェゴールは魔神を操り抵抗勢力を殲滅《せんめつ》してみせた。

自分以外の『七罪大公』の六名を生け贄として捧げる事で。

全《すべ》てを呑《の》み込む混沌《こんとん》の名は、その時に付けられたものだ。しかしベルフェゴールひとりではケイオスを御《ぎょ》しきれず、そこで封印《ふういん》のために力を貸したのがマドニスら現在の枢機院だったのである。そして魔神ケイオスは長い眠《ねむ》りに就《つ》かせたまま、二度と使われる事はなく——やがて、その名は伝承の類でしか聞かれる事はなくなっていた。

今日——この日までは。

「現魔王レオハルトと、先代魔王ウィルベルトの娘《むすめ》の成瀬澪……加えてジン・トージョーの息子《むすこ》の東城刃更」

さらに、

「現魔王派と穏健《おんけん》派それぞれの代表戦士、さらには大量の観客共だ……これだけ集まれば、生け贄として不足はあるまい」

そう。枢機院がこの決戦に介入《かいにゅう》し、多数の観衆を呼んだのはこのため。

レオハルトが自分達の命を狙《ねら》っている事も——こちらもまた、今回の決戦に乗じてレオハルトを始末しようとしている事をレオハルト自身に知られてしまっている事も、枢機院は承知していた。その上でレオハルトの野望を踏《ふ》み潰《つぶ》せる策を用意したのだ。

本来ならゼストと戦う筈《はず》だった、現魔王派の四番手……枢機院はそこにケイオスを据《す》えていた。しかし、当然ながらあそこではまだ戦わせる訳にはいかない。そのため、三番手のアドミラスは胡桃への脅迫《きょうはく》を行ない、次に出るゼストが介入せざるを得ない状況《じょうきょう》を作り出し、そして見事この計画を成し遂《と》げてみせたのである。

「見ろ……こちらでも始まるようだぞ」

誰かの楽しそうな言葉に見れば、レオハルト達の戦闘空間で起きた爆発に呆然《ぼうぜん》となっていたアリーナの観衆達が、困惑《こんわく》のどよめきを上げ始めていた。巨大な魔法陣《まほうじん》が幾《いく》つも展開され、その中から英霊達が次々と姿を現したのだ。

枢機院は、ケイオスを操るために自分達やアドミラスといった一部の配下を除いて、この闘技場《とうぎ》にいる者全てを生け贄として設定している。ケイオスがその生け贄を求めて、自身に従属している英霊達を召喚《しょうかん》したのだろう。

【————】

英霊達は観客席を睥睨《へいげい》すると、一気に襲《おそ》い掛《か》かり——そして始まったのは虐殺《ぎゃくさつ》だ。

突然《とつぜん》の惨劇《さんげき》に巻き起こる無数の悲鳴と轟音《ごうおん》の中で、

「これで、我々がレオハルトを始末した目撃者《もくげきしゃ》は全て消し去れる」

マドニスは満足そうに言った。後は何もかもが終わってから、せいぜい悲劇的にレオハルトの死を伝え、代わりにアドミラスを新たな魔王として据えれば全ての問題が解決する。

「ジン・トージョーの方はどうなっている?」

「問題ない……見ろ」

すると別映像が展開された。それは現在のウィルダートを映したものだ。

かつての魔族の王都には、先日の侵攻時以上の数の上位英霊が押し寄せていた。以前にレンドヴァル城への侵入《しんにゅう》を許した際に、枢機院は迅の霊体パターンを解析《かいせき》し、ケイオスの生け贄の設定者の中に加えておいたのだ。

「いかにジン・トージョーとて、この数の上位英霊を奴《やつ》と穏健派の残存兵力とだけで凌《しの》ぎきれはしまい。よしんば撃退《げきたい》できたところで、その頃にはこちらの問題をケイオスが片付けている。その後で、ケイオスに奴を始末させればそれで済む」

「ガルドは?」

「問題ない。奴もまたケイオスの生け贄として設定しておいた」

別の映像が展開され、英霊達に襲われているレンドヴァル城が映し出される。

「やれやれ……あの城は趣《おもむき》があって気に入っていたのだがな」

「良いではないですか。城など、また幾らでも新しく造れば良い。今度はもっと大きく、豪華《ごうか》なものを、ね」

「そうだな……」

と笑い合ったところで、

「おやマドニス殿《どの》……アドミラスの姿が見えませんが？」

「ああ、奴ならどうしても自分の手で始末したい者がいるらしい」

指摘《してき》を受けたマドニスが笑った時だった。戦闘空間を包んでいた白光が急速に収束していったのは。燃焼《ねんしょう》に必要な大気を全て焼き尽《つ》くしたのとは違《ちが》う。

「あれは……」

マドニスは見る。燃え尽き全てが残骸《ざんがい》と化した旧都市——その大地に立つ三つの影《かげ》を。

その内の一人が、巨大な魔剣《まけん》を振《ふ》り抜《ぬ》いた体勢でいるのを。

それを見たマドニスは、笑いながら、

「例の消去技か……面白《おもしろ》い。満身創痍《まんしんそうい》のお前とレオハルトで、ケイオス相手に一体どこまで保《も》つかな？」

7

爆発の超高熱が引き、瓦礫《がれき》すら蒸発した大地に立ちながら、刃更が上空を見上げて叫《さけ》んだ。

「クソっ……いきなり何だアイツはっ!?」

《無次元の執行《バニシングシフト》》を放ったブリュンヒルドを下ろし、流石《さすが》に完全消去はできなかった。大地が吹《ふ》き飛んだのは、灼熱《しやくねつ》の余波によるものだ。

視線の先には、禍々《まがまが》しい赤紫《あかむらさき》のオーラを身に纏《まと》い、六本の手と二本の足とは別に胸部から生えた太い触手《しよくしゆ》が蠢《うごめ》きながら絡《から》み合い、グロテスクな四肢《しし》を形成した異様な姿の存在が浮《う》かんでいる。

「恐《おそ》らくケイオスだ……」

とっさに魔剣ロキの結界で刃更が《無次元の執行》を繰《く》り出す時間を稼《かせ》ぎ、さらにその後の余波から守ったレオハルトが、厳しい表情でその名を口にしてくる。

「かつてベルフェゴールが契約に成功し、今の枢機院の地位を絶対のものにした魔神だ。伝承では、その強靱《きようじん》な肉体には膨大な魔力が秘《ひ》められており、あらゆる魔法《まほう》が通じない結界を持っているという。俺はもとよりウィルベルトら上の世代が生まれるずっと前の話で、実際に見るのは俺も初めてだが……バルフレアが枢機院の様子を見に行ったきり戻《もど》らなかった理由はこれか」

　しかし、

「奴を操るには莫大《ばくだい》な魔力と霊子エネルギーを必要とするため、一度使ったきり封印されていた筈……考えられるとしたら、俺やお前等を始末するために、俺達全員を生け贄とし

て設定した可能性か。或《あ》いは、生け贄には外の者達も含まれているかもしれない」

「邪魔《じゃま》なあたし達に加えて、目撃者もまとめて始末できて口封《くちふう》じも行なえる……連中にとっては一石二鳥という訳ね。──どうするの？」

「何とかして切り抜けるしかない……このまま奴の生け贄にされる訳にはいかないんだ」

澪に問われた刃更は、ブリュンヒルドを構え直す。

「──一時休戦で構わないか？」

「ああ──まずはあれをどうにかしなければ話にならん」

刃更の問い掛《か》けに、一歩前に出てこちらの隣《となり》に立ったレオハルトがロキを構える。

この状況で、現魔王のレオハルトが共闘《きょうとう》してくれるのは心強いが、

……厳しいな。

はっきり言って、それで何とかなる次元ではない。ケイオスのオーラは、Ｓ級がどうと

かそういった次元を完全に超越《ちょうえつ》している。ましてやこちらは手負いだ。

……何か手を考えないと。

澪と三人で掛かったところで、普通《ふつう》に戦っていてはとてもじゃないが勝ち目がない。

「アイツを操るには生け贄が必要って話だったな……時間を稼げばガス欠みたいになって消えてくれる可能性は？」

「有り得なくはないが、それはあくまで俺達にとって都合の良い仮定だ。それを前提にして戦うのは危険すぎる」

それに、とレオハルト。

「起動そのものの代償《だいしょう》が生け贄だとしたら、俺達を殺すまで消えはしないだろう」

「あたし達だけで厳しいなら、外の皆《みな》と合流して一緒《いっしょ》に戦うのはどう？」

「──俺達のいるこの空間の映像は、向こうにも流れていた。ケイオスの姿を見れば、否応《いやおう》なしに観衆は騒《さわ》ぎ出すし、間違《まちが》いなく我々の仲間も動き出す。それを枢機《すうき》院が想定していない筈がない」

つまり、とレオハルト。

「恐らく、あちらでも既《すで》に大きな混乱が生じているのだろう……まだ誰《だれ》もこちらへ来られていない事が何よりの証拠《しょうこ》だ。伝承では、ケイオスは無数の英霊《えいれい》を従属していると聞く。

向こうに英霊を召喚し、外の連中を殺させて生け贄として自身に魔力と霊子力を供給させている可能性も考えられる」

「時間稼ぎも、外の皆と合流して戦うのも得策じゃない……なら、やっぱりあたし達だけで何とかするしかないって訳ね。それも、可能な限り急いで」

「ああ……アイツを倒《たお》す事ができたら、たとえ英霊が召喚されていたとしても一緒に消えるだろうしな。それが外にいる皆を助ける事にも繋《つな》がる」

覚悟《かくご》を決めた澪の言葉に、刃更が頷《うなず》きを返すと、

「話はそこまでだ——来るぞ」

レオハルトの言葉に見れば、先程《さきほど》のような範囲攻撃《はんいこうげき》では《無次元の執行《バニシングシフト》》を使える刃更達を倒せないと判断したのか、魔神《まじん》ケイオスがこちらへ向かって降下を始めていた。

8

野中《のなか》柚希は、戦闘《せんとう》空間の刃更達が何者かに襲われた瞬間《しゅんかん》を、穏健派用の医務室で見た。

決闘《けっとう》で胡桃が受けた傷の治療《ちりょう》は終わっているものの、ダメージが大きかったせいか未《いま》だに意識が戻っていない……そんな妹の傍《そば》に、姉として付いていたかったのだ。

そして、滝川との決闘で気絶した万理亜もまだ眠ったままでおり、彼女には姉であるルキアが柚希と同じように付いてあげている。

武舞台《ぶぶたい》のあるアリーナで起きている轟音や震動《しんどう》、そして観衆らの悲鳴は、柚希達のいる医務室にまで届いてきており、その混乱の凄《すさ》まじさは否応なしに伝わってきていた。

——このままでは、この医務室もすぐに巨大《きよだい》英霊の脅威《きようい》に晒《さら》される事になるだろう。

英霊を放《ほう》って置く訳にはいかないし、それ以上に襲撃《しゆうげき》を受けた刃更達が心配だ。

だから柚希は、胡桃の事をルキアに頼《たの》んで向こうへ駆《か》け付けようとした。

だが、できなかった——既にこの医務室もまた、戦場と化していたからだ。

「っ…………」

厳しい表情で『咲耶《さくや》』を構えながら、柚希は己《おのれ》の前にいる敵を見た。

刃更達の下へ向かおうとした柚希の前に立ちはだかったのは、胡桃を卑怯《ひきよう》な手で傷つけた仇敵《きゆうてき》——高位魔族《まぞく》のアドミラスだった。

「仕留め損《そこ》なった相手に止《とど》めを刺《さ》しに来てみれば、随分《ずいぶん》とおまけが付いていたものです」

鋭《するど》い大鎌《おおがま》を手に悠然《ゆうぜん》と微笑《ほほえ》みながら言ったアドミラスに、ルキアが冷たい瞳《ひとみ》で、

「負傷した者へ狼藉《ろうぜき》を……このような卑劣《ひれつ》な真似《まね》が枢機院のやり方ですか？」

「いいえ私の流儀《りゆうぎ》です。狙った獲物《えもの》は責任を持って殺すのが礼儀《れいぎ》というものでしょう」

柚希とルキアの二人を同時に相手をしなければならない数的不利にも拘《かか》わらず、アドミラスは余裕《よゆう》の笑《え》みを崩《くず》す事なく言った。

「抵抗《ていこう》するならどうぞ……この状況《じょうきょう》では、どうせ貴女《あなた》達は私の相手にはなりません」

「――――っ」

アドミラスの言葉に柚希は苦い表情になった。隣のルキアもだ。それはアドミラスの言葉が真実である事を意味している。今、追い詰《つ》められているのは柚希達の方だった。

――この医務室には、負傷して眠《ねむ》っている胡桃と万理亜がいる。柚希達は彼女らがこれ以上傷を負う事のないよう、二人を巻き込まないように戦わなければならない。

それがどれほど難しい事か、柚希達は痛い程に理解していた。柚希は『咲耶』を、ルキアは鞭《むち》を武器にして戦う、技《わざ》タイプの戦闘スタイルだ。刃更の《無次元の執行《バニシングシフト》》のように敵の攻撃《こうげき》を無効化する事は勿論《もちろん》、澪や胡桃が張る魔法の防護障壁といった、使い方次第《しだい》で広範囲を防御《ぼうぎょ》できるような都合の良い技はない。しかし、対するアドミラスは胡桃との決闘で強力な防護障壁を張るなど、魔法も得意としているようだった。

そして魔法は、容易《たやす》く範囲攻撃を行なえる。アドミラス程の魔力《まりょく》の持ち主ならば、その気になればこの医務室など一瞬《いっしゅん》で瓦礫に変えてしまえるだろう。

――無論、柚希やルキアも範囲攻撃は行なえる。

だが、胡桃と万理亜を巻き込む訳にはいかない以上、そんな真似は絶対にやれない。

つまり、こちらは強力な技を使う事も奪《うば》われてしまっているのだ。

既に非常に厳しい状況……しかし柚希とルキアは、そんな自分達の認識《にんしき》がまだ甘かった事を思い知る。戦端《せんたん》を開けば、どうしても胡桃と万理亜を巻き込む危険性があるため、自分から動く事を躊躇《ためら》っていた柚希は、

「…………っ？」

不意にぐらりと視界に揺《ゆ》れを覚え、その場に片膝《かたひざ》をついた。ルキアも同じ症状《しょうじょう》に見舞《みま》われているのか、近くの壁《かべ》に片手をついて身体《からだ》を支えていて、

……まさか……っ？

ハッと柚希が眼《め》の前を見上げると、笑みを一層深くしたアドミラスが、

「まだ始まっていないとでも思っていたのですか？　だとしたら悠長《ゆうちょう》に過ぎますよ」

そう言うなり、柚希達を襲《おそ》った不調が自分の仕業《しわざ》だと教えてくる。

「生命力を奪う魔界《まかい》の瘴気《しょうき》です。そちらのサキュバスにも充分《じゅうぶん》に効いているところを見ると、勇者の一族とはいえ人間の貴女にはさぞ苦しいでしょうね」

刃更を人質《ひとじち》に取ったように振る舞《ま》い、胡桃をわざと痛めつけ、さらにはゼストを反則負けに追い込むような真似をしたアドミラスの用意周到《よういしゅうとう》さを見誤っていた柚希は、

「っ……、う……くっ！」

もはや目眩《めまい》だけでなく、呼吸さえままならない息苦しさに襲われながら、それでも必死に立ち上がって『咲耶』を構えた。傷付き眠ったままでいる胡桃を、眼の前の卑劣な男の手から守るために。そして、ルキアもまた柚希と同じ表情で鞭を具現化した。

二人の姉は必死に、自分達の大切な妹を守ろうとする。そんな柚希達へ向かって、

「良い顔ですね……では、始めるとしましょう」

笑顔で言ったアドミラスが、大鎌を手にゆっくりと近付いて来る。

9

ゼストは混乱の渦巻《うずま》くアリーナで戦っていた。

その相手は、突如《とつじょ》アリーナに出現した無数の巨大英霊達だ。

本当ならば澪と共に刃更の下へと駆け付けようとしたのだが、ゼストは戦闘空間内へ入る事ができなかった。英霊達によって武舞台が破壊《はかい》された事で、刃更によって消された筈《はず》の結界が再び展開されてしまうなど、戦闘空間の構築システムに何らかの障害が出ているのかもしれない。

眼の前の英霊が振《ふ》り下ろしてくる巨大な拳《こぶし》をかい潜《くぐ》り、地面を蹴《け》って跳躍《ちょうやく》したゼストは、

「はあああああああああぁっ！」

鋭く伸《の》ばした爪《つめ》を一閃《いっせん》して英霊のアキレス腱《けん》を切断。そして膝《ひざ》から崩れるように前のめりに倒れて地響《じひび》きを起こした英霊に対し、ゼストが放ったのは土系魔法《まほう》の一撃《いちげき》だ。

魔法陣《まほうじん》が展開した地面から生えた、巨大な黒曜石の円錐——その鋭い先端《せんたん》が英霊の顎《あご》から頭部を貫《つらぬ》き、さらにそれに留《とど》まらない。英霊を貫いていた黒曜石の円錐が鋭い刃《やいば》の砂塵《さじん》へと変化。それは口から喉《のど》を通って英霊の体内に入り、

「——弾《はじ》けなさい」

そう告げながら、ゼストが水平に突き出していた右の手をグッと握《にぎ》った瞬間、英霊の体内で砂嵐《すなあらし》が発生。体内をズタズタに斬《き》り裂《さ》かれた英霊は、その巨体《きょたい》を内側から一気に膨《ふく》らませると、そのまま粉々に爆散する。

そして、その時にはもうゼストは次の英霊へと狙《ねら》いを定めて動いていた。

——突然《とつぜん》の事態に悲鳴を上げながら逃《に》げ惑《まど》う事しかできずにいる観客達。

しかし彼らとは対照的に、戦闘空間内の刃更達が正体不明の存在との戦闘に突入《とつにゅう》したのを見たゼストは、この状況についておおよその察しを付けていた。

背中の翼《つばさ》をはためかせ、巨大な英霊達を見下ろせる高さまで舞い上がったゼストは、

……恐《おそ》らく、刃更様達が戦っているのはケイオス。

かつて枢機院の一員だったゾルギアから太古の魔神についての話を聞いた事があったゼストは、この大量の英霊がケイオスの召喚《しょうかん》したものである事を既に理解していて、

……だとしたら。

戦闘空間内へ入れない以上、今の自分にできる最大の援護《えんご》は、ここにいる英霊達を倒し、少しでもケイオスの力を減らす事だろう。だから、

「覚悟する事です——刃更様の命を脅《おびや》かす存在は何者であろうと滅《ほろ》ぼします」

自分の存在と意志を告げるや、ゼストは眼下の英霊達へと急降下していった。

己の主《あるじ》に害をなす存在を、一体残らず駆逐《くちく》するために。

10

魔神ケイオスと戦うに当たり、レオハルトは刃更達と共に戦場を移す事を選んだ。

ケイオスが放った最初の攻撃で大地以外は消し飛んでしまった一帯では、逃げる場所もなければ回避《かいひ》や防御のために使える遮蔽《しゃへい》物もないからだ。

刃更から受けた重力波のダメージによって背中の翼での高速飛行が難しくなっていたレ

オハルトは、刃更と共に澪の飛行魔法《まほう》で高層建造物がひしめく一帯を目差す。

そうして移動するこちらに対し、ケイオスは同じ速さで付いてきた。すぐに追い付こうとはしてこないが、かといってレオハルトらを逃がす事もない距離《きより》を保ってくる。そんなケイオスの姿を背後に確認しながら、

「この辺りで良いだろう——降ろしてくれ」

そうこちらが言うと同時、頷いた澪に飛行魔法を解かれたレオハルトと刃更は、滑《すべ》るようにして地面へと着地した。そして澪は、そのまま飛行魔法でさらに距離を取って少し離《はな》れた建物の屋上へと降り立つ。伝承が本当なら、澪の魔法では恐らく魔神であるケイオスにはダメージを与《あた》えられない。無論、近接戦闘など以《もっ》ての外だ。よって澪はサポートに徹《てっ》させ、ケイオスの相手は前衛のレオハルトと刃更とで行なう。高層建造物に左右を挟《はさ》まれた大通りに並び立ち、宙のケイオスをレオハルト達が振り仰《あお》いだ瞬間、

【————】

魔神ケイオスは一気にこちらへと急降下を始めた。と同時、六本ある腕《うで》の外側四本にそれぞれ大剣・長槍・長斧・戦鎚を具現化し、そのままこちらへと向かってきており、

「——半分は任せるぞ」「ああ——解《わか》った」

ロキを構えたレオハルトに、隣《となり》でブリュンヒルドを構えた刃更が頷いて。

そんなこちらへケイオスが振り下ろしてきた四つの武器による同時攻撃を、レオハルトと刃更は散開して回避——直後、辺りを揺るがす震動と共に直径二十m超《ちょう》に亘《わた》って大地が破砕《はさい》されたのが、魔神ケイオスとの死闘《しとう》の幕開けとなった。

破壊された地面が衝撃《しょうげき》で土砂《どしゃ》となってケイオスの周囲に巻き上がる中、レオハルトと刃更は同時に動いた。左右から挟み込む動きで迫《せま》り、そのまま一気に仕掛《しか》ける。

直後、甲高《かんだか》い剣戟音《けんげき》と共にレオハルトは硬質《こうしつ》な手応《てごた》えを得た。こちらの挟撃《きょうげき》が、ケイオスの腕が持つ大剣と戦鎚に防がれており、

【————】

反撃《はんげき》の動きでケイオスが長槍と長斧を振り下ろすが、その時にはもうレオハルトと刃更は回避から次の攻撃へと連なる動作の中だ。ケイオスの前後へ回り込み、それぞれが放つのは袈裟懸《けさが》けと真下からの振り上げ。前に回った刃更の袈裟懸けは、最初に防御に使った大剣に阻《はば》まれた。しかし、背後に回ったレオハルトの振り上げは、関節の可動域の外からの斬撃《ざんげき》だ。入る——ケイオスの背に鋭い剣閃を叩《たた》き込んだレオハルトの手は、しかし斬撃とは程遠《ほどとお》い気味の悪い感触《かんしょく》を得た。

「————っ」

見れば、ケイオスの触手《しょくしゅ》二本が背後へと回りロキの斬撃を受けていた。ロキはそのま

ま触手を断《た》ったが、ケイオスの本体は無傷だ。すると触手の切断面から赤紫《あかむらさき》の液体がごぽっと溢《あふ》れ、嫌《いや》な予感に駆《か》られたレオハルトが反射的に後ろへ退《さ》がると、そのまま下へ落ちた液体がジュッと焦《こ》げるような音を立てて地面を溶《と》かす。

……強酸の体液か！

身体に掛《か》かれば深刻なダメージを受けるのは勿論、かといって剣で受ければ斬れ味が落ちてしまいかねない。厄介《やっかい》に思いながら一旦《いったん》背後へ跳《と》んで距離を取ろうとすると、ケイオスが追撃《ついげき》の一手を放ってきた。こちらが斬《き》った触手を一瞬で復元し、レオハルトを追うようにして伸ばしてきたのだ。とっさに上体を反らして追撃を躱《かわ》したレオハルトに、しかしケイオスの触手はどこまでも追い掛けてくるように同じ軌道《きどう》で曲がってきて、

「くっ…………」

狙われた顔をさらに左へ振ってレオハルトが避《よ》けると、触手は横へと振り抜《ぬ》かれ——轟《ごう》音《おん》と共にレオハルトの背後にあった高層建造物を根元から、丸ごと薙ぎ払った。

「————」

レオハルトは片手を地面についた側転からバク宙へと繋《つな》げると、すぐにその場を離脱《りだつ》。背後でメキメキと破砕音を立てながら倒《たお》れてゆく建物の気配を感じながら、ケイオスの本体へと向かって駆けだした。そして大通りを挟んで反対側にある建物に頭から突《つ》っ込む

ようにして衝突《しょうとつ》した音を背中で聞いたレオハルトの視線の先では、東城刃更がケイオスの繰《く》り出してくる四本の腕での攻撃に対し、

「っ——おおおおおおおおおおおおおおおおおおおおおおおっ！」

超高速《ちょうこうそく》のフットワークによる回避と神速の斬撃との組み合わせで対抗《たいこう》しつつ、防御だけではなく自分からもケイオスへと攻撃の剣閃を繰り出していた。だが攻撃を行なえば、その分だけ防御《ぼうぎょ》と回避が疎《おろそ》かになるのは避《さ》けられない。ケイオスの猛攻《もうこう》の合間を縫《ぬ》って刃更が繰り出した横薙ぎの一撃を、ケイオスの戦鎚が完全な動作で受けた。重い衝撃でブリュンヒルドを弾《はじ》かれた刃更の体勢が僅《わず》かに崩《くず》れる——そこへ長槍の切っ先が突き出され、

「——させる訳ないでしょっ！」

少女の声と共に飛来した風の刃が、長槍の切っ先を弾いた。ケイオス本体には魔法が通じない澪からの、武器を狙った援護射撃《えんごしゃげき》だ。切っ先の軌道が流れた長槍が刃更の肩《かた》を掠《かす》めるようにして地面を穿《うが》つだけで終わり、その時にはもうレオハルトはケイオスをロキの間合いに捉《とら》えていて、

「はぁあああああああああああああっ！」

斜《なな》め後ろから飛び込むような斬撃で、レオハルトは長槍を持っていたケイオスの腕を、その根元から断《た》つ事に成功し、

……まずは一本。

そう手応えを得たレオハルトに、

「──レオハルトっ！」

とっさにこちらの名を呼んできた刃更の声は、感謝よりも警告の色を孕《はら》んでいた。

だから、宙のレオハルトは反射的に己《おのれ》の身体を横方向へと捻転《ねんてん》。すると、はためくこちらのマントをケイオスの触手が貫いた。そして、そのまま絡《から》みつくようにマントの端《はし》へ巻き付かれたと思った瞬間《しゅんかん》、レオハルトの身体《からだ》は宙へと振り回され、

「っ…………！」

このままでは地面か近くの建物かに叩き付けられる。ケイオスの触手の脅威《きょうい》から離脱する事を最優先し、レオハルトは急ぎマントの留め金を外した。しかし、既に振り回されていた勢いまでは消えない。マントが外れると同時、そのまま宙を飛ばされたレオハルトはその先にある建物の壁《かべ》へ──しかし、こちらと建物の壁の間に展開された風のクッションが、激突《げきとつ》の衝撃からレオハルトを救った。体勢を整えて地面に降り立ったレオハルトは、

「…………」

しかし前だけを向いた。自分が見据《みす》えるのは倒すべき敵だけで良い……澪もレオハルトに感謝などは求めていないだろう。既《すで》にこちらの事など眼中にはなく、ケイオスと至近距

離で戦い続けている刃更へと意識と視線を注いでいる筈だ。

自分達はケイオスの腕を一本断つ事に成功した──その繰り返しの先に勝利がある。

だからそれを成すために、レオハルトはケイオスへと向かって駆けていった。


ケイオスの動きは、直線と曲線の両方で彩《いろど》られていた。

関節を持たない触手は、鞭《むち》のようにしなって可動制限のない変幻自在《へんげんじざい》な攻撃《こうげき》を。

ずらりと武器を握った腕からは、絶え間なく多角的な連撃を繰り出してくる。

その腕力《わんりょく》は人や魔族《まぞく》という種を遥《はる》かに超越《ちょうえつ》しており、下手《へた》に受ければあっという間に腕が痺《しび》れて攻撃も防御も行なえなくなる。

しかし──刃更とレオハルトの連係はそんなケイオスの動きに対応していた。

可能な限り回避を選びつつ、剣での防御は相手の力を受け流す「捌《さば》き」に集中する。

──刃更とレオハルトの間には、仲間としてのコンビネーションは存在しない。

だが互《たが》いに死闘を繰り広げた者同士だからこそ解る動きというものがある。

自分が動けば相手はどう動くか。相手の動きに自分はどう動くべきか。

敵としての実力を誰《だれ》よりも認めているからこそ、共闘《きょうとう》相手として生まれる信頼《しんらい》がある。

「ぅおおおおおおおおおおおおおおおっ！」「はああああああああああぁぁっ！」

刃更とレオハルトは互いの立ち位置を定めず、前後左右を目まぐるしく入れ替《か》えながらケイオスへと攻撃を仕掛け続けていた。レオハルトが攻撃を繰り出した事で喰《く》らいそうになる反撃を刃更が弾けば、ケイオスの連撃を捌ききれなくなりかけた刃更をレオハルトの攻撃が反撃へと転じさせる——そうして刃更達は互いを補い合いながら、戦いの中で連係をさらに高めて二人での動きを最適化してゆく。さらに離れた間合いから、ここしかないというタイミングで入る澪の援護が功を奏し、刃更のケイオスの懐《ふところ》へと身を振《ふ》り込んでの一撃《いちげき》で長斧を持った腕が、身体を横に流しながら繰り出したレオハルトの剣閃で戦鎚を持った腕が断たれ、残るはずっと腕組《うでぐ》みしているものも含めて三本。

あと半分というところまで来る。だが、

「…………っ」

至近距離での高速戦闘《せんとう》を続ける刃更の表情は、少し前から厳しいものになっていた。

——至近距離でケイオスの圧力に晒《さら》されながら続ける戦闘は刃更の精神を磨《す》り減らし、想像以上のスタミナの消耗《しょうもう》をこちらへ強《し》いてくる。それはレオハルトも同じらしく、開始当初よりも明らかに動きが鈍《にぶ》っていた。無論、ケイオスの腕の数が減ればそれだけこちらも有利に戦えるようになってきてはいる。しかし、……問題なのはあの触手。

ケイオスの触手は腕と違《ちが》って、何度斬《き》ってもすぐに復元してしまう。このままではジリ貧になる。スタミナが尽《つ》きる前に、何とかケイオスを追い詰《つ》める方法を見つけなければ……そう思考を徐々《じょじょ》に焦《あせ》らせていた刃更が、大剣を持ったケイオスの腕を断とうとし、

「っ――――？」

しかし焦《あせ》りから生じた僅かな意識の散漫《さんまん》が、刃更を危機へと追い込んだ。それまで組んだままずっと動いていなかったケイオスの二本の腕が不意に解かれたのだ。腕を減らしていけば、当然起こって然《しか》るべき状況《じょうきょう》。しかし最初は想定していた筈《はず》のそれは、今の刃更にとっては不測の事態で――突然《とつぜん》の事に背後へ跳び退《すさ》った刃更は、そこで己の選択《せんたく》が致命《ちめい》的《てき》な誤りだった事を理解する。ケイオスが新たな武器として具現化したのは巨大《きょだい》な弓だ。

【――――――】

弦《つる》を引き絞《しぼ》り、正面のケイオスが実体を持たない魔力《まりょく》の矢を放ってきて、

「くっ――おおおおおおおおおおっ！」

対する刃更は、背後へ跳びながらの《無次元の執行《バニシングシフト》》で、辛《かろ》うじてそれを弾き散らす。

他《ほか》に助かる方法はなかった――だが、それは一時凌《いちじしの》ぎにしかならない。

――刃更はこれまで、ケイオスとの戦闘では《無次元の執行《バニシングシフト》》を使って来なかった。

ブリュンヒルドを両手持ちにし、意識を集中して発動する《無次元の執行《バニシングシフト》》は、繰り出した後の体勢にどうしても一瞬《いっしゅん》の隙《すき》を作ってしまう。だからレオハルトとの戦闘でも、遠距離攻撃《えんきょりこうげき》を弾く時にしか使わなかった。何より、完全消去には天元を断つ必要があるのだが、ケイオスは余りにも力が強大すぎて天元が認識《にんしき》できない。恐《おそ》らく存在はするのだろうが、まるで見えない。不完全に発動して散らすのでも、ケイオスの肉体を少しは削《けず》れるかもしれないが、もし通用しなければ発動後に生じてしまう一瞬の隙にやられてしまう。

現状三人でも押され気味なのだ。もし失敗して刃更が死んだら、澪もレオハルトも後を追う事態になりかねない。それなのに今、刃更は《無次元の執行《バニシングシフト》》を使ってしまった。

その隙を、魔神《まじん》ケイオスは逃《のが》さない。

【────】

地面すれすれの前傾姿勢《ぜんけいしせい》になったケイオスは、下半身に巻き付いている触手で地面を強烈《きょうれつ》に蹴《け》って弾かれたように瞬発《しゅんぱつ》した。触手をくねらせながら地面を滑《すべ》るようにして一瞬でこちらとの距離《きょり》を詰めるその姿は、巨大なおぞましい蛇《へび》のようだ。

ケイオスの背後へ回っていたレオハルトには、その突撃《とつげき》を止める事はできない。ケイオスが地面を蹴った拍子《ひょうし》に生じた衝撃に巻き込まれ、宙を飛ばされている。全《すべ》てのタイミングが最悪──そう思った時には、もはや刃更の眼前にケイオスが迫っており、

「――刃更っ！」

しかし間一髪《かんいっぱつ》のところで、澪の援護《えんご》が入った。真下から吹《ふ》き上げた強烈な突風《とっぷう》に助けられ、一瞬で上空へと飛ばされた刃更は――そこで見る。刃更に逃《に》げられたケイオスが、その原因を作った澪へと顔を向けたのだ。いけない――そう思った時には、地面を蹴ったケイオスが離《はな》れた建物の上にいる澪へと飛んでいた。その瞬間、

……っ……。

刃更は己の胸の鼓動が跳ね上がった音を聞いた。

上位魔法士《ハイ・ウィザード》の澪では、ケイオスにダメージは与《あた》えられない。レオハルトが言っていた魔《ま》法《ほう》が通じないという伝承は、ここまでの戦闘の中で既に本当だと実証されている。澪が援護射撃《えんごしゃげき》として放った攻撃魔法の中には、狙《ねら》いを外れて武器ではなくケイオス本体に当たってしまうものもあり、しかし当たると同時に全て霧散《むさん》していたからだ。

かといって、澪は飛行魔法で逃げる事もできない。そんな真似《まね》をすれば、刃更やレオハルトとの距離がより一層開いてしまい、余計に一人の危険な状態へと追い込まれてしまう。

――無論、ケイオスが澪を狙《ねら》ってくる可能性は考慮《こうりょ》していた。

だから刃更は、ずっと澪を背後に庇《かば》う位置でケイオスと戦っていたのだ。万一の時は、自分が澪の下へと駆け付けられるように。

とっさに澪を助けようと、宙でブリュンヒルドを振りかぶった刃更は、

「っ――――」

しかし、己の身体を強《こわ》ばらせた。ケイオスを止められるような攻撃は消滅剣閃《しょうめつけんせん》しかない。しかし、ここからケイオスを狙えばその射線《しゃせん》上に澪が入ってしまう。レオハルトがしたように弾かれてしまうとも限らない。だがケイオスは――どんどん澪に迫《せま》っている。

「くっ――そおおおおおおおおおおおおおおおおおおおおっ！」

己の失態に怒《いか》りさえ覚えながら、それでも刃更は諦《あきら》める事なく動いた。

自分を上に飛ばしている風を蹴って跳躍《ちょうやく》すると、通りに並び立つ建物の側面へと飛び移り――身体を前傾する形で着地すれば、それが全速力で前へと駆け出す一歩目となる。

――澪の下へと急ぐ今の刃更には、ブリュンヒルドの重みすら邪魔《じゃま》だった。

だから己の魔剣《まけん》の具現化を解き、刃更は一気に加速した。全開にした脚力《きゃくりょく》だけで自らを風にし、建物の側面を蹴る足音さえ置き去りにして、刃更は立ち並ぶ建物の壁面《へきめん》を次から次へと斜め上に駆《か》け上るように疾走《しっそう》。――だが、それでもまだ間に合わなかった。

刃更の位置からでは澪はまだ遠く、間違《まちが》いなく先行しているケイオスの方が早い。

しかし――それでも東城刃更は、己の大切な少女を諦めない。だから、

「…――澪っ！」

こちらがその名前を叫《さけ》ぶと同時、視線の遥か先の彼女が応《こた》える動きを見せた。斜め下から迫ってくるケイオスに対し、とある攻撃魔法を放ったのだ。

成瀬澪が唱えたのは雷撃《らいげき》魔法だった。

放電現象を起こす雷球を、澪は己へと飛翔《ひしょう》して迫るケイオスへ向かって解き放つ。——しかし、どれだけ強力な魔法もケイオスの肉体に当たれば弾《はじ》けて消えてしまう。だからケイオスへと当たる直前、

「————っ！」

澪は一つのアクションを入れた。雷球を解き放った際に突《つ》き出していた己の右の手をグッと握《にぎ》ったのだ。と同時、澪の放った雷球がカッと弾けた。力を失い霧散《むさん》したのではない。弾けた雷球は雷鳴《らいめい》音と共に一帯を眩《まばゆ》い白一色で染めた——閃光《せんこう》による目眩《めくら》ましだ。

——魔神ケイオスに魔法は通じない。それは恐らく、魔法を構成する魔力そのものを遮《しゃ》断《だん》する力が働いているからだ。ならばケイオスが対象を認識しているのは、視覚・聴《ちょう》覚《かく》・触覚《しょっかく》・熱反応などが考えられる。だから澪は雷球をスパークさせる事で、ケイオスが自分の存在を知覚できないようにした。そして全てが白光に包まれる中、

「――――」

スパークの直前に瞼《まぶた》を閉じて己《おのれ》の瞳《ひとみ》を守った澪は、自分へと突っ込んでくるケイオスを避《よ》けるように真横へ――立っていた建物の屋上から左へ、大通り側へと向かってその身を宙に躍《おど》らせた。飛行魔法を使う余裕などない。地上へと向かって飛び降りる。すると、

【――――】

こちらの右側を擦《す》れ違うように、巨大な空気の塊《かたまり》にも似た圧力が抜《ぬ》けていき――直後、澪の右斜《なな》め後方で爆音《ばくおん》が響《ひび》いた。恐らくケイオスが、澪のいた屋上へと突っ込んだのだ。

上手《うま》くいった――ケイオスは完全に澪を見失っている。しかし、それは眼《め》を瞑《つぶ》っている澪自身も同じ事だった。瞼を隔《へだ》ててもなお眩《まぶ》しい白光の中、自由落下で平衡感覚《へいこうかんかく》を失った澪は、落ちている事以外は己がどんな状態なのかも解《わか》らなくなる。

激しい閃光の中、澪自身でさえ自分がどこに居るのか把握できない。

だが――そんな成瀬澪を、世界でたった一人だけ見つけられる者がいる。

それは澪と魂《たましい》で結ばれている相手。主従の契約《けいやく》を交《か》わし、澪が己の全てを捧《ささ》げても構わないと思える絶対の存在。何があろうと、全身全霊《ぜんれい》を懸《か》けて澪と共に戦ってくれる人。

彼はこちらの名前を呼んだ。だから澪は、迷う事なく屋上から飛び降りたのだ。

――そして、確信にも似た澪の想《おも》いは現実となる。

地上へと落下を続けていた澪は、強引《ごういん》に横から掻《か》っ攫《さら》われた。逞《たくま》しい両腕《りょううで》がこちらを抱《だ》き留め、抱き締《し》めてくる。もう二度と離さないと言わんばかりに——だから眩《まばゆ》い光の中、澪はそっと眼を開けた。すると当然のように、眼の前に『彼』の顔があり、

「…………」

あの距離を一瞬で駆け付けてくれた刃更は、優《やさ》しい笑《え》みでこちらを見ていた。だから、

「——っ」

成瀬澪は、自分からも東城刃更へ抱き付いた。

戦場に咲《さ》いた閃光の中で——二人だけの刹那《せつな》を確かに感じながら。


魔神ケイオスは、自分に捧げられた生け贄《にえ》の少女に逃げられたのを感じた。

人や魔族を超越した存在であるケイオスの瞳は、あっという間に視力を回復。

そして屋上から見下ろす視線で見れば、大通りを少し行った地面に刃更と澪が降り立ち、すぐにこちらを見上げてくる。

——だが、刃更の両手は少女を抱《かか》えて塞《ふさ》がっていた。

それが何を意味しているのか、ケイオスは理解していた。だから、

【――――】

次の瞬間《しゅんかん》、ケイオスは残っていた右手を前に突き出し、この戦闘空間で最初に使用した灼熱《しゃくねつ》の閃光を放った。刃更が、今から武器を具現化しても間に合わない。

こちらへと向かってきていた、レオハルトもまとめて吹き飛ばす。

そしてケイオスを中心に、全てを吹き飛ばす絶対の光が放射状へ広がり出し――しかし、轟音《ごうおん》と共にケイオスを取り囲むように生じた紅の次元断層がケイオスの攻撃《こうげき》を防いだ。

【…………】

周囲の空間の重力が一気に増した事に、魔神ケイオスは何事かと見る。

すると視線の先、生け贄の少年と少女の前に、二人を庇うようにして立つ男がいた。

鋭《するど》い眼光を持った赤髪の魔族《まぞく》――ラムサスだ。

11

そして――穏健《おんけん》派用の医務室では、一つの戦いが終わっていた。

「っ……あ……」「く……う……」

タイル張りの床《ゆか》に倒《たお》れ、苦悶《くもん》の声を上げているのは柚希とルキアだ――そんな彼女達を悠然《ゆうぜん》と見下ろしながら、アドミラスは告げる。

「ね、言ったでしょう……貴女達《あなた》では私の相手にはならないと」

意識のない胡桃とマリアを庇いつつ、また巻き込む事のないように強力な攻撃も控《ひか》え、さらにはこちらが放った瘴気《しょうき》まで吸っていたのだ。そのハンデを考えれば柚希とルキアは健闘《けんとう》したと言っても良いかもしれないが、魔王《まおう》候補のアドミラスの敵ではない。

大鎌《おおがま》による斬撃《ざんげき》で彼女達を殺すのは簡単だったが、アドミラスは敢《あ》えて峰打《みねう》ちや打撃《だげき》によるダメージで柚希とルキアを動けなくしていた。

その理由は明解だ。全ては――アドミラスが、胡桃とマリアを殺す瞬間を見せるため。

「そうして這《は》いつくばりながら、大切なものを奪《うば》われる瞬間を見るといい」

そう言って、アドミラスは見せつけるようにして胡桃のベッドへと向かった。

「っ……胡、桃……！」

顔だけを上げた柚希が、必死に妹の名を呼んで危険を伝えようとするが無駄《むだ》な努力だ。

ベッドの傍《かたわ》らに立ったアドミラスは、胡桃の可愛《かわい》らしい寝顔《ねがお》を見ながら興奮する。

最高だった。これから自分は胡桃の細い首を絞《し》め、彼女の顔が酸欠で青紫《あおむらさき》へと変わってゆくのを見ながら、ゆっくりと命の灯《ともしび》が消えてゆくのを楽しめるのだ。

それも、姉の柚希の見ている前で。そして、……その先は、どちらが良いでしょうね。

先に柚希を殺してから、同じようにマリアを手に掛《か》けてルキアを苦しめて殺すのと。

マリアを先に殺してから、残された苦しみを味わったふたりの姉を同時に殺すのと。

いや……マリアより先に敢えてルキアを殺して、妹がどのように死ぬかを見る事さえできない絶望を与えてやるというのも良い。

しかし——いずれにせよ、最初に殺すのは決まっている。だから、

「さあ……今度こそ、きちんと殺してあげましょう」

もう抑《おさ》えきれないとばかりに、アドミラスは胡桃へと向かって左の手を伸《の》ばした。

だが、その手がぐしゃりと耳障《みみざわ》りな音を立てた——横から摑んできた別の手に握り潰されて。

「があああああああああああああああぁぁぁっ⁉」

驚愕《きょうがく》より先に激痛を得てアドミラスは絶叫《ぜっきょう》する。己を襲《おそ》った脅威《きょうい》から逃《のが》れようと、とっさにその手を振《ふ》り解こうとするが、アドミラスの左腕《ひだりうで》を破壊《はかい》した手はこちらを摑んだまま離そうとせず——それでも必死にもがいた結果、アドミラスは後ろへ転倒《てんとう》して尻餅《しりもち》をつく形でどうにか逃れる事に成功する。無様な状態へ追いやられた怒りに駆られて、

「っ、よくも……この私の邪魔を……っ！」

アドミラスがギリっと奥の歯を噛《か》んで見上げると、そこには胡桃の隣《となり》のベッドで眠《ねむ》っていた筈《はず》の美しいサキュバスが佇《たたず》んでいる。ラースとの戦闘《せんとう》に敗北し、意識を失ってもなお成体状態を保っていたマリアが。しかし、憎悪《ぞうお》の表情でマリアを見ていたアドミラスは、

「あ――……」

ふと呆然《ぼうぜん》の声を上げた。マリアの右手があるものを握っている。だから、アドミラスは恐《おそ》る恐る己の左腕を見た。もはや灼熱に近い激痛で感覚を失っていた左手――その手首から先はなくなり、真っ赤な鮮血《せんけつ》を滴《したた》らせていて、

「て、手……っ、私の……ぅあああああああああああああっ！」

狂《くる》ったように悲鳴を上げたアドミラスに、マリアはまるで構う事なく破壊された室内の状況《じようきよう》と、倒れている姉ルキアと柚希の姿を見て、

「成る程《ほど》……ルキア姉様や柚希さんまで」

そう呟《つぶや》くと、捻じ切ったアドミラスの左手首をこちらの眼の前へと放って言った。

「図々《ずうずう》しいですね……ふたりを傷つけた挙げ句、胡桃さんまで襲おうとは」

「ぐっ、さ、サキュバス風情《ふぜい》が……っ！」

アドミラスが、無残な形に成り果てて転がった己の左手から視線を上げると、マリアはフンと鼻を鳴らして、

「良いですか？　胡桃さんは私の大切なオモ……お友達なんですよっ」

「き、貴様ぁっ！」

アドミラスは歯を剥《む》いて大鎌を振るおうとした——だが、できなかった。

それより先に、アドミラスに残されていた右腕《みぎうで》を風の刃《やいば》が肩口《かたぐち》から削《そ》ぎ落としたのだ。

大鎌を握った状態のままゴトッと床に転がった己の右腕を見て、

「なっ——あぁぁぁぁああああああああっ⁉」

驚愕の声を上げるアドミラスに、一体いつの間に眼を覚ましたのか、

「……………万理亜。あんた今、オモチャって言い掛けたでしょ」

と、嘆息《たんそく》と共に言った胡桃は、

「って何よ……誰《だれ》かと思えば、刃更を人質《ひとじち》に取ってくれた奴《やつ》じゃない」

そこでようやくアドミラスに気付いたようにこちらを見た。そして彼女は、医務室内にある投射装置で映し出された戦闘空間内の映像で、刃更が無事な姿でいる事に気が付き、

「…………ああそう。やっぱり嘘《うそ》だったんだ」

声を低いものにしてポツリと呟くと、改めてアドミラスを見下ろして、

「それじゃあ、散々いたぶってくれたお礼をしないとね……」

そして胡桃は、そのままふわりとベッドの上に浮《う》き上がった。闇《やみ》色のエレメントを通じ

て、もはや使役《しえき》している精霊《せいれい》達の姿が薄《う》っすらと周囲に見える程に魔力《まりょく》を滾《たぎ》らせながら、

「お姉とルキアさんを傷つけた事と合わせて、全部まとめて返してやる」

そう言ってこちらへ向かって左の掌《てのひら》をかざしてきた——そう思った時にはもう、アドミラスは轟音と共に吹《ふ》き飛ばされていた。

「っ——ああああああああああああああああっ！」

直線上にあるもの全《すべ》てを薙《な》ぎ払《はら》う圧縮された空気の奔流《ほんりゅう》。それは呑《の》み込んだアドミラスを幾《いく》つもの壁《かべ》と部屋を破壊しながら闘技《とうぎ》場の外まで運び、建物の背後にある丘《おか》の分厚い岩壁《がんぺき》が割れる程の衝撃《しょうげき》でアドミラスをめり込ませて巨大《きょだい》なクレーターを穿《うが》ち、

「っ……ぐ、あ……う——っ？」

苦悶の呻《うめ》き声を漏《も》らしながら、そこでアドミラスは見る。

己の眼の前に、右の拳《こぶし》を腰《こし》だめに構えたマリアの姿があるのを。そして、

「——これで終わりです」

そう言うと同時、成体化したマリアの拳がアドミラスの胴《どう》へとぶちこまれた。

万理亜が放ったのは、右拳に込めた己《おのれ》の全力を解き放った一撃《いちげき》だった。

生じる轟音と衝撃の中、撃《う》ち抜いた拳に返ってきたのは確かな手応《てごた》え。

——だから割れ爆ぜた岩壁が舞《ま》い上がらせた砂煙《すなけむり》が収まった後。

振り抜《ぬ》いたままだった拳を下ろした万理亜は、己の一撃で洞窟《どうくつ》の様にぽっかりと口を開けた穴の先——もはや動かなくなったアドミラスを瞳《ひとみ》に捉《とら》えて言い放つ。

「私の眼《め》の前で胡桃さんの寝込《ねこ》みを襲おうとか——ちょっと調子に乗りすぎですよ」

12

巨大《きょだい》英霊達と戦うゼストがアリーナの宙を華麗《かれい》に舞う中。

混乱の続く観客席では、パニック状態の観衆の避難《ひなん》を必死に助けている者がいる。

穏健派の少女——ノエルだ。

「皆《みな》さん落ち着いて！　多少遠回りになっても、空いている通路から避難をっ！」

魔法《まほう》の防護障壁《しょうへき》を展開し、必死に声を振り絞《しぼ》るノエルに応《こた》える観衆はいない。当然だ。

絶対的な脅威の前では誰もが無力で、ただひたすらに無我夢中となって近くの通路へと押し寄せる事しかできない。だがゼストが徐々《じょじょ》にその数を減らしているものの、それでもまだ英霊の数は両手では利《き》かない程いる。通路ですし詰《づ》め状態になった観衆達など正に格好

の標的で、英霊達の拳や足が無慈悲《むじひ》に振り下ろされては、沢山《たくさん》の命が大量の血痕《けっこん》と肉片《にくへん》へと変えられてゆく。そんな地獄《じごく》のような惨状《さんじょう》の中に、それでもノエルは留《とど》まっていた。

この闘技場にいる観衆は、敵である現魔王派の魔族達だ。そんな彼らを、穏健派のメイドであるノエルが、自分の命を危険に晒《さら》してまで救う理由はない。

だが——孤児院《こじいん》で育ったノエルは、少しでも自分と同じ境遇《きょうぐう》の子供を増やしたくない。ここにいる観衆達にも、家に帰れば家族がいて、中には子供もいる筈だ。たとえ敵勢力であろうと、子供達に罪はない。理不尽《りふじん》に両親を奪われる苦しみを味わって欲しくない。

そんな想《おも》いで懸命《けんめい》に戦っていたノエルは、

「っ————？」

己の耳が捉えた「泣き声」に、ハッと身を硬《かた》くした。パニック状態で逃《に》げ惑《まど》いながら泣き叫《さけ》んでいる大人達のものではない。本当に泣く事しかできずにいる幼い子供のものだ。

その泣き声を発している子供を、ノエルと同時に見つけた者がいた。

それはノエルの位置から、子供を挟《はさ》んで向こう側にいた英霊だ。そして、

「くっ………！」

英霊が拳を振りかぶった瞬間——ノエルは駆《か》け出していた。

……絶対させないっ！

瓦礫《がれき》が散乱する観客席の床を、スカートの裾《すそ》が翻《ひるがえ》るのも構わず疾走《しっそう》し、

【────────】

英霊が振り下ろした拳が、幼い子供を押し潰す──その直前で抱《だ》きかかえて跳躍《ちょうやく》し、

「──っ、がはっ……！」

しかし脇腹《わきばら》に感じた重い衝撃に、ノエルは苦しげに呻いた。辛《かろ》うじて避《よ》けた英霊の拳が観客席の床を叩《たた》き、その衝撃で弾《はじ》け飛んだ巨大な瓦礫がノエルを襲ったのだ。そして、

……あ……。

子供を抱きかかえた状態のまま、ノエルは見る。無防備に宙を舞《ま》ってしまった自分達の眼の前に、別の英霊がいて──ガパっと、こちらへと巨大な口を開けていた。

激痛で薄《うす》れゆく意識の中、ノエルはとっさに子供だけを英霊の脅威がない方へと投げようとした。だが、そんなものはこの闘技場内のどこにもなくて、

「────っ！」

ノエルがギュッと子供を抱き締《し》めた瞬間《しゅんかん》──口を開けていた英霊の顔が、横殴《よこなぐ》りにされたかのように衝撃を受けて吹っ飛んだ。と同時、ノエル達を宙で抱き留めたのは、

「……ラース……」

抱き締められた腕《うで》の中、その横顔を見たノエルは幼馴染《おさななじ》みの名を口にして。

そして――それが幻《まぼろし》ではない事が解《わか》ると、そのまま意識を失った。

ノエル達を宙でキャッチしたラースは、そのまま観客席の最上段へと着地した。

そして子供を抱きかかえたまま気絶しているノエルを床《ゆか》に寝かせると、

「無茶《むちゃ》しやがって……」

苛立《いらだ》つ声で言いながらも、彼女の呼吸が確かな事を確認《かくにん》し、ラースは安堵《あんど》の息を漏らす。

そこへ、背後へ現れた別の英霊が拳を振り下ろしてきて――その巨大な拳を、ラースは己の背面に出現させた闇の魔力球を障壁にして防いだ。自分が助かった事に驚《おどろ》いているのか、ノエルの腕の中でいつの間にか泣き止《や》んでいた子供に、

「良い子だ……そのまま、コイツと一緒《いっしょ》にいな」

優《やさ》しい笑顔《えがお》で告げると、ゆらりと背後を振り返った。そして、

「――カビの生えた人形が、調子に乗るなよ」

燃え盛るような怒《いか》りを滲《にじ》ませながら両手を広げて言った瞬間、ラースは無数の巨大な魔力球を生み出し解き放った。それは眼の前にいた英霊を吹き飛ばし、さらにアリーナ内にいた英霊の半分近くを一気に薙ぎ払う。

──これまで、ラースは己の能力の底を誰にも見せてこなかった。

でも今だけは、手加減も、容赦《ようしゃ》も、遠慮《えんりょ》も一切《いっさい》しようとは思わなかった。

こちらの放った攻撃《こうげき》に脅威《きょうい》を覚えたのか、英霊達が一斉《いっせい》にこちらを向く中、

「教えてやるよ……一方的に蹂躙《じゅうりん》される側の気持ちって奴を」

ラースはそう言うと、ゆっくりと英霊達へと向かって歩き出した。

刃更にもあるように、ラースにもまた絶対に譲《ゆず》れないものがある。

だから許さない。眼の前の英霊達は、ラースの一番大切なものを傷つけたのだから。

13

東城刃更は、自分と澪が眼の前の背中に──ラムサスに守られたのを見た。

「どうして──…？」

腕の中の澪が呆然の声を上げるが、ラムサスは前を向いたままで……しかし、

「…………っ」

ふと、ぐらりと体勢を崩《くず》したかのように地面に片膝《かたひざ》を付いた。

「っ……大丈夫《だいじょうぶ》ですか⁉」

ラムサスが重力魔法を使えば凄《すさ》まじい負担が掛《か》かってしまうという話は、刃更も既《すで》に聞いて知っている。刃更と澪が、慌《あわ》ててラムサスを左右から支えると、

「——無事か」

そこへレオハルトが駆け付ける形で合流してくる。ラムサスを中心に輪ができる中、

「……こちらに構う暇《ひま》があったら、あれを何とかする事を考えろ」

絞り出す声でラムサスが刃更達へと言った。

「何とかって……そんな事」

ここまでケイオスと戦ってきたものの、打つ手を見出《みいだ》せずに苦しげに言った澪に、

「——いや、方法はある」

確かな声で、東城刃更は希望の存在を口にした。

現在——ラムサスの重力波障壁が、ケイオスをその場に押し止《とど》める事に成功している。魔法を打ち消せる筈《はず》のケイオスがあそこから出られないのは、ラムサスの重力魔法が周囲の空間に対して影響《えいきょう》を及《およ》ぼし、ケイオスが越《こ》えられない次元断層を作っているからだ。

つまり、

「重力系の攻撃なら、アイツを別の次元へ封《ふう》じ込める事ができるかもしれない」——

東城刃更は思い出す。かつて澪がウィルベルトの力を暴走させた時、ブラックホールが

生成され掛けた時の事を。あれは通常の物とは異なる、魔力を持ったブラックホールだ。あのブラックホールをもう一度生み出し、その中へと吸い込ませる事ができれば、ケイオスを別次元に封じ込める事ができる可能性が高い。

――だから、刃更はその場の全員に己の立てた作戦を説明した。

ラムサスが重力魔法を解いたら、刃更がケイオスと相対し《無次元の執行《バニシングシフト》》で動きを止める。そこへ澪が全開で重力魔法をケイオスへと放ちブラックホールを生成。恐《おそ》らくケイオスは回避《かいひ》しようとするだろう。――だから、レオハルトがロキの斬撃《ざんげき》波を放ってケイオスを押し止め、そのままブラックホールへと吸い込ませる――それが刃更の作戦だった。

説明を終えると、レオハルトとラムサスから了解《りょうかい》の頷《うなず》きが返る一方、

「…………」

これまでウィルベルトの力を使いこなせた事のない澪は、不安げな顔を見せていた。

だから刃更は、そんな澪の肩《かた》をそっと抱いて、

「大丈夫だ……俺を信じてくれ。約束通り、全部終わらせて皆で一緒に家に帰ろう」

告げたこちらに、澪はコクンと頷いてくれる。だから刃更はゆっくりと前へ出て、

「最後は頼《たの》む……」「……引き受けた」

こちらの言葉に、レオハルトがロキを構えた。対する刃更は一人で前へ――ケイオスの

方へと歩き出す。そして澪達とも充分《じゅうぶん》に距離《きょり》を取ったところで、

「────」

腰《こし》だめの体勢になり、意識の集中を始める──それは全《すべ》てを斬り裂《さ》く次元斬の構えだ。

次元斬と合わせて《無次元の執行》を繰《く》り出せば、たとえ完全消去はできなくてもそれだけ弾《はじ》き散らす威力《いりょく》は上がる筈。だから刃更は己の全神経を集中させ、その瞬間に備えた。

極限状態の集中は、刃更の耳から音さえも消して、

「…………」

全てが静寂《せいじゃく》に包まれた時──ラムサスが重力魔法《まほう》を解いた。

すると次元断層の檻《おり》から解放されたケイオスは、

【────】

建物の屋上から、一番近い刃更の眼《め》の前へと降り立った。目前に絶対的な死がある状《じょう》況《きょう》。それでも刃更は動かない。ケイオスもまた、何かを警戒《けいかい》したかのように動かなかった。

静寂の中、空気だけが張り詰《つ》めてゆく。

そして──とうとうその時が訪《おとず》れた。先に動いたのはケイオスだ。

【────】

触手《しょくしゅ》と残る右手の大剣の振《ふ》り下ろしを同時に繰り出してきたケイオスに、

「────」

東城刃更は究極の後の先を取った。

己《おのれ》の全ての動作を最速へと変えて、東城刃更は魔神《まじん》の先へ行く。

ブリュンヒルドの具現化から、次元斬を繰り出し──さらに《無次元の執行》を重ねる。

それら全てが一瞬《いっしゅん》だ。キンという甲高《かんだか》い音と共に、ケイオスの触手と大剣を持った右《みぎ》腕《うで》が、肩口《かたぐち》から脇腹まで飛沫《ひまつ》のように弾け飛び──しかし、それで終わらない。

眼の前のケイオスへと向かって跳《と》びながら、東城刃更は叫ぶ。

「──澪！」

刃更が自分を叫ぶようにして呼んだ時、既に澪は重力魔法の発動準備を終えていた。

澪の視線の先、刃更はケイオスへと向かって跳んでいた──だがそれは回避のためだ。

ケイオスの右腕から脇腹までを吹《ふ》き飛ばした事で生まれた空間。僅《わず》かに生じたその隙間《すきま》に飛び込み、体を入れ換《か》えるかのようにして刃更がケイオスの横を抜《ぬ》ける。だから、

「────っ！」

その瞬間、成瀬澪は自分の中で限界まで溜《た》め込んでいた重力魔法を解き放った。それは

ケイオスを真上から押し潰《つぶ》し、ブラックホールを生み出す――その筈だった。だが、

「っ――――!?」

全ての力を振り絞《しぼ》った事で、意識が遠のいてゆくのを感じながら成瀬澪は気が付く。

重力魔法はケイオスを捉《とら》えながらも、その中心は僅かに前方へとずれてしまっていた。

刃更を絶対に巻き込む訳にはいかない……その思いが、無意識に発動位置に僅かなズレを生じさせてしまっていたのだ。だが――それは致命的《ちめいてき》なズレ。

【…………】

ケイオスが、足にしている己の触手に力を込める事で地面を踏《ふ》みしめ、その反動で背後へと跳躍して澪の重力魔法の影響下から逃《のが》れようとした。

失敗――最悪の二文字がよぎり絶望にも似た想《おも》いを抱《いだ》いた澪は、しかし見る。

……あ……。

それはケイオスの背後へと回った刃更が続けざまに取った動き。着地した右脚《みぎあし》を軸《じく》に腰を真横へ回転させながら、ブリュンヒルドを横薙《よこな》ぎに放とうとしている姿で、

「うおお――っ！」

そして振り抜かれたブリュンヒルドから紅の波動が解き放たれた。

先程《さきほど》レオハルトに対して放ったのと同じく――重力波を斬撃にして。

澪が放った上からの重力魔法と、刃更が繰り出した横薙ぎの重力波。

その二つが衝突《しょうとつ》した事で、澪の生み出したブラックホールは虚数《きょすう》次元へと通じる強力な歪《ゆが》みを持った奔流《ほんりゅう》へと変貌《へんぼう》し、逃れようとしていたケイオスの動きを止めていた。

縦軸《たてじく》と横軸《よこじく》。二方向からの重力波にさらされたケイオスは、

【――――】

それでも辛《かろ》うじて影響の少ない方向――斜《なな》め上へと逃れようと必死にもがく。

――だが、それ以上は魔王《まおう》レオハルトが許さない。

ケイオスが逃れようとする先、空中で既に魔力炉《まりょくろ》を全開にしたロキを構えながら、

……最初からここまでを読んだ上での策、か。

予《あらかじ》め言われていたタイミングで飛翔《ひしょう》していたレオハルトは、刃更の意図を理解した。

ケイオスの右腕を断《た》ち斬った後――刃更の回避行動は、ケイオスの懐《ふところ》へと飛び込みながら、体を入れ替《か》え背後へと回るものだった。だが、澪の重力魔法を避《よ》けるだけなら、ケイオスへ接近する危険を冒《おか》す必要はない。後方へ退《さ》がったり、左右へ跳んで回避した方が

安全だった。それでもケイオスの背後を取りに行ったのは、ケイオスをその場に釘付《くぎづ》けにするためだ。後ろや左右へ跳べば、ケイオスとは距離が生じる——そうなれば攻撃を受けて右腕を断たれたケイオスは、反射的に刃更を追ってその場から動いていただろう。

だが——刃更の方から距離を詰めれば、ケイオスはその場で迎撃《げいげき》態勢を取る。そして刃更は見事、澪の重力魔法の影響下へケイオスを釘付けにする事に成功していた。

さらに背後に回った事で、自らが繰り出した重力波を澪の重力魔法へぶつけてさらなる重力の渦《うず》に取り込ませ、ケイオスの逃《に》げ道を限定するという最大限の成果まで生み出した。

視線の先で完成している完全なお膳立《ぜんだ》てに、レオハルトは僅かに憮然《ぶぜん》とした想いを抱きながら、それでも決して手は緩《ゆる》める事なく己の役目を果たす。

「次元の狭間《はざま》で眠《ねむ》れ——太古の魔神よ」

そう告げると同時、レオハルトはロキを振り抜いた。

魔力炉を全開にした魔剣《まけん》から解き放たれた黒色の衝撃波《しょうげきは》は、澪と刃更が放った二つの重力波の狭間に入り込むようにしてケイオスへと命中し、

【————】

甦《よみがえ》った古代の魔神を、そのままブラックホールの中心点へと押し込んだ。

直後——歪みが臨界まで達したブラックホールは、質量を保てなくなり一気に収縮。

嵐《あらし》のように吹き荒《すさ》んでいた大気と魔力《まりょく》の渦が、元《もと》に戻った空間と共に一気に治まった。

全てを呑《の》み込んだ黒色の球体が消えた後には、地面に巨大《きょだい》な半円状のクレーターをぽっかりと残すだけ。

魔神ケイオスの姿は、もうどこにもない。だから、

「…………」

レオハルトは小さな嘆息《たんそく》と共にゆっくりとロキを下ろすと、ふっと具現化を解いた。

——それは、一つの戦いが確かに終わった事を意味するもの。

その眼下では、気を失った状態で横からラムサスに支えられている成瀬澪と。

そんな彼女の下へと、確かな足取りで歩き始めている東城刃更の姿があった。

エピローグ　果たすべき意志の後先

1

魔神ケイオスが、刃更《バサラ》・澪《みお》・レオハルト・ラムサスの四名によって撃退《げきたい》された後。

レオハルト達の暗殺計画が失敗に終わった事を悟《さと》った枢機《すうき》院は、最後のカードを切ろうとしていた。闘技《とうぎ》場の地下に埋《う》め込まれていた完全消滅《しょうめつ》コードを作動させ、この場にいる全ての者を施設《しせつ》ごと塵《ちり》に変える決断を下したのだ。

「やれやれ、まさか最後に残しておいた切り札まで使う羽目になるとは」

「仕方ありますまい。ケイオスが虚数次元空間へと取り込まれた今、直接的な戦力でレオハルトをどうこうする事は難しいのですから」

それでも枢機院達の口調と表情には確かな余裕《よゆう》があった。

この闘技場を現魔王派と穏健《おんけん》派との決戦の場に選んだのは彼ら枢機院なのだ。

完全消滅コードを作動させれば、連鎖《れんさ》的に消滅エネルギーがあちこちで発生し続け、全てが呑み込まれる事になる。東城《とうじょう》刃更の消去技は確かに厄介《やっかい》だが、あの威力から察するにカウンターでしか発動させられない以外にも、相当の制限がある筈《はず》だ。同時多発的に発生する消滅エネルギーを全て消し去る事は不可能だろう。

だからこその余裕。

だがそんな中、ひとりだけ苦り切った表情の者がいる。

「——いやはや、残念でしたなマドニス殿《どの》」

「…………っ」

薄《うす》い笑《え》みを含《ふく》んだ呼び掛《か》けに、マドニスは奥歯を噛《か》み締《し》めた。ベルフェゴールの不在により、今回の計画はマドニスの主導によって行なわれたものだ。

その結果がこれだ。立ち尽《つ》くすマドニスに、枢機院のひとりが肩《かた》を揺《ゆ》らしながら、

「よもや『獲物《えもの》を始末しに行く』などと偉《えら》そうな事を言っていたアドミラスは返り討《う》ちに遭《あ》い、ウィルダートを襲《おそ》わせていたケイオスの英霊《えいれい》達は、それこそケイオスがレオハルト達に負けるよりも先に、ジン・トージョーによって全て倒《たお》されていたとは」

「っ……まだだ、まだ終わった訳ではない！　消滅コードを作動させればこちらのものだ。

結果は計画通りになる……ならば何の問題もないだろう！」

　思わず声を荒《あら》らげたマドニスに、

「確かに、レオハルト達や穏健派の者共をまとめて始末できれば、我らの計画としては何の問題もない」

　そこまでを言うと、別の枢機院メンバーは嘲笑《ちょうしょう》の色を込めた口調で、

「だが──果たしてそれは、貴公の計画通りの結果なのかな？」

「っ………！」

　核心《かくしん》を突《つ》かれ、マドニスはいよいよ歯軋《はぎし》りを抑《おさ》えられなくなる。

　ベルフェゴールがいないこの機会に、自分が新たな枢機院のトップに就《つ》く足掛《あしが》かりを得て、アドミラスを新たな魔王に据《す》えるつもりだったというのに。虎《とら》の子のケイオスまで撃退されてしまっては、たとえレオハルトを始末できたところで、とてもではないがこの失態を拭《ぬぐ》い去る事はできない。このままでは、今のナンバー2の地位すら危《あや》ういだろう。

　苛立《いらだ》ちを抑えきれずに、両拳《りょうこぶし》を握《にぎ》り締《し》めたマドニスに、

「まあ、とにかく早いところこの問題を終わらせてしまいましょう。特にレオハルト達だけは、確実にこの場で始末しなくては。何せケイオスを介入《かいにゅう》させる前、ジン・トージョーの息子《むすこ》との戦いでは窮地《きゅうち》に陥《おちい》っていたのです。それを、よりによってウィルベルトの

娘《むすめ》の介入に命を救われるとは……若き英雄《えいゆう》と持て囃《はや》されてきたとはいえ、あの姿を見た民衆達の眼には、さぞかしレオハルトが頼《たよ》りなく映った事でしょう」

と、枢機院のひとりが言った。

「最早《もはや》レオハルトには、これまでのような魔王としてのカリスマは期待できますまい……役目を果たせなくなった役立たずなどは、さっさと始末してしまうに限ります」

「…………………」

確かにその通りだ。ここで少しでも名誉挽回《めいよばんかい》や汚名返上《おめい》を試みれば泥沼《どろぬま》に嵌《は》まるだけだろう。まずは一旦《いったん》事を終わらせ、改めて再起を図《はか》るべきだ。今回は多少躓《つまず》きはしたが、必ず取り戻してみせる。そして自分は、枢機院のトップに君臨するのだ。

そう想い、マドニスが自身の分の消滅コードを唱えようとした時だった。

「あ〜やっぱりここだったぁ、お姉ちゃん鋭《するど》いっ！」

マドニスら枢機院だけが入る事を許された特別観覧室に、間延びした声が響《ひび》いた。見れば入り口に、美しい女が立っている。魔族《まぞく》でありながら、まるで神族のような金髪《きんぱつ》と碧眼《へきがん》を持ったその女の事を、マドニスら枢機院の面々はよく知っていた。

「んふふ、こんにちはぁ〜♪」

そう言って無邪気《むじゃき》な笑みを見せたのは、レオハルトの姉——リアラだ。

「リアラ姫《ひめ》……いったい何故《なぜ》ここに？」

確かリアラは、レンドヴァル城の自室にガルドと共にいた筈だ。

そしてガルドがケイオスの生け贄《にえ》対象として設定されていたため、英霊達はレンドヴァル城も攻《せ》めていた……あの時はまだ、間違《まちが》いなくリアラは王城にいた筈だ。

……どういう事だ？

義理堅《ぎりがた》いガルドがレオハルトとの約束を違《たが》え、リアラの傍《そば》から離《はな》れるとは考えにくい。

しかし今、ガルドの霊子《れいし》反応はこの闘技場内に感じる事はできなかった。

リアラが単独でどこから紛《まぎ》れ込んだかは解《わか》らないが、

……念のため始末しておく。

警戒《けいかい》を強めたマドニスが、己《おのれ》の中に魔力を高め始めると、

「マドニス殿……そう結論を急がずとも良いではありませんか。レオハルトを始末するからといって、何も彼女まで殺す必要はないでしょう」

こちらを窘《たしな》めるように枢機院のひとりが笑った。そして、ねっとりとした視線をリアラの肢体《したい》に這《は》わせながら、

「彼女は美しく、それに神族のようなこの容姿は貴重だ……今回のつまらない決戦で我らが失ったものも少なくない。せめて、我々が楽しめる手土産《てみやげ》くらい持ち帰りましょう」

そう言うと、下卑《げび》た笑みを浮《う》かべて、

「さあリアラ姫……どうか大人しく我らと共においで下さい」

そう言って差し伸《の》べた右手と、それまで喋《しゃべ》っていた頭部が笑顔のまま宙を舞《ま》った。

「へ……？」

舞い飛んだ頭部から辛《かろ》うじて出た声に、一拍遅《いっぱくおく》れて吹《ふ》き出したのは大量の鮮血《せんけつ》。

「なっ……ぁ……っ⁉」

驚愕《きょうがく》するマドニス達の眼《め》の前で、腕《うで》と生首が床《ゆか》へと転がり——次いで倒れた身体《からだ》が、みるみる床に広がってゆく血の海へと沈《しず》んだ。とっさに何が起きているのか理解できず呆《ぼう》然《ぜん》となったマドニス達に、リアラは「ふふふ」と笑った——その瞬間《しゅんかん》。

マドニス達は一斉《いっせい》に動けなくなっていた。

……っ、これはっ⁉

リアラから発せられた強力な圧力——その凄《すさ》まじさに、マドニスらは身体の自由を一《いっ》瞬《しゅん》で奪《うば》われた。それは、ゾルギアが力量差のある相手に使っていた精神拘束《こうそく》に近いもの。

だが魔界《まかい》を裏で操《あやつ》ってきた枢機院に名を連ねるマドニス達は、それぞれがゾルギアと同等かそれ以上の力を有している。にも拘《かか》わらず、リアラはその一名をあっさりと殺し、さらに残る四名の動きを完全に封《ふう》じる事ができていた。

——何故か？

リアラが発する圧力が、あのケイオスをも上回るレベルのものだったからだ。

「逃《に》げちゃ駄目《だめ》〜。これまではレオ君が本当の意味で強くなるために使えそうだったから、お姉ちゃんの海より深い恩情で生かしておいてあげただけなのに。なのに、レオ君を殺そうとするなんて……そんな真似《まね》、お姉ちゃんが許す訳がないでしょお？」

そう言いながら、リアラがひたり、ひたりと歩み寄ってくる。

「っ……あ、う……っ！」

だがマドニス達は動けない。声を上げる事すら敵《かな》わなかった。

彼らにできるのは、ただ眼の前の異様な存在に激しい恐怖《きょうふ》を覚える事だけだ。

すると、

「あ、でも誰《だれ》か一つだけ良い事言ってたよね？　ええっとー、何だっけ」

頬《ほお》に人差し指を当てて小首を傾《かし》げていたリアラは、ふと思い出したように表情をぱあっと明るくした。そして、にたりと笑う。純粋《じゅんすい》なその瞳《ひとみ》に狂気《きょうき》の色を浮かべて、

「役目を果たせなくなっ、なった役立たずなんか、さっさと始末しちゃうに限る……だよね？」

そう告げられた次の瞬間、

……な、に……？

マドニスの世界がぐるりと回転した。

だが回っていたのは世界ではなく、切断され宙を舞っていた自分の頭である事に、マドニスは最後まで気付く事のないまま——その長い生涯《しょうがい》を無残な死で終えた。

他《ほか》の三名の枢機《すうき》院達と共に。


室内にいた枢機院メンバーをひとり残らず始末した後。

血の臭《にお》いが充満《じゅうまん》する中、

「……ふむ、お姉ちゃんのお仕事はひとまず終わりかなっ？」

床に転がる五つの死体を見下ろしながら、リアラは明るく言った。そして、

「ところでぇ……そこの人は、いつまで隠《かく》れてるつもりなんですかぁ」

リアラはふと、何もない壁《かべ》へと向かって語り掛ける。すると、

「…………やれやれ、気付いていたのか。おっかねえお嬢《じょう》ちゃんだな」

苦笑《くしょう》交じりの声が返ってきた壁から、スッと浮かび上がるものがあった。

男と思《おぼ》しきその影《かげ》は、やがてその輪郭《りんかく》から表情までをもはっきりとしたものへと変える。

そうして眼の前に現れた男の顔と名をリアラは知っていた。

だからこそ、素直《すなお》に称賛《しようさん》する。

「ウィルダートにも英霊が押し寄せた筈なのに、あっちを全部片付けて、遠く離れたここまで来た挙げ句、こんな所にまで入り込んじゃうなんて……戦神さんてば凄《すご》いね」

「こっちこそ恐《おそ》れ入ったよ。枢機院のジジイ共にも気付かれなかったし、完全に気配を消せていたつもりだったんだがな……」

頭を掻《か》きながらそう言ったのは、勇者の一族の英雄——東城迅《じん》だ。

懐《ふところ》から取り出した煙草《たばこ》を咥《くわ》えた迅に対し、

「お姉ちゃん、女の勘《かん》は鋭い方ですから」

ふふん、と胸を張ったリアラは、

「でも戦神さんは人が悪いなぁ。自分の方が先にこの部屋へ来てたのに、わたしに全部やらせるんだもん」

一息、

「——戦神さんも、お爺ちゃん達を殺しに来てたんだよね？」

こちらの問い掛けに、迅はライターで煙草に火を付けると紫煙《しえん》を吐《は》き出して、

「随分《ずいぶん》とまた物騒《ぶっそう》な事を言うもんだな……この戦いは刃更達と、アンタの可愛《かわい》い弟のものだ。俺はいざという時のための保険みたいなモンさ。お前さんと同じでな」

と、静かな笑みを湛《たた》えながら迅。

「しかし……枢機院共の様子見で来てみれば、まさかアンタみたいなのがいるとはな」

言いながら、スッと目を細めて、

「魔族にしちゃ珍《めずら》しい外見だが、ただの先祖返りって訳じゃないだろう……いったい何を体内に飼えば、そんな化け物みたいなオーラが出せるんだ？」

ジッと見据《みす》えられたリアラはふふっと笑って、

「そんなにマジマジ見詰《みつ》めたって駄目〜。お姉ちゃん、ミステリアス売りしてますから」

それに、

「わたしをどうこう言うなら、戦神さんだってそうだよね？」

とリアラ。確信を得ながら告げる。

「貴方からは人間とは別に、微かに竜の匂いがする……それも太古の上位竜の」

「――――」

こちらの指摘《してき》に迅がピクンと反応し、煙草の灰が床へと落ちた。

しかし迅は表情を変える事なく、肺を満たした煙草の煙《けむり》を再び吐き出して、

「ウチのガキ共は命拾いしたな……アンタが現魔王《まおう》派の代表として戦わずにいてくれて」

「お姉ちゃんは出ません。だって反則になっちゃうもんね？」

でも、とリアラ。

「もし戦神さんが出る事になっていたら、お姉ちゃんも考えたかもしれないけど」

「そうか。なら出しゃばらないで正解だったよ……余計な面倒《めんどう》を抱《かか》えずに済んだ」

「お、お姉ちゃんは面倒臭《めんどうくさ》い女じゃありませんっ！」

もぉ失礼しちゃう、とリアラ。

「でも、わたしは戦神さんと会えて良かったよ。だって、お陰《かげ》で息子《むすこ》さんが使っている無次元シフトの謎《なぞ》が解けたもんね？」

「…………ほう」

「あの子からは戦神さん以上に色々な匂いがする……でも今までにも、『三種の混血《トリプルレッド》』の前例がなかった訳じゃない。それでも、あの子が無次元シフトを使えるのは何でかなーって思っていたけど、そっか……竜の血も混ざってたんだね」

そこでリアラは、ポツリと言う。低く冷たい声で、

「……あの子、レオ君の敵になられると面倒かも。どうしよっかなぁ。今の内に──」

そう言った瞬間だった──眼の前の迅の気配が一気に膨《ふく》れ上がったのは。そして、

「なあお嬢ちゃん……俺は今回、最後まで保険でいたいんだがな」

こちらを呑《の》み込んでしまいそうな程《ほど》の圧力を発しながら言ってきた迅に、

「駄目だよ戦神さん。そうやって凄んだら、お姉ちゃんには逆効果だよ？」

だってぇ、

「そんな風にされたら、レ、オ、君、の、た、め、に、排、除、し、た、い、相、手、が、増、え、ち、ゃ、う、じ、ゃ、な、い」

そう言ったリアラもまた、己の中にある力を解放し始めた。張り詰《つ》めた空気の中、膨れ上がったふたりのオーラがぶつかり合い、混じり合う事なく大気を弾《はじ》けさせる。

──そして互《たが》いに譲《ゆず》らぬまま、もはや激突《げきとつ》が避《さ》けられない所まで突入《とつにゅう》しかけた時。

リアラと迅の戦場へと変わりかけた特別観覧室へ駆《か》け込んで来た者がいた。

それは先程までレオハルトと共にケイオスと戦っていた少年。

東城刃更だ。

その瞳が、本来この場にいない筈《はず》の迅の姿を捉《とら》え、

「っ……親父《おやじ》!? なっ、これは……っ？」

次に床に転がっている枢機院の死体を発見し、刃更はギョッと息を呑んでいた。

枢機院が死んでいた事に驚《おどろ》いたのではない――リアラを見て驚愕したのだ。迅が相対している相手が枢機院だと思っていたのだろう。そんな刃更に、

「お姉ちゃん、今ちょっと感心しちゃった……君、よくここに来れたね」

リアラと迅の殺気がぶつかり合っていた事は、離れた場所からでも感じられた筈だ。邪魔《じゃま》を入れなくするには充分《じゅうぶん》すぎる程の圧力は、リアラも迅も発していたと思う。にも拘わらず、刃更はこの場所へと足を踏《ふ》み入れてみせた。それだけでも称賛に値《あたい》するが、

……それよりも～。

恐らく刃更は、迅が心配でここへ来た訳ではない。

刃更がスピードタイプである事を考慮《こうりょ》したとしても、このタイミングでここへ来たという事は、下との距離《きょり》から逆算すると戦いの後すぐにこの観覧室へ向かい始めなくてはならない計算になる。それこそ、リアラと迅が相対するよりも前――リアラが枢機院を皆殺《みなごろ》しにするより先に動き出さなければ、刃更は今ここには立っていられない。

つまり――刃更は、リアラや迅がいる事を知らずにこの部屋へ向かっていた事になる。

――何のために？　そんなのは決まっている。

リアラや迅と同じだ。

恐らくこの少年は、レオハルトに加えて魔神《まじん》ケイオスとの死闘《しとう》を終えたばかりだという

のに、まだ意識を失っている澪をラムサスに任せ、他の仲間とも合流を果たさず、ダメージを負った己《おのれ》の手当てもせず、真っ直ぐに枢機院を殺しに来たのだ。

……あ……。

そしてリアラは、ふと部屋の外に一つの気配を感じ取る。

こちらに気付かれないように隠れている、その気配はラースのものだ。

……そっか、確かふたりで一緒《いっしょ》にゾルギアを殺したんだもんね。

刃更にしてみれば、澪の安全を考えると枢機院を生かしておけば将来的な禍根《かこん》やリスクを残す事になる一方、ラースにとっても同じ孤児院《こじいん》で育った兄姉を殺したゾルギアと同類が集まっている枢機院を憎悪《ぞうお》していた。

そんな二人の思惑《おもわく》が一致《いっち》したのだろう。どちらが先に言い出したかまでは解《わか》らないが。

面白《おもしろ》い——実に面白い、とリアラは思った。

自然と口の端《はし》が吊《つ》り上がった笑《え》みになると、

「…………………」

そんなこちらを見た迅の瞳が警戒《けいかい》の色を濃《こ》いものにする。

だから、リアラは表情を完全に緩《ゆる》めて、

「大丈夫《だいじょうぶ》だよ、戦神さん。お姉ちゃんもう、ここで暴れるつもりないから」

にぱっと笑うと、スッと己の力を収めた。

「せっかく枢機院を殺して闘技場《とうぎじょう》の消滅《しょうめつ》を止めたのに、自分で壊《こわ》してたら世話ないもんね。それに、こう見えてお姉ちゃんは色々と忙《いそが》しいから、そろそろ行かなくちゃなの」

こちらがそう言うなり、速攻《そっこう》で部屋の外からラースの気配が消えた。

あ、逃げたな。後で呼び出してちょっぴりイジめてやる……そう心に誓《ちか》いながら、このままでは約束の時間に間に合わなくなってしまう事に、

「えっと、刃更くんで良いんだよね？　ラースと仲良しみたいだけど、これでもう枢機院のお爺ちゃん達はいなくなるから、現魔王派とか穏健《おんけん》派とかの垣根《かきね》も徐々《じょじょ》に消えていくと思うの。色々な事があったけど、これからは少しずつレオ君とも仲良くしたげてね？」

「えっと……」

こちらがまくし立てると、刃更は突然《とつぜん》の事に付いて来られずにいたが、まあ良いだろう。

「それじゃあ、戦神さんもまたね？」

笑顔で告げると、こちらに戦う意思がない事が解ったのか迅も警戒を解いて、

「ああ……今度はこんな血生臭《ちなまぐさ》くない場所で、今みたいにのほほんとした感じで頼《たの》む」

「お、お姉ちゃんは『のほほん』となんてしてません～っ」

べーっと舌を出すと、リアラは特別観覧室を後にした。そして廊下《ろうか》を歩き出すと、

『――姉上、聞こえますか？』

ちょうどそこで可愛い弟から念話が入り、リアラは心の中で頷《うなず》きを返す。

『うん、もちろん聞こえるよレオ君。ごめんねー、こっちにいた枢機院の連中はすぐに全員始末できたんだけど、ちょっと予想外に立て込んじゃって』

『……問題ですか？』

『ううん全然問題ないよっ。お姉ちゃん、とっても強いもん』

歩きながら、細い右腕《みぎうで》を内側に曲げながら「むん」と力を込めると、

『知っていますよ……それでも姉上の事を心配するのが俺の役目ですから』

と笑みを含《ふく》んだ声が届いてくる。何て可愛い事を言ってくれるのか。お礼にお姉ちゃんも後でたっぷり可愛がってあげよう……そう心の中で決めながらリアラは問い掛《か》ける。

『――で、そっちの方はどう？　ベ、ベ、ベルフェゴールは、い、いた？』

そう。レオハルトが今いるのは、闘技場のアリーナではない。

ベルフェゴールがいると思《おぼ》しき遊戯《ゆうぎ》場だ。

刃更がケイオスとの戦いの後すぐに枢機院を始末しようと特別観覧室へ向かったのと同じく、レオハルトもまた戦いの後すぐにベルフェゴールの下へと急行していたのである。

闘技場の枢機院はリアラが始末し、レオハルトはベルフェゴールの居場所を押さえて逃《に》

げないように監視《かんし》。そして向こうで合流し、二人でベルフェゴールを始末する……それが、リアラがレオハルトと交《か》わしていた約束であり計画だった。

レオハルトひとりにやらせないのは、流石《さすが》に枢機院トップのベルフェゴールの相手をレオハルトだけにさせるのはリスクが高いからだ。

だから、

『待っててねレオ君。すぐに転移魔法《まほう》でそっちに行くから』

そう言って、刃更や迅には気取られない距離まで来ると、念話で繋《つな》がっているレオハルトの気配を頼《たよ》りに転移用の魔法陣《まほうじん》を展開しようとしたリアラは、

『？　レオ君、どうかした？』

ふと弟からの返事がすぐに来ない事に、問い掛けを放った。すると、

『……実は、こちらは少々問題が生じています』

向こうから硬《かた》い声が返ってきた。おや、とリアラは小首を傾《かし》げて、

『もしかして、ベルフェゴールがいないの？』

『いえ……取り敢《あ》えずこちらへ来て下さい。詳《くわ》しい説明はその時に』

そう言ってレオハルトはこちらとの念話を一旦《いったん》切った。何だろう……声にあまり切迫《せっぱく》した様子はなかった事から、そこまで深刻な問題ではなさそうだが。

「うーん……まあ、行けば解るよねっ」

考えるだけ無駄《むだ》とばかりにリアラは言うと、眼前に展開した転移用魔法陣を潜《くぐ》った。

2

リアラの気配が完全に消失したのを確認《かくにん》し、刃更はようやく一息をついた。

背中がドッと嫌《いや》な汗《あせ》を掻《か》いている事に、己の命拾いを感じながら、

「……親父、今のは……」

「さあな……レオハルトの姉らしいが、大したタマだ。枢機院《すうき》共を一瞬《いっしゅん》で始末しやがった」

刃更の問い掛けに、硬い表情のままリアラが出て行った扉《とびら》を見ていた迅はそう言うと、
ようやくこちらを見た。そして、

「ったく、無茶《むちゃ》しやがって……」

ふっと苦笑《くしょう》を浮《う》かべると、こちらへ向かって手を伸《の》ばし、刃更の頬《ほお》についている土埃《つちぼこり》を指で拭《ぬぐ》いながら、

「良くやった……と言いたい所だが、まさかお前がここまでやるとはな。これで穏健派と現魔王《まおう》派の間で和平の道も見えてくる。落とし所としては、まあ上出来の部類だろうよ」

「結果だけ見ればそうかもしれないけれど……でも、実際は全部ギリギリだったよ。どうにかレオハルトと戦えたのは親父のお陰だし、あの魔神を倒《たお》せたのだって、ラムサスさんに助けて貰《もら》って、澪やレオハルトと協力してようやくだ」

と、刃更も苦笑を返すと、

「……その事じゃないんだがな」

「？　じゃあ何だよ？」

キョトンとなったこちらに、迅はふっと笑って、

「いや、まあ良い……もう全部終わった事だ」

そう言って、視線を窓の外へと向けた。

だから、

「…………ああ。ひとまずこれで終わりだ」

刃更もまた、迅と視線を同じくする。

すると窓の向こう——見下ろす視線でアリーナを見れば、澪とラムサスの周りに皆《みな》が集まっていた。柚希《ゆき》に胡桃《くるみ》、万理亜《まりあ》にゼスト、それにルキアとノエルもいる。

改めて全員の無事を確認《かくにん》した刃更は、静かに胸を撫《な》で下ろし、

「これで、何とか澪が魔界《まかい》のゴタゴタから解放されてくれると良いんだけどな……」

心の底から願うように呟《つぶや》くと、

「何もかも全《すべ》てが上手《うま》く行くって事にはならないだろうが……まあ恐《おそ》らく大丈夫だろ」

と迅が言った。

「あのお嬢《じょう》ちゃんが言っていたように、もう枢機院はいないんだからな」

3

かつてはゾルギアが、そして現在はベルフェゴールが主《あるじ》を務める色欲の遊戯場。

リアラが転移した先は、レオハルトのいる場所——巨大《きょだい》な寝室《しんしつ》のような部屋だった。

——だが、そこにはレオハルト以外にもリアラを待っていたものがあった。

ベッドに広がる大量の血だまりの中、胴《どう》に巨大な貫通《かんつう》傷が刻まれた仰向《あおむ》けの遺体だ。

「ベルフェゴール……」

横たわっている無残な亡骸《なきがら》を見下ろしながら、リアラは長きに亘《わた》り陰《かげ》から魔界を支配していた高位魔《ま》族《ぞく》の名を呟いた。

「俺がここへ来た時には俯《うつぶ》せの状態でした。ベルフェゴールに間違《まちが》いないか、死因を確認するために仰向けに」

と、傍《かたわ》らのレオハルトが自身の到着《とうちゃく》時の状況《じょうきょう》を告げてくる。

「女達は気絶していただけだったので事情を問い質《ただ》しましたが、昨夜の事は何も覚えていないと言っています。恐らく記憶《きおく》を消す薬か、香《こう》のようなものでも嗅《か》がされたのでしょう」

リアラが壁際《かべぎわ》に眼《め》をやると、床《ゆか》に蹲《うずくま》っている下着姿の女達がビクッと身を竦《すく》ませた。

「ふーん……それは困っちゃったねえ。あれ、このシーツはレオ君が？」

リアラはふと、ベルフェゴールの遺体の腰《こし》から下に掛けられているシーツに眼を留めた。

血が滲《にじ》んでいない事からみて、死後かなり経《た》ってから掛けられたものと推察できる。

「……はい、姉上に見せる事が少し憚《はばか》られましたので」

「え～、そう言われるとお姉ちゃん、見たくなっちゃうなあ……えいっ」

レオハルトの言葉に、かえって興味を刺激《しげき》されてシーツを捲《めく》ったリアラは、

「わぉ……強烈《きょうれつ》ぅ」

弟がこちらを気遣《きづか》った理由を見て驚嘆《きょうたん》の声を上げた。

シーツに覆《おお》われていたベルフェゴールの下半身――そこに直接の死亡の原因となった腹部の貫通傷とは別に、深刻な損傷があった。

局部が根元から切断されているのだ。そして、

「あ、凄《すご》い。ベルフェゴールが二本持ちって噂《うわさ》、本当だったんだね？」

「もう良いでしょう姉上……」

リアラの手からシーツの裾《すそ》を奪《うば》い、問題の場所を覆ったレオハルトに、

「ねえねえレオ君、ちなみに斬《き》られちゃった先っぽは……あ、もしかしてあれ？」

「……ええ」

ベッドから離《はな》れた場所の床に、不自然に落ちているシーツに気付いたリアラが問うと、レオハルトが不快そうに頷いて、

「しかし、我々以外の一体誰《だれ》がこのような真似《まね》を……」

解《げ》せないとばかりに呟いた。ベルフェゴールを殺したいと思っている者は、自分達以外に居ても別におかしくはない。だが、実際に殺せるとなると話は別だ。

──老いは大抵《たいてい》の場合、誰しもに訪《おとず》れ、その力を奪ってゆくものである。

だが中には例外もいる。そのひとりが、このベルフェゴールだ。この高位魔族が枢機院のトップとして魔界を陰から操《あやつ》り続けてこられたのは、それだけの力があったからである。

あのケイオスと契約《けいやく》を果たす事ができた事が何よりの証拠《しょうこ》だ。その強大な力は、今でも微塵《みじん》も衰《おとろ》える事はなく、だからこそこちらもおいそれと手が出せなかった。

そんな魔界の頂点として君臨してきたベルフェゴールが今、眼の前で無残に死んでいる。

……戦神さんの仕業《しわざ》かな？

ベルフェゴールを殺せるだけの力を持つ者で考えると、真っ先に思い浮かぶのは迅だ。決戦の途中《とちゅう》からバルフレアが行方《ゆくえ》不明になっているが、可能性は低い……彼にリアラ達へ隠《かく》していた凄《すさ》まじい力があり、さらに主に忠実な彼がレオハルトの長年の悲願を奪う裏切りのような行動を取ったとしたら話は別だが、普通《ふつう》に考えれば最初にケイオスに殺されたと考えるのが妥当だろう。

全く別の第三者が決戦の隙《すき》を突《つ》いた可能性もなくはないが、有力な他勢力については各地の八魔将が睨《にら》みを利《き》かせている。そんな中、警備レベルが最大まで引き上げられているレンドヴァル領内へ入り込めるとは思えない。そんな真似ができるとしたら、それこそ迅クラスの実力の持ち主でない限り不可能だ。だとしたら、やはり迅か……最有力の可能性を思いながら、戦神と呼ばれた男の痕跡《こんせき》がないか探《さぐ》っていると、

……あれ、この臭《にお》いって……。

リアラの鼻が、ふとある香《かお》りを嗅《か》ぎ分ける。ベルフェゴールの血の悪臭《あくしゅう》と、この遊戯場の女達が使っている香水《こうすい》の匂《にお》いの陰に隠れて、僅《わず》かに漂《ただよ》う別の臭いがあった。

血の臭いだ――しかも、リアラの知っている臭いだった。

忘れる筈《はず》がない。何せ、つい先ほど嗅いだばかりの、非常に珍《めずら》しい臭いなのだから。

――だが、それは迅のものではなかった。

そもそも古代闘技場《とうぎ》の特別観覧室で相対した迅は、全くの無傷だった。リアラが迅の中に竜《りゅう》の血が混じっている事に気付いたのは、血液ではなく彼の放つ匂いやオーラからだ。そこから迅の血の臭いについて概《おおむ》ねの予想はできるが、確実なところまでは解《わか》らない。しかし、ここにある血の臭いはリアラが確かに知っているものだった。迅とよく似ていながらも、さらに複数の種族が混じった臭いだ。

そして、その存在を思った瞬間《しゅんかん》——全てが繋がる。

「そう……それで香水を使ったのね」

いつもと異なる冷たい口調でリアラは言った。

恐らくベルフェゴールの抵抗《ていこう》に遭《あ》い、負傷したのだろう。戦いの場にあそこまで香水の匂いをさせてきたのだ。特別観覧室で出逢《であ》ってすぐに何かしらの意図がある事は解ったが、リアラもまたレオハルトへの挑発《ちょうはつ》や、匂いによる攪乱《かくらん》のための小細工だと思っていた。

だが違《ちが》った。そうではなかったのだ。

あの少年は——ベルフェゴールの体臭《たいしゅう》と血の臭いを消していたのである。

遺体の状態から見て、既《すで》に死後半日ほどが経過している。恐らく昨晩の内にここへ忍《しの》び込み、ベルフェゴールを殺害。そして負傷した己《おのれ》の手当てを行ない、可能な限り自身が関《かか》わった証拠を隠滅《いんめつ》していた……といったところか。恐《おそ》らく香水は、ここへ忍《しの》び込む前に自身の匂いを消すためにも使ったに違いない。

だからこそ、やって来たのがレオハルトとの戦いギリギリになってしまったのだ。

「……そういう事だったの」

特別観覧室に飛び込んで来た時もそれなりに驚《おどろ》いたが、まさか本命のベルフェゴールまで先に始末されていたとは思わなかった。だとしたら、ベルフェゴールから受けた傷を押してまでレオハルトと戦った理由は何だろう？　ベルフェゴールは枢機院の中でも絶対の存在だ。マドニスが下克上《げこくじょう》を果たす前にベルフェゴールが死んだ事が明らかになれば、枢機院の支配力は一気に失われ、決戦の理由がなくなったかもしれない。そうすれば、最悪死の危険すらあった戦いを澪ら仲間の少女達にさせる必要もなかっただろう。

……いえ違う、そうじゃないのね……。

枢機院を排除《はいじょ》しようとしていたのは同じだが、自分達と刃更とでは行動原理が違う。刃更が戦っていたのは、ウィルベルトの一人娘《むすめ》の澪を魔族に政治利用されたり狙《ねら》われたりしないようにするためだ。もし先にベルフェゴールを始末した事を告げられたら、枢機院への脅威《きょうい》はなくなっても、出し抜《ぬ》かれたこちらは刃更達をより危険視していただろう。

そうならないためには、闘技場にいた他《ほか》の枢機《すうき》院メンバーがレオハルトを始末しようとし、それを受けてレオハルトと——即《すなわ》ち現魔王と穏健《おんけん》派が共闘《きょうとう》して枢機院の陰謀《いんぼう》を砕《くだ》いた方が良い。共闘による枢機院の打倒《だとう》が行なえれば、両勢力の和平への道筋が見えてくる。

そして先代魔王の遺児は、戦乱の世でこそ利用価値が出てくるものだ。もし状況が和平へと傾《かたむ》けば、争いの種になりかねない存在などむしろ遠ざけたい。かといって始末してしまったら、穏健派との和平はなかった事になる。

つまり現魔王派と穏健派の和平には、澪が無事で、かつ遠くにいて貰うのが一番良い。

──信じられるだろうか。

今回の現魔王派と穏健派の決戦は、魔界の未来を左右する一戦だった。現魔王派が勝つにせよ、穏健派が勝つにせよ──そして自分達が枢機院を始末するにせよ、枢機院がレオハルトを暗殺するにせよ。この魔界に新たな歴史が刻まれる事になる筈だった。

だが──そうはならなかった。あの少年はその前に、誰に知られる事もなく、たった一人でこの魔界の歴史を変えていたのだ。その事実を思い、

「……ごめんねレオ君。もしかして、お姉ちゃん失敗しちゃったかも」

「姉上……？」

レオハルトが怪訝《けげん》そうにこちらを呼んでくる中、リアラは小さな嘆息《たんそく》を漏《も》らした。

今後、刃更がレオハルトと再び相まみえる事になる可能性を考え、彼を殺しておくべきでは──と自分が抱《いだ》いた直感はやはり間違ってはいなかった。

だが刃更を殺すチャンスは、たとえ迅と殺し合う事になろうと、先程の観覧室での邂逅《かいこう》が最初で最後のチャンスだったに違いない。自分は既に、迅に不用意な呟きを聞かれてしまっている。リアラの本当の力が解る迅ならば、息子《むすこ》である刃更を守るために何らかの対策を講じる事だろう。それを承知で強引《ごういん》に仕掛《しか》けても構わないが、

「まあ良いか。行こっレオ君」

と、隣《となり》に立っているレオハルトに腕《うで》を絡《から》めながらリアラは言った。

こちらから仕掛けない限り、刃更が何かをしてくる事はないだろう。そんな事をすれば、また澪を魔界の思惑《おもわく》に縛《しば》り付け、危険に晒《さら》してしまうのだから。

両親の敵だった本命のベルフェゴールを自分達の手で殺せなかった事は残念ではあるが、それでもマドニスを始め他の連中は全《すべ》て始末した。

枢機院をこの魔界から排除するという、自分とレオハルトの目的は達せられたのだ。

ならば、今日のところはこれ以上を思い悩《なや》む必要はないだろう。

今の自分がするべき事は別にある。最愛の弟をたっぷりと労《ねぎら》ってあげるという役目が。

だから、リアラはその言葉を口にした。優《やさ》しい笑《え》みを浮《う》かべて、

「おめでとうレオ君……部屋に戻《もど》ったらいっぱい褒《ほ》めてあげるからね」

◎◎◎◎◎

魔界《まかい》の未来を懸けた穏健《おんけん》派と現魔王《まおう》派の決戦——その前夜。

全《すべ》ての色欲《しきよく》を司《つかさど》る遊戯《ゆうぎ》場内に、淫猥《いんわい》な空気で満ちた空間があった。

それは究極の快楽を追求する事を目的として作られたこの建物の最深部。

選び抜《ぬ》かれた会員達ですらその存在を知らないロイヤルルームだ。

巨大《きょだい》な扉《とびら》を開けて中へ入れば、全面に敷《し》かれた柔《やわ》らかく厚みのある真紅《しんく》の絨毯《じゅうたん》を踏《ふ》む心地《ここち》良さを足裏で得られ、次いで絢爛豪華《けんらんごうか》な純金の装飾《そうしょく》が施《ほどこ》された壁《かべ》や天井《てんじょう》が訪《おとず》れた者の眼《め》を楽しませる、あらゆる贅《ぜい》を尽《つ》くして作り上げられた至高の空間がそこにはあった。

——魔界にとって歴史的日の夜明けまで、まだ幾何《いくばく》かの時間を要する深夜。

この遊戯場のロイヤルルームで、至福の時を過ごしている者がいた。

七席ある枢機院《すうき》の内、『怠惰《たいだ》』に加えて『色欲』の席までをも兼《か》ねた存在。

魔界の生ける歴史にして高位魔族《まぞく》の象徴《しょうちょう》――大公ベルフェゴールだ。

最早《もはや》この遊戯場内に、かつての主《あるじ》であるゾルギアの影《かげ》は微塵《みじん》もない。色欲の遊戯場の新たな主となったベルフェゴールは、この施設《しせつ》の中にある全てを完全に己《おのれ》のものとしていた。

連日のように入れ替《か》わりで女達を複数選んでは、彼女達と深い淫欲《いんよく》と快楽へ溺《おぼ》れている。

そしてこの夜も、部屋の奥にある巨大なベッドの上にベルフェゴールの姿があった。

選んだ十を超《こ》える美女の内、半数近くを自らの股間《こかん》へと群がらせながら、

「ふふ……流石《さすが》にもう儂《わし》のモノの味を知らぬ者はおらぬようになったか」

ベルフェゴールは楽しげに笑った。四本の腕《うで》を持つベルフェゴールの男性部分は、根元で双つに分かれて上下に二本が存在しており、

「ちゅぷっ……んっ、くちゅ……はぁ♥」「ちゅるっ……はぁ、ベルフェゴール様ぁ……♥」

女達は嬉《うれ》しそうにベルフェゴールのモノの先端《せんたん》を咥《くわ》え、竿《さお》に舌を滑《すべ》らせ、睾丸《こうがん》を口に含《ふく》んでしゃぶってくる。また左右の脇《わき》に二名ずつまとわりつかせた女達は、四本ある腕でそれぞれしなだれかかっている内側ふたりの胸を形が変わる位に揉《も》み、四つん這《ば》いにさせた外側ふたりのショーツの中に手を入れて女の部分を指で掻《か》き回してやると、

『――――』

特別な薬によって強烈《きょうれつ》な催淫《さいいん》状態にある女達は、ベルフェゴールが手を動かす度に激しく達しては女の匂《にお》いを撒《ま》き散らしていた。そして、

「どれ……そろそろ出してやろう」

そう言うなり、ベルフェゴールは本能と欲望《よくぼう》のままに射精した。

既《すで》に十回を超えているにも拘《かか》わらず、二本の先端からまるでシャワーのように大量の精液が解き放たれ、彼の股間に群がっていた女達の顔や胸を白く汚《よご》してゆく。そしてベルフェゴールの精をたっぷりと浴びた女達は、ぴちゃぴちゃと自分達の舌で彼のモノを綺麗《きれい》にすると、まるで快楽を共有するかのように互《たが》いの顔や胸についている精液を舐《な》め合い、白濁《はくだく》液を乗せた舌をいやらしく絡《から》め合わせて濃厚《のうこう》なキスを始める。

そんな女達の様子を満足げに眺《なが》めながら、

「──それで、一体いつまでそうしているつもりなのだ？」

ふとベルフェゴールは視線を部屋の端《はし》へ向けた。すると壁際《かべぎわ》の床《ゆか》に転がっていた影が、

「っ……ぁ……ぐぅ……っ！」

まるでこちらへ応じるかのように、苦しげな呻《うめ》き声を上げながら動いた。

──それは招かれざる客。この遊戯場への不埒《ふらち》な侵入《しんにゅう》者だ。

その人間の少年をベルフェゴールは知っていた。流石に昨日会ったばかりの者の顔を忘

れたりはしない。戦神と謳《うた》われた最強の勇者、ジン・トージョーの一人息子《むすこ》。

これからレオハルトとの決戦に臨《のぞ》む——東城《とうじょう》刃更《バサラ》の顔と名くらいは。

「とはいえ、決戦の前に儂を殺しに来るとは……ふふ、なかなか面白《おもしろ》い小僧《こぞう》だのう」

視線の先の少年が無謀《むぼう》にもこの遊戯場に入ってきていた事にはすぐに気付いていたが、ベルフェゴールは敢《あ》えてその蛮行《ばんこう》を許した。

——長い時を生きてきたベルフェゴールにとって、最大の敵が『退屈《たいくつ》』だ。

女達を自分のものにする再調教も一通り終わったところだし、何より不測の事態というものは良い余興になる。よってベルフェゴールは刃更を自由に泳がせてやった。

そして先程《さきほど》——刃更はロイヤルルームへ入ってくるなり、こちらへと斬《き》り掛《か》かってきた。

だが、そんな刃更をベルフェゴールはあっさりと返り討《う》ちにしたのだ。

「…………っ！」

どうにか立ち上がった刃更が、こちらへと銀の魔剣《まけん》を構える。その右の脇腹《わきばら》からは、おびただしい量の出血があった。ベルフェゴールが先程、中指の先から放った魔力《まりょく》のレーザーで貫《つらぬ》いたのだ。致命傷《ちめいしょう》とまでは言わないが、決して浅い傷でもない。既に相当の出血をしているし、そろそろ手当てをしなければ危険だろう——そうこちらが思っていると、

「————」

ベルフェゴールの視線の先で、刃更が燐光《りんこう》のように放っていた勇者の一族特有の緑色のオーラに、薄《う》っすらと真紅のオーラが混ざり始め、

「ほぉ……その揺《ゆ》らめき、ウィルベルトと同じ紅のオーラか」

ベルフェゴールは僅《わず》かに眼を見張るようにして刃更を見た。そして、

「そうか……確か先の大戦の末期、ウィルベルトの妹が一時期に消息を絶った事があったな。戦場から部隊を撤退《てったい》させている途中《とちゅう》で、遭遇《そうぐう》したジン・トージョーから部下を逃《のが》すためにひとりで奴《やつ》と戦い……半年後に帰還《きかん》するまで命を落としたと思われていた。あの娘《むすめ》はその間に何があったのかを最後まで報告しなかったが」

成る程。

「ジン・トージョーと戦場で幾度《いくど》か顔を合わせていたという話だったが……そういう事だったか」

戦場で剣《けん》を交えた勇者と魔王の妹の間に、どのようにしてロマンスが生まれたかまでは解《わか》らないが、しかしそうでもない限り刃更のあの真紅のオーラは説明がつかない。

魔族の妊娠《にんしん》期間は人間ほど長くはないが、それでも半年で出産はできない。恐《おそ》らく、迅と彼女との間に子を生《な》す事ができる何らかの抜け道を使ったのだろう。

普段《ふだん》は人間としての血が色濃《いろこ》く出ているのだろうが、遊戯場内の魔素はその特性上魔界

でも飛びきり濃密《のうみつ》なものだ。その上、このロイヤルルームにはベルフェゴールの魔力が充満《じゅうまん》している。それらが腹部の傷口から刃更の体内へと入り、母親から受け継《つ》いだ魔族の血が活性化して覚醒《かくせい》したのだろう。澪《みお》はウィルベルトから継承《けいしょう》した事でようやく力を使えるようになっていたが、そこは勇者の一族である迅の血との化学反応の為《な》せる業《わざ》か。

俄然《がぜん》興味を引かれたベルフェゴールが、女達をベッドの上から退かせ、

「どれ……もう少しお前について知りたくなったぞ」

「―――――っ!」

そう語り掛けたこちらに、刃更は床を蹴《け》って跳躍《ちょうやく》――そのままブリュンヒルドでこちらへと斬り掛かり、

「――ふふ、まだ活きが良いのう」

対するベルフェゴールは、笑いながら右手の指をパチンと鳴らした――と同時、生まれた火花が糸のように細い電流へと変わり、そのまま宙の刃更へと走り、

「ぐっ、があああぁあ――っ⁉」

命中と同時に、激しいスパークを起こして刃更を絶叫《ぜっきょう》させた。そして、そのまま床へと落下した刃更はそれきり動かなくなり、

「おっと、いかん……」

ベルフェゴールが苦笑《くしょう》しながら、己の左手を招くようにして動かすと、生じた念動力が床の刃更の身体《からだ》を宙へと浮《う》かび上がらせ、そのままベッドの上へと運んだ。

そして己の眼の前に下ろした刃更を、ベルフェゴールはたっぷりと観察する。

肉体の隅々《すみずみ》からその霊子《れいし》構造に至るまで。そして、

「ほほう……人と魔族どころか、神族の血まで混ざっておるとは」

三種の混血《トリプルレッド》。

刃更の出生の秘密を理解したベルフェゴールは、ますます刃更への興味を深める。

さらに観察を進めると、刃更の魂《たましい》の中にベルフェゴールでも覗《のぞ》く事のできない不可視領域があった。しかも、それはベルフェゴールには解除できないもので、

「これはまた、何とも焦《じ》らしてくれる……」

そう愉快《ゆかい》そうに笑ったベルフェゴールは、そこでふとある事に気が付いた。

「…………ふむ、見れば随分と愛い顔をしているではないか」

長き時を生きているベルフェゴールは、これまでにあらゆる遊びを楽しんできた。

快楽を得られるならば老若男女《ろうにゃくなんにょ》を問わず、それこそ魔獣《まじゅう》とだって交わった事がある。

——だが、流石のベルフェゴールも、三種の混血《トリプルレッド》を試《ため》した事はまだない。

鍛《きた》え抜かれた若い肉体は、ベルフェゴールにとっては瑞々《みずみず》しい果実だ。

そんなまたとない素材が今、自分の眼の前にあるという事実に——ベルフェゴールは一気に己の股間を熱く滾《たぎ》らせる。レオハルトもろともケイオスの生け贄《にえ》にするつもりだったが、

「どれ……たまには男児を味わうのも良いじゃろう」

そう言うなり、そそり立っていたベルフェゴールの二本の男性部分が、絡み合うようにして巨大な一本になった。そして、

「安心するが良い……すぐに儂のサイズが馴染《なじ》む身体になる」

ベルフェゴールがその気になれば、生物の身体やその内部構造を幾《いく》らでも作り替える事ができる。三種の混血《トリプルレッド》を自分専用の仕様にできるなど最高の享楽《きょうらく》だ。決戦を取り仕切るマドニスが多少の文句を言ってくるかもしれないが、知った事ではなかった。

だから、ベルフェゴールは刃更へと手を伸《の》ばし、

「…………ん？」

その瞬間《しゅんかん》、ベルフェゴールは部屋の隅《すみ》の床に何かが落ちた音を聞いた。何事かと見ればビクビクと蠢《うごめ》くそれはベルフェゴールのよく知るもので、

「————」

まさか、という思いと共に視線を己の真下へと向けると、ベルフェゴールの股間からあ

る筈《はず》のものが消えていた。そして刃更の手には、先程こちらの電撃《でんげき》を浴びて床へ落下した時に手放していた筈のブリュンヒルドが再び具現化されており、

「っ──ぐあああああああああああぁっ⁉」

己に起きた事態を理解したベルフェゴールが激痛に股間を押さえながら両膝《りょうひざ》をつき、そのまま前へと倒《たお》れると、ベルフェゴールが覆《おお》い被《かぶ》さるより先にこちらの下で仰向《あおむ》けになっていた刃更の姿がふっと掻き消えて──直後、

「あ……う──がぁっ！」

俯《うつぶ》せで悶絶《もんぜつ》していたベルフェゴールの胴《どう》を背中から何かが貫き、その身体をベッドへと磔《はりつけ》にする。途端《とたん》に流れ出す血液と共に身体から力が抜《ぬ》けてゆき、

……っ、まさかこれは……っ⁉

魂の緒《お》が刈《か》り取られ、まるで己の存在が希薄《きはく》になってゆくかのような感覚を得てゾッとなったベルフェゴールに、

「──お前の話は色々と聞いた。あのゾルギア以上の下種《げす》らしいな」

背後から、凍《い》てつくような少年の声が降ってくる。するとベッドの周りに居た女達が、

「──────」

フッと気を失うようにして倒《たお》れ始めた。眼の前の余りに凄惨《せいさん》なベルフェゴールの姿と、

刃更の放つ底知れぬ迫力《はくりょく》に、女達の精神が限界を迎《むか》えたのだろう。そんな中、

「っ……ぁ、が……ぁ……」

肺を貫かれロクに声も出せない状態のベルフェゴールに、

「ずっと考えていたんだ……この戦いの果てに、どう落とし所を作るのが一番良いのかって。たとえ俺達がこの後の決戦に勝ったところで、恐らく穏健《おんけん》派と現魔王《まおう》派との争いは終わらない……多分、あのレオハルトは勝敗に拘わらず決戦が終わればお前を始末するつもりでいるんだろうが、お前はそれを読んで手を打っている筈だ。何より魔界《まかい》で絶大な権力を持っているお前をレオハルトが殺せば、反発を受けて新たな抵抗《ていこう》勢力ができかねない」

そして、

「それがまた魔界に新たな争いの種を生む……澪は今までのように敵に狙《ねら》われ続け、一部の連中は政治の道具として祭り上げようとする。最強と謳われた先代魔王の一人娘という宿命に、これからもアイツを縛《しば》り付けるんだ。——だが、そんな事にはさせない」

次の瞬間、ベルフェゴールは決定的な言葉を聞いた。

「だからベルフェゴール、俺がお前を殺す……誰《だれ》にも見られる事なく、誰にも知られる事なく一人で」

「…………っ…………！」

ベルフェゴールはどうにか己《おのれ》の危機的な状況《じょうきょう》を打開しようとするが、巨大《きょだい》な魔剣の刃に胴を貫かれている以上、もがけばそれだけ死を早めるだけになるため動く事もできず、

「そうだ……楽に死ねると思うな、高位魔族《まぞく》に相応《ふさわ》しい誇《ほこ》りある死を得られると思うな。この遊戯場の女性達を、強引《ごういん》に薬や魔法《まほう》で狂《くる》わせたのが初めてじゃない……長い時を生きてきたお前の犠牲者《ぎせいしゃ》は、これまで数え切れないほどいた筈だ。お前は暇潰《ひまつぶ》しと称《しょう》して、戯《たわむ》れに他人の命や運命を弄《もてあそ》んできただろう……その報《むく》いを受ける時が来たんだ」

背後の少年の言葉は、そのまま現実のものとなった。

もはやベルフェゴールは、己に死が訪《おとず》れるのをただ待つ事しかできなくて。

――そして。

そんなこちらへ、凍《こご》えるような冷たさの奥に全《すべ》てを呑《の》み込む深い闇《やみ》を湛《たた》えたような声で。

東城刃更は最後に言った。

「見届けてやる。お前は惨《みじ》めに苦しんで、そして――そのまま死んでいけ」

あとがき

既《すで》に本編をお読みの方も、これから読まれようとしている方も、本書を手に取っていただきましてありがとうございます。上栖綴人《うえすてつと》です。

さて、まずは当然この話題！　この本の発売日から少しすれば『新妹魔王』のTVアニメの放送が始まる予定です。関係者の皆《みな》さんが頑張《がんば》って下さっていますので、ぜひご覧いただければばと!!　そして、それに少し絡《から》んだ話として次の8巻の告知なのですが、どうやらＯＶＡが付いた限定版も発売されるようです。内容は豪華《ごうか》二本立てで、澪《みお》や万理亜《まりあ》、柚《ゆ》希《き》との甘い日常をバッチリ描《えが》きつつ、テレビでは勿論《もちろん》ＯＶＡでもキツいと関係者に言わしめた、長谷川《はせがわ》のあのシーンとかも収録しているらしいので！　良かったらマジでご予約をオススメします！　などとアニメ関連の宣伝をしつつ、本巻の内容についても少しだけ。

お読みの方は既に御存《ごぞん》じのように、魔界《まかい》編の後編です。勢力の数が多く、描かなければいけない話がありすぎて、これまでの巻の中で最厚となってしまいました。それでも当初から予定していたラストシーンまでどうにか一冊に詰《つ》め込みました。後は、次の巻の冒頭《ぼうとう》でも少し事後処理的な補足のエピソードを描いて、そこでまた新たな真実を明らかにする予定でいます（まだ予定ですけど）。そして人間界へ舞台《ぶたい》を戻《もど》して、魔界編では出せなかったキャラ達を色々と登場させて動かしたいな……と。

では本作の関係者の皆様に謝辞を。ニトロプラスの大熊《おおくま》さん、大変お忙《いそが》しい時に今回も最強イラストの数々をありがとうございます！　特にラストの刃更《バサラ》の見開き絵は、超迫力《ちょうはくりょく》で興奮しました！　みやこ先生、連載《れんさい》開始から一ヶ月も休む事なく毎月の掲載《けいさい》を続けていただき、今回はコミック４巻の作業に専門店さんやフェアなどの特典の数々に至るまで、本当にありがとうございます！　ティッシュカバーとか、もう最高でした！　そして木曽《きそ》先生、『新妹・嵐』のコミック１巻の緊急《きんきゅう》重版おめでとうございます＆ありがとうございます！　ヤングアニマルさんの本誌にまで出張するとか、凄《すご》すぎてビックリしました。

そしてアニメスタッフの皆さん、ずっと色々と頑張っていただきましてありがとうございます！　最高に忙しい時期かと思いますが、引き続きどうぞよろしくお願い致《いた》します。

担当さんやその他の関係各所の皆さん、えっと……今回はひどい進行で本当にすみませんでした。無事に本が出るようにご尽力《じんりょく》いただきましてありがとうございます。

そして、書店さんと本書をお買い上げいただいた読者の皆さんには最大級の感謝を。

お陰様《かげさま》でとうとうアニメが放送です。引き続き応援《おうえん》よろしくお願いします！

上栖　綴人

なあ東城
温泉宿へ行こう……
私と二人きりで
?

現魔王派との決戦を終え、
魔界に別れを告げて人間界へ帰還する刃更達。
ゼストの家事能力に万理亜が激しく危機感を抱く中、
人数が増えて手狭になった東城家は
新たな物件を探し始める。
そんな時、長谷川が刃更を旅行へと誘ってきて――…
新妹魔王の契約者《テスタメント》
The Testament of Sister New Devil
VIII
Coming Soon!

ゆけゆけ!
VII巻発売&アニメ開始記念 特別ふろく
祝 着せ替え♡万理亜ちゃん
努力
色もぬってみよう!
2014.11

祝!7巻
そしてアニメ化
おめでとうございます!!
今年も刃更たちが
大暴れ(いろんな意味で♡)
してくれることを
期待してます!!

祝7巻
7巻お買い上げありがとうございます。
いきなりネタバレ感あるあとがきですが・・・
大丈夫なんでしょうかね？(゜ω゜)=(=゜ω゜) ﾁﾗｯ
リアラお姉ちゃんはかなり攻めた衣装でデザイン
にしましたが、今思えば担当さんから特になにも
言われなかったあたり、良い感じに関係者みんな
何かが麻痺してきたとしか思えない、そんな
今日この頃・・・ヾ(゜ω。ヽ≡ノ゜ω。)ｼ

新《しん》妹《まい》魔《ま》王《おう》の契約者《テスタメント》Ⅶ

著　上栖綴人《うえすてつと》

角川スニーカー文庫　18938

2015年1月1日　初版発行
2024年2月10日　6版発行

発行者　山下直久

発　行　株式会社KADOKAWA
〒102-8177 東京都千代田区富士見2-13-3
電話　0570-002-301（ナビダイヤル）

印刷所　株式会社KADOKAWA
製本所　株式会社KADOKAWA

◆◇◇

Printed in Japan　ISBN 978-4-04-102268-9　C0193

★ご意見、ご感想をお送りください★

〒102-8177 東京都千代田区富士見 2-13-3
株式会社KADOKAWA　角川スニーカー文庫編集部気付
「上栖綴人」先生
「大熊猫介」先生

角川文庫発刊に際して

角川源義

第二次世界大戦の敗北は、軍事力の敗北であった以上に、私たちの若い文化力の敗退であった。私たちの文化が戦争に対して如何に無力であり、単なるあだ花に過ぎなかったかを、私たちは身を以て体験し痛感した。西洋近代文化の摂取にとって、明治以後八十年の歳月は決して短かすぎたとは言えない。にもかかわらず、近代文化の伝統を確立し、自由な批判と柔軟な良識に富む文化層として自らを形成することに私たちは失敗して来た。そしてこれは、各層への文化の普及滲透を任務とする出版人の責任でもあった。

一九四五年以来、私たちは再び振出しに戻り、第一歩から踏み出すことを余儀なくされた。これは大きな不幸ではあるが、反面、これまでの混沌・未熟・歪曲の中にあった我が国の文化に秩序と確たる基礎を齎らすためには絶好の機会でもある。角川書店は、このような祖国の文化的危機にあたり、微力をも顧みず再建の礎石たるべき抱負と決意とをもって出発したが、ここに創立以来の念願を果すべく角川文庫を発刊する。これまで刊行されたあらゆる全集叢書文庫類の長所と短所とを検討し、古今東西の不朽の典籍を、良心的編集のもとに、廉価に、そして書架にふさわしい美本として、多くのひとびとに提供しようとする。しかし私たちは徒らに百科全書的な知識のジレッタントを作ることを目的とせず、あくまで祖国の文化に秩序と再建への道を示し、この文庫を角川書店の栄ある事業として、今後永久に継続発展せしめ、学芸と教養との殿堂として大成せんことを期したい。多くの読書子の愛情ある忠言と支持とによって、この希望と抱負とを完遂せしめられんことを願う。

一九四九年五月三日

新米隊長のミッションは
Hな"改装《ハイブリッド》"!?
久慈マサムネ
イラスト◆Hisasi
メカデザイン◆黒銀
魔装学園H《ハイブリッド》×H《ハート》
Hybrid×Heart Magias Academy Ataraxia
戦略防衛学園アタラクシアにやって来た飛弾傷無は、魔導装甲を着て異世界の敵と戦う女の子・千鳥ヶ淵愛音と出会う。でも、敵の攻撃で愛音がピンチを迎え、傷無に重大任務が下される。その内容は──愛音の胸を揉みしだくこと!?実は傷無にはHな行為で女の子を"改装"=パワーアップする力があって、その力に異世界との戦いの未来がかかっていた!
シリーズ絶賛発売中!
スニーカー文庫

この素晴らしい世界に祝福を!
暁 なつめ
illustration 三嶋くろね
「小説家になろう」で話題沸騰の異世界コメディがついに書籍化!
シリーズ絶賛発売中!
ゲームを愛する引き篭もり少年・佐藤和真は女神を道連れに異世界転生。ここからカズマの異世界大冒険が始まる……と思いきや、衣食住を得るための労働が始まる。平穏に暮らしたいカズマだが、女神が次々に問題を起こし、ついには魔王軍に目をつけられ!?
スニーカー文庫

「この素晴らしい世界に祝福を！」スピンオフ
この素晴らしい世界に爆焔を！
WEB掲載分に大幅加筆で、「爆焔」シリーズも書籍化!!
暁 なつめ
illustration
三嶋くろね
「上級魔法を習得してこそ一人前。爆裂魔法なんてネタ魔法」紅魔の里の教訓とは裏腹に、めぐみんは爆裂魔法習得のため、勉学に励む学校生活を送っていた。ある日、家に帰ると妹のこめっこが、見慣れない黒猫を抱きかかえていて——!?
シリーズ好評発売中
スニーカー文庫

闇堕ち騎士《ナイト》がダンジョン始めました!!
東 亮太
イラスト／ユメのオワリ
ワープア魔族のダンジョン経営コメディ!!
魔族に転生した少年ナオハルは「脱ワープア、目指せニート!」を掲げるダメ魔族のフェリスと新規ダンジョンを立ち上げることに！　個性的な魔族っ娘たちとのダンジョンライフがスタートして!?
シリーズ絶賛発売中!!
スニーカー文庫

『メインヒロイン』を
探し出せなければ
人生《ゲエム》が終わる《オーバー》!
これは、究極に理不尽な遊戯――
エンド・リ・エンド
END RE END
耳目口司 イラスト ヤス
Tsukasa Nimeguchi
自称悪魔のハムスターに導かれ、異世界転生を果たした御代田侑。そこは美少女の幼馴染みや義妹、転校生、先輩とのフラグが立ちまくるリア充世界だったが、再び現れた悪魔の言葉がすべてを変える――「お忘れデスか、これは悪魔のギャルゲーなんデスよ!」数多の女の子の中から『メインヒロイン』を探し出す、究極の騙し合い遊戯がスタート!
シリーズ好評発売中!!
スニーカー文庫

召喚王《マスター》は
家出猫《ストレイ・キャット》
鷹見流
ファンタジー必勝法!?
突然、ファンタジーな世界に召喚された翔馬。そこは帝国による侵略寸前の小国で、なんと喚んだのは二年前に失踪した幼馴染みの瀬里奈だった！　翔馬は帝国に立ち向かうため、サバイバル知識をフル活用するが!?
Kazuyuki Takami
鷹見一幸
Illustration 唯
スニーカー文庫

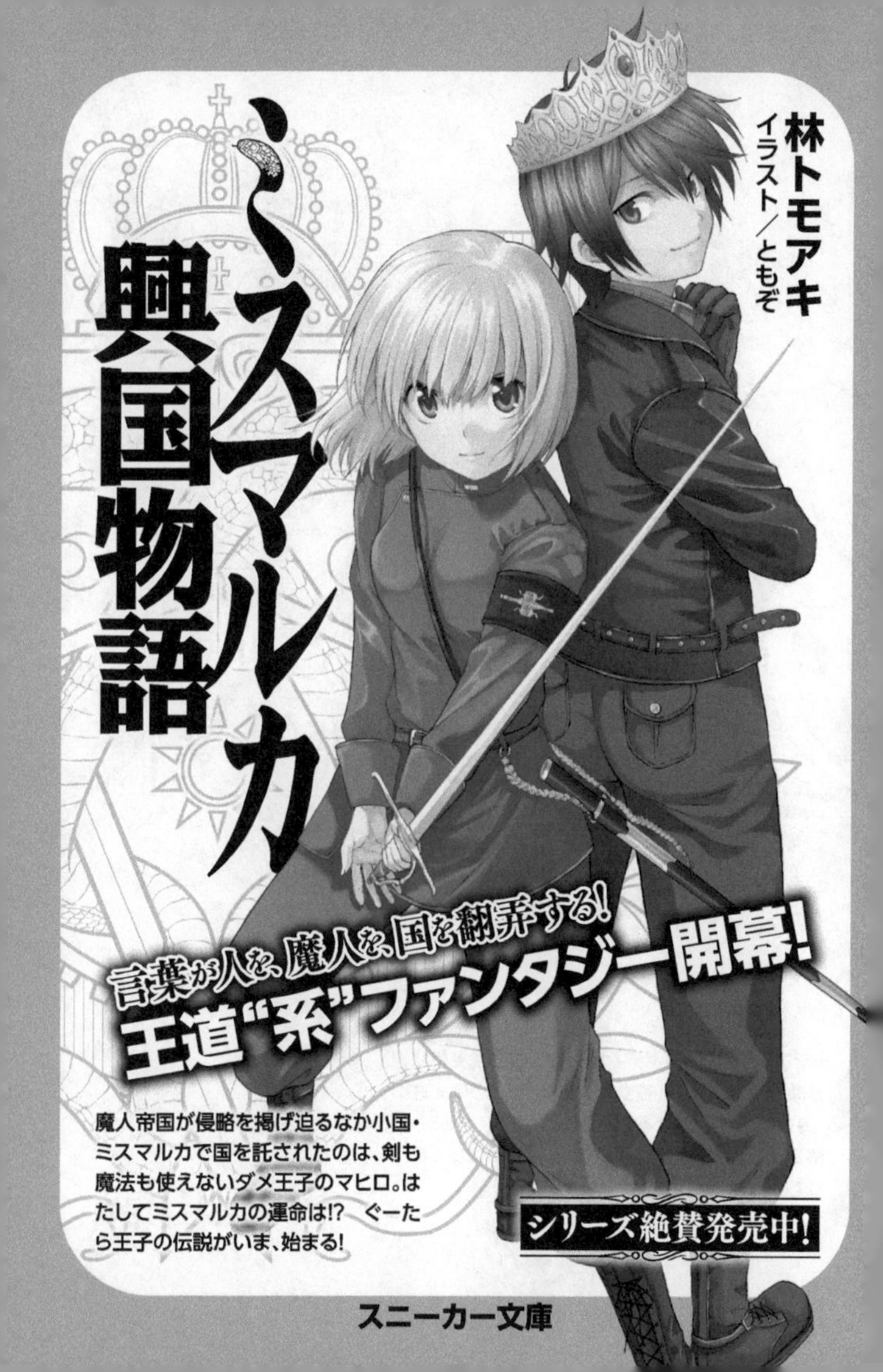
ミスマルカ興国物語
林トモアキ
イラスト／ともぞ
言葉が人を、魔人を、国を翻弄する!
王道"系"ファンタジー開幕!
魔人帝国が侵略を掲げ迫るなか小国・ミスマルカで国を託されたのは、剣も魔法も使えないダメ王子のマヒロ。はたしてミスマルカの運命は!?　ぐーたら王子の伝説がいま、始まる!
シリーズ絶賛発売中!
スニーカー文庫

クロスレガリア
「レンタルマギカ」の三田 誠が
圧倒的スケールで描く
最強のボーイ・ミーツ・ガール！
トラブル1回千円のボディガード業を営む戌見馳郎が助けた少女ナタ。彼女は人の氣を喰らう吸血鬼〈鬼仙〉を無力化できる最終兵器だった。〈鬼仙〉の襲撃からナタを護ると決めた馳郎は戦いに身を投じていくが——!?
シリーズ絶賛発売中！
三田 誠
イラスト／ゆーげん

スニーカー文庫